آدھے چہرے

(افسانے)

مصنف:

ممتاز مفتی

Aadhe Chahre (Short Stories)
by: Mumtaz Mufti
Edition: January '2024
Publisher :
Taemeer Publications LLC (Michigan, USA / Hyderabad, India)

ISBN 978-93-5872-369-4

کتاب	:	**آدھے چہرے** (افسانے)
مصنف	:	**ممتاز مفتی**
ترتیب و تدوین	:	اعجاز عبید
صنف	:	فکشن
ناشر	:	تعمیر پبلی کیشنز (حیدرآباد، انڈیا)
سالِ اشاعت	:	۲۰۲۴ء
صفحات	:	۲۲۴
سرورق ڈیزائن	:	تعمیر ویب ڈیزائن

فہرست

(۱) آپا

جب کبھی بیٹھے بٹھائے مجھے آپا یاد آتی ہے تو میری آنکھوں کے آگے ایک چھوٹا سا بلوری دیا آجاتا ہے جو مدھم لو سے جل رہا ہو۔

مجھے یاد ہے ایک رات ہم سب چپ چاپ باورچی خانے میں بیٹھے ہوئے تھے۔ میں، آپا اور امی جان کہ چھوٹا بدو بھاگتا ہوا آیا۔ ان دنوں بدو یہی چھ سات سال کا ہو گا۔ کہنے لگا۔ امی جان میں بھی باہ کروں گا۔

"اوہ۔۔۔ ابھی سے۔" اماں نے مسکراتے ہوئے کہا۔ پھر کہنے لگیں۔ "اچھا بدو تمہارا بیاہ آپا سے کر دیں؟"

"اونہوں۔۔۔" بدو نے سر ہلاتے ہوئے کہا۔

اماں کہنے لگیں۔ "کیوں آپا کو کیا ہے؟"

"ہم تو چھاجو باجی سے بیاہ کریں گے۔"

اماں نے آپا کی طرف مسکراتے ہوئے دیکھا اور کہنے لگی۔ "کیوں۔۔۔ دیکھو تو آپا کیسی اچھی ہیں۔۔۔!"

"میں بتاؤں کیسی ہے؟" وہ چلایا۔

"ہاں بتاؤ تو بھلا۔" اماں نے پوچھا۔ بدو نے آنکھیں اٹھا کر چاروں طرف دیکھا جیسے کچھ ڈھونڈ رہا ہو۔ پھر اس کی نگاہ چولہے پر آرکی۔ چولہے میں اپلے کا ایک جلا ہوا ٹکڑا پڑا تھا۔ بدو نے اس کی طرف اشارہ کیا اور بولا۔ "ایسی۔" پھر بجلی کے روشن بلب کی طرف

انگلی اٹھا کر چیخنے لگا۔ "اور چھاجو باجی ایسی۔" اس بات پر ہم سب دیر تک ہنستے رہے۔ اتنے میں تصدق بھائی آ گئے۔ اماں کہنے لگی۔ "تصدق بدو سے پوچھنا کہ آپا کیسی ہیں۔" آپا نے تصدق بھائی کو آتے ہوئے دیکھا تو منہ موڑ کر یوں بیٹھ گئی جیسے ہنڈیاں پکانے میں منہمک ہو۔

"ہاں تو کیسی ہے آپا بدو؟" وہ بولے۔ "بتاؤں" بدو چلایا اور اس نے اپلے کا ٹکڑا اٹھانے کے لئے ہاتھ بڑھایا۔ غالباً وہ اسے ہاتھ میں لے کر ہمیں دکھانا چاہتا تھا مگر آپا نے جھٹ اس کا ہاتھ پکڑ لیا اور انگلی ہلاتے ہوئے بولی۔ "اونہہ" بدو رونے لگا تو اماں کہنے لگی۔ "پگلے اسے ہاتھ میں نہیں اٹھاتے۔ اس میں چنگاری ہے۔"

"وہ تو جلا ہوا ہے اماں!" بدو نے بسورتے ہوئے کہا۔

اماں بولیں۔ "میرے لال یہی تمہیں معلوم نہیں۔ اس کے اندر آگ ہے۔ اوپر سے نہیں دکھائی دیتی۔"

بدو نے بھولے پن سے پوچھا۔ "کیوں آپا! اس میں آگ ہے کیا؟"

اس وقت آپا کے منہ پر ہلکی سی سرخی دوڑ گئی۔ "میں کیا جانوں۔" وہ بھرائی ہوئی آواز میں بولی اور پھکنی اٹھا کر جلتی ہوئی آگ میں بے مصرف پھونکیں مارنے لگیں۔

اب میں سمجھتی ہوں کہ آپا دل کی گہرائیوں میں جیتی تھی اور وہ گہرائیاں اتنی عمیق تھیں کہ بات ابھرتی بھی تو نکل نہ سکتی۔ اس روز بدو نے کیسے پتے کی بات کہی تھی۔ مگر میں کہا کرتی تھی۔ "آپا تم تو بس بیٹھ رہتی ہو۔" اور وہ مسکرا کر کہتی۔ "پگلی" اور اپنے کام میں لگ جاتی۔ ویسے تو وہ سارا دن کام میں لگی رہتی تھی۔ ہر کوئی اسے کسی نہ کسی کام کے لئے کہہ دیتا اور ایک ہی وقت میں اسے کئی کام کرنے پڑ جاتے۔ ادھر بدو چیختا "آپا میرا دلیا۔" ادھر ابا گھورتے۔ "سجادہ ابھی تک چائے کیوں نہیں بنی؟" بیچ میں اماں بول اٹھتی۔

"بیٹا دھوبی کب سے باہر کھڑا ہے۔" اور آپا چپ چاپ سارے کاموں سے نپٹ لیتی۔ یہ تو میں خوب جانتی تھی مگر اس کے باوجود جانے کیوں اسے کام کرتے ہوئے دیکھ کر یہ محسوس نہیں ہوتا تھا کہ وہ کام کر رہی ہے یا وہ اتنا کام کرتی ہے۔ مجھے تو بس یہی معلوم ہوتا تھا کہ وہ بیٹھی ہی رہتی ہے اور اسے ادھر سے ادھر گردن موڑنے میں بھی اتنی دیر لگتی ہے اور چلتی ہے تو چلتی ہوئی محسوس نہیں ہوتی۔ اس کے علاوہ میں نے آپا کو کبھی قہقہہ مار کر ہنستے ہوئے نہیں سنا۔ زیادہ سے زیادہ مسکرا دیا کرتی تھی اور بس۔ البتہ وہ اکثر مسکرایا کرتی۔ جب وہ مسکراتی تو اس کے ہونٹ کھل جاتے اور آنکھیں بھیگ جاتیں۔ ہاں تو میں سمجھتی تھی کہ آپا بیٹھی ہی رہتی ہے۔ ذرا نہیں ہنستی اور بن چلے لڑھک کر یہاں سے وہاں پہنچ جاتی ہے۔ جیسے کسی نے اسے دھکیل دیا ہو۔ اس کے برعکس ساحرہ کتنے مزے میں چلتی تھی جیسے دادرے کی تال پر ناچ رہی ہو اور اپنی خالہ زاد بہن ساجو باجی کو چلتے دیکھ کر میں کبھی نہ اکتائی۔ جی چاہتا تھا کہ باجی ہمیشہ میرے پاس رہے اور چلتی چلتی اسی طرح گردن موڑ کر پنچم آواز میں کہے۔ "ہیں جی۔۔۔۔ کیوں جی؟" اور اس کی کالی کالی آنکھوں کے گوشے مسکرانے لگیں۔ باجی کی بات بات مجھے کتنی پیاری لگتی تھی۔

ساحرہ اور ثریا ہمارے پڑوس میں رہتی تھیں۔ دن بھر ان کا مکان ان کے قہقہوں سے گونجتا رہتا جیسے کسی مندر میں گھنٹیاں بج رہی ہوں۔ بس میرا جی چاہتا تھا کہ انہیں کے گھر میں جا رہوں۔ ہمارے گھر میں رکھا ہی کیا تھا۔ ایک بیٹھ رہنے والی آپا، ایک "یہ کرو، وہ کرو" والی اماں اور دن بھر حقے پر گڑ گڑانے والے ابا۔

اس روز جب میں نے ابا کو امی سے کہتے سنا، سچ تو یہ ہے کہ مجھے بے حد غصہ آیا۔ ابا کہنے لگے۔ "سجادہ کی ماں۔ معلوم ہوتا ہے کہ ساحرہ کے گھر میں بہت سے برتن ہیں۔"

"کیوں؟" اماں پوچھنے لگی۔

کہنے لگے۔ "بس تمام برتن بجتے رہتے ہیں۔۔۔ اور یا قہقہے لگتے ہیں جیسے میلہ لگا ہو۔"

اماں تنک کر بولی۔ "مجھے کیا معلوم۔ آپ تو بس لوگوں کے گھر کی طرف کان لگائے بیٹھے رہتے ہیں۔"

ابا کہنے لگے۔ "افوہ۔۔۔! میرا تو یہ مطلب ہے کہ جہاں لڑکی جوان ہوئی، برتن بجنے لگے۔ بازار کے موڑ تک لوگوں کو خبر ہو جاتی ہے کہ فلاں گھر میں لڑکی جوان ہو چکی ہے۔ مگر دیکھو نا ہماری سجادہ میں یہ بات نہیں۔" میں نے ان کی بات سنی اور میرا دل کھولنے لگا۔ بڑی آئی ہے سجادہ۔ جی ہاں۔ اپنی بیٹی جو ہوئی۔ اس وقت میرا جی چاہتا تھا کہ جا کے باورچی خانے میں بیٹھی ہوئی آپا کا منہ چڑاؤں۔ اسی بات پر میں نے دن بھر کھانا نہ کھایا اور دل ہی دل میں کھولتی رہی۔ ابا جانتے ہی کیا ہیں۔ بس حقہ لیا اور گڑ گڑ کر لیا یا زیادہ سے زیادہ کتاب کھول کر بیٹھ گئے اور گٹ مٹ، گٹ مٹ کرنے لگے۔ جیسے کوئی بھٹیاری مکئ کے دانے بھون رہا ہو۔ سارے گھر میں لے دے کے صرف تصدق بھائی ہی تھے جو دلچسپ باتیں کیا کرتے تھے اور جب ابا گھر پر نہ ہوتے تو وہ بھدی آواز میں گایا بھی کرتے تھے۔

چپ چپ سے وہ بیٹھے ہیں، آنکھوں میں نمی سی ہے
نازک سی نگاہوں میں نازک سافسانہ ہے

آپا انہیں گاتے سن کر کسی نہ کسی بات پر مسکرا دیتی اور کوئی بات نہ ہوتی تو وہ بدو کو ہلکا سا تھپڑ مار کر کہتی۔ "بدو رونا۔" اور پھر آپ ہی بیٹھی مسکراتی رہتی۔

تصدق بھائی میرے پھوپھا کے بیٹے تھے۔ انہیں ہمارے گھر آئے یہی کوئی دو ماہ ہوئے تھے۔ کالج میں پڑھتے تھے۔ پہلے تو وہ بورڈنگ میں رہا کرتے تھے۔ پھر ایک دن

جب پھوپھی آئی ہوئی تھی تو باتوں میں ان کا ذکر چھڑ گیا۔ پھوپھی کہنے لگی، بورڈنگ میں کھانے کا انتظام ٹھیک نہیں۔ لڑکا آئے دن بیمار رہتا ہے۔ اماں اس بات پر خوب لڑیں۔ کہنے لگیں۔ "اپنا گھر موجود ہے تو بورڈنگ میں پڑے رہنے کا مطلب۔" پھر ان دونوں میں بہت سی باتیں ہوئیں۔ اماں کی تو عادت ہے کہ اگلی پچھلی بہت سی باتیں لے بیٹھتی ہے۔ غرضیکہ نتیجہ یہ ہوا کہ ایک ہفتہ کے بعد تصدق بھائی بورڈنگ کو چھوڑ کر ہمارے ہاں آٹھہرے۔

تصدق بھائی مجھ سے اور بدو سے بڑی گپیں ہانکا کرتے تھے۔ ان کی باتیں بے حد دلچسپ ہوتیں۔ بدو سے تو وہ دن بھر نہ اکتاتے۔ البتہ آپا سے زیادہ باتیں نہ کرتے۔ کرتے بھی کیسے۔ جب کبھی وہ آپا کے سامنے جاتے تو آپا کے دوپٹے کا پلو آپ ہی آپ سرک کر نیم گھونگھٹ بن جاتا اور آپا کی بھیگی بھیگی آنکھیں جھک جاتیں اور وہ کسی نہ کسی کام میں شدت سے مصروف دکھائی دیتیں۔ اب مجھے خیال آتا ہے کہ آپا ان کی باتیں بڑے غور سے سنا کرتی تھی گو کہتی کچھ نہ تھی۔ بھائی صاحب بھی بدو سے آپا کے متعلق پوچھتے رہتے لیکن صرف اس وقت جب وہ دونوں اکیلے ہوتے۔ پوچھتے۔ "بدو تمہاری آپا کیا کر رہی ہے؟"

"آپا۔۔۔" بدو لاپرواہی سے دہراتا۔ "بیٹھی ہے۔۔۔ بلاؤں؟"

بھائی صاحب گھبرا کر کہتے۔ "نہیں نہیں۔ اچھا بدو۔۔۔ آج تمہیں یہ دیکھو۔ اس طرح تمہیں دکھائیں۔" اور جب بدو کا دھیان ادھر ادھر ہو جاتا تو مدھم سی آواز میں کہتے۔ "ارے یار تم تو مفت کا ڈھنڈورا ہو۔" بدو چیخ اٹھتا۔ "کیا ہوں میں؟" اس پر وہ میز بجانے لگتے۔ ڈگمگ ڈگمگ۔۔۔ ڈھنڈورا یعنی یہ ڈھنڈورا ہے۔ دیکھا جسے ڈھول بھی کہتے ہیں۔ ڈگمگ ڈگمگ سمجھے اور آپا اکثر چلتے چلتے ان کے دروازے پر رک جاتی اور ان کی باتیں

سنتی رہتی اور پھر چولہے کے پاس بیٹھ کر آپ ہی آپ مسکراتی۔ اس وقت اس کے سر سے دوپٹہ سرک جاتا۔ بالوں کی لٹ پھسل کر گالوں پر آگرتی اور وہ بھیگی بھیگی آنکھیں چولہے میں ناچتے ہوئے شعلوں کی طرح جھومتیں۔ آپا کے ہونٹ یوں ہلتے، گویا گا رہی ہو۔ مگر الفاظ سنائی نہ دیتے۔ ایسے میں اگر اماں یا ابا باورچی خانے میں آجاتے تو آپا ٹھٹک کر یوں اپنا دوپٹہ، بال اور آنکھیں سنبھالتی گویا کسی بے تکلف محفل میں کوئی بیگانہ آگیا ہو۔

ایک دن میں، آپا اور اماں صحن میں تھیں۔ اس وقت بھائی اندر اپنے کمرے میں بدو سے باتیں کر رہے تھے۔ میرا خیال ہے کہ بھائی کو یہ معلوم نہیں تھا کہ ہم باہر بیٹھے ہوئے ہیں اور ان کی باتیں سن رہے ہیں۔ بھائی صاحب بدو سے کہہ رہے تھے۔ "میرے یار ہم تو اس سے بیاہ کریں گے جو ہم سے انگریزی میں باتیں کر سکے۔ کتابیں پڑھ سکے۔ شطرنج، کیرم اور چڑیا کھیل سکے۔ چڑیا جانتے ہو؟ وہ گول گول پروں والا گیند بلے سے یوں ڈز ٹن ڈز۔ اور سب سے ضروری بات یہ ہے کہ ہمیں مزیدار کھانے پکا کر کھلا سکے۔ سمجھے۔۔۔؟"

بدو بولا۔ "ہم تو چھاجو باجی سے بیاہ کریں گے۔"

"اونہہ۔۔۔" بھائی نے کہا۔

بدو چیخنے لگا۔ "میں جانتا ہوں۔ تم آپا سے بیاہ کرو گے۔۔۔ ہاں۔"

اس وقت اماں نے آپا کی طرف دیکھا مگر آپا اپنے پاؤں کے انگوٹھے کا ناخن توڑنے میں اس قدر مصروف تھی جیسے کچھ خبر ہی نہ ہو۔ اندر بھائی صاحب کہہ رہے تھے۔ "واہ تمہاری آپا فرنی پکاتی ہے تو پوری طرح شکر بھی نہیں ڈالتی۔ بالکل پھیکی۔۔۔ آخ تھو۔"

بدو نے کہا۔ "ابا جو کہتے ہیں کہ فرنی میں کم میٹھا ہونا چاہئے۔"

"تو وہ اپنے ابا کے لئے پکاتی ہے، ہمارے لئے تو نہیں۔"

"میں کہوں آپا سے؟" بدو چیخا۔

بھائی چلائے۔ "اوہ پگلا۔ ڈھنڈورا۔ لو تمہیں ڈھنڈورا پیٹ کر دکھائیں۔ یہ دیکھو اس طرح۔۔۔۔ ڈگمگ ڈگمگ۔ " بدو پھر چلانے لگتا۔ "میں جانتا ہوں۔ تم میز بجا رہے ہو نا؟ ہاں ہاں اسی طرح ڈھنڈورا پٹتا ہے نا۔ "بھائی کہہ رہے تھے۔ "کشتیوں میں۔ اچھا بدو تم نے کبھی کشتی لڑی ہے۔ آؤ ہم تم کشتی لڑیں۔ میں ہوا گاما اور تم بدو پہلوان۔ ذرا ٹھہرو جب میں تین کہوں تب۔ " اور اس کے ساتھ ہی انہوں نے مدھم آواز سے کہا۔ "ارے یار! تمہاری دوستی تو مجھے بہت مہنگی پڑتی ہے۔"

میرا خیال ہے آپا ہنسی نہ روک سکی۔ اس لئے وہ اٹھ کر باورچی خانے میں چلی گئی۔ میرا تو ہنسی کے مارے دم نکلا جا رہا تھا اور اماں نے اپنے منہ میں دوپٹہ ٹھونس لیا تھا۔

میں اور آپا دونوں اپنے کمرے میں بیٹھے ہوئے تھے کہ بھائی صاحب آ گئے اور کہنے لگے۔ "کیا پڑھ رہی ہو جہینا؟" ان کے منہ سے جہینا سن کر مجھے بڑی خوشی ہوتی تھی۔ حالانکہ مجھے اپنے نام سے بے حد نفرت تھی۔ نور جہاں کیسا پرانا نام ہے۔ بولتے ہی منہ میں باسی روٹی کا مزہ آنے لگتا ہے۔ میں تو نور جہاں سن کر یوں محسوس کیا کرتی تھی جیسے صاحب کو نام بگاڑ کر اسے سنوارنے میں کمال حاصل تھا۔ ان کے منہ سے جیہنا سن کر مجھے اپنے نام سے کوئی شکایت نہ رہتی اور میں محسوس کرتی گویا ایران کی شہزادی ہوں۔ آپا کو وہ سجادہ سے سجدے کہا کرتے تھے۔ مگر وہ تو پرانی بات تھی۔ جب آپا چھوٹی تھی۔ اب تو بھائی اسے سجدے نہ کہتے بلکہ اس کا پورا نام لیتے گھبراتے تھے۔ خیر میں نے جواب دیا۔ "سکول کا کام کر رہی ہوں۔ "پوچھنے لگے کہ تم نے کوئی برنارڈ شا کی کتاب پڑھی ہے کیا؟"

میں نے کہا۔ "نہیں"

انہوں نے میرے اور آپا کے درمیان والی دیوار پر لٹکی ہوئی گھڑی کی طرف دیکھتے

ہوئے کہا۔ "تمہاری آپا نے تو ہارٹ بریک ہاؤس پڑھی ہو گی۔" وہ کنکھیوں سے آپا کی طرف دیکھ رہے تھے۔

آپا نے نظریں اٹھائے بغیر ہی سر ہلا دیا اور مدھم سی آواز میں کہا۔ "نہیں۔" اور سویٹر بننے میں لگی رہی۔

بھائی بولے۔ "کیا بتاؤں جہینا کہ وہ کیا چیز ہے۔ نشہ ہے نشہ۔ خالص شہد۔ تم اسے ضرور پڑھو۔ بالکل آسان ہے یعنی امتحان کے بعد ضرور پڑھنا۔ میرے پاس پڑی ہے۔"

"میں نے کہا۔ "ضرور پڑھوں گی۔"

پھر پوچھنے لگے۔ "میں کہتا ہوں تمہاری آپا نے میٹرک کے بعد پڑھنا کیوں چھوڑ دیا؟"

میں نے چڑ کر کہا۔ "مجھے کیا معلوم۔ آپ خود ہی پوچھ لیجئے۔" حالانکہ مجھے اچھی طرح سے معلوم تھا کہ آپا نے کالج جانے سے کیوں انکار کیا تھا۔ "میرا تو کالج جانے کو جی نہیں چاہتا۔ وہاں لڑکیوں کو دیکھ کر ایسا معلوم ہوتا ہے کوئی نمائش گاہ ہو۔ درسگاہ تو معلوم ہی نہیں ہوتی۔ جیسے مطالعے کے بہانے میلہ لگا ہو۔" مجھے آپا کی یہ بات بہت بری لگی تھی۔ میں جانتی تھی کہ وہ گھر بیٹھ رہنے والی ہے۔ کالج جانا نہیں چاہتی۔ بڑی آئی تھی نکتہ چیں۔

اس کے علاوہ جب کبھی بھائی جان آپا کی بات کرتے تو خواہ مخواہ چڑ جاتی۔ آپا تو بات کا جواب تک نہیں دیتی اور آپا آپا کر رہے ہیں اور پھر آپا کی بات مجھ سے پوچھنے کا مطلب؟ میں کیا ٹیلی فون تھی؟ خود آپا سے پوچھ لیتے اور آپا بیٹھی ہوئی گم صم بھیگی بلی۔

شام کو ابا کھانے پر بیٹھے ہوئے چلا اٹھے۔ "آج فرنی میں اتنی شکر کیوں ہے؟ قند سے ہونٹ چپکے جا رہے ہیں۔ سجادہ۔۔۔۔ سجادہ بیٹی۔ کیا چینی اتنی سستی ہو گئی ہے۔ ایک لقمہ

نگلنا مشکل ہو رہا ہے۔"

آپا کی بھیگی بھیگی آنکھیں جھوم رہی تھیں۔ حالانکہ جب کبھی ابا جان خفا ہوتے تو آپا کا رنگ زرد پڑ جاتا تھا مگر اس وقت اس کے گال تمتما رہے تھے۔ کہنے لگی۔ "شاید زیادہ پڑ گئی ہو۔" یہ کہہ کر وہ تو باورچی خانے میں چلی گئی اور میں دانت پیس رہی تھی۔ شاید کیا خوب شاید۔

ادھر ابا بدستور بڑبڑا رہے تھے۔ "چار پانچ دن سے دیکھ رہا ہوں، فرنی میں قند بڑھتی جا رہی ہے۔" صحن سے اماں دوڑی دوڑی آئیں اور آتے ہی ابا پر برس پڑیں جیسے ان کی عادت ہے۔ "آپ تو ناحق بگڑتے ہیں۔ آپ ہلکا میٹھا پسند کرتے ہیں تو کیا باقی لوگ بھی کم کھائیں۔ اللہ رکھے گھر میں جوان لڑکا ہے۔ اس کا تو خیال کرنا چاہیے۔" ابا کو جان چھڑانی مشکل ہو گئی کہنے لگے۔ "اوہ یہ بات ہے۔ مجھے بتا دیا ہوتا۔ میں کہتا ہوں سجادہ کی ماں۔۔۔" اور وہ دونوں آپس میں کھسر پھسر کرنے لگے۔

آپا ساحرہ کے گھر جانے کو تیار ہوئی تو میں بڑی حیران ہوئی۔ آپا ان سے ملنا تو کیا بات تک کو ناپسند کرتی تھی۔ بلکہ اس کے نام پر ہی ناک بھوں چڑھایا کرتی تھی۔ میں نے خیال کیا کہ ضرور کوئی بھید ہے اس بات میں۔ کبھی کبھار ساحرہ دیوار کے ساتھ چارپائی کھڑی کر کے اس پر چڑھ کر ہماری طرف جھانکتی اور کسی نہ کسی بہانے سلسلہ گفتگو قائم کرنے کی کوشش کرتی تو آپا بڑی بے دلی سے دو ایک باتیں کر کے اسے ٹال دیتی۔ آپ ہی بول اٹھتی۔ "ابھی تو اتنا کام پڑا ہے اور میں یہاں کھڑی ہوں۔" یہ کہہ کر باورچی خانے میں جا بیٹھتی۔ خیر اس وقت تو میں چپ چاپ بیٹھی رہی مگر جب آپا لوٹ آئی تو کچھ عرصے کے بعد چپکے سے میں بھی ساحرہ کے گھر جا پہنچی۔ باتوں ہی باتوں میں، میں نے ذکر چھیڑ دیا۔

"آج آپا آئی تھی؟"

ساحرہ نے ناخن پالش کرتے ہوئے کہا۔ "ہاں کوئی کتاب منگوانے کو کہہ گئی ہے۔ نہ جانے کیانام ہے اس کا۔۔۔۔ہارٹ بریک ہاؤس۔"

آپا اس کتاب کو مجھ سے چھپا کر دراز میں مقفل رکھتی تھی۔ مجھے کیا معلوم نہ تھا کہ رات کو وہ بار بار کبھی میری طرف اور کبھی گھڑی کی طرف دیکھتی رہتی۔ اسے یوں مضطرب دیکھ کر میں دو ایک چھوٹی انگڑائی لیتی اور پھر کتاب بند کر کے رضائی میں یوں لیٹ جاتی جیسے مدت سے گہری نیند میں ڈوب چکی ہوں۔ جب اسے یقین ہو جاتا کہ میں سو چکی ہوں تو دراز کھول کر کتاب نکال لیتی اور اسے پڑھنا شروع کر دیتی۔ آخر ایک دن مجھ سے رہا نہ گیا۔ میں نے رضائی سے منہ نکال کر پوچھ ہی لیا۔ "آپا یہ "ہارٹ بریک ہاؤس" کا مطلب کیا ہے؟" دل توڑنے والا گھر" اس کے کیا معنی ہوئے؟" پہلے تو آپا ٹھٹک گئی۔ پھر سنبھل کر بیٹھ گئی مگر اس نے میری بات کا جواب نہ دیا۔ میں نے اس کی خاموشی سے جل کر کہا۔ "اس لحاظ سے تو ہمارا گھر بھی ہارٹ بریک ہے۔" کہنے لگی۔ "میں کیا جانوں۔"

میں نے اسے جلانے کو کہا۔ "ہاں ہماری آپا بھلا کیا جانے۔" میرا خیال ہے یہ بات اسے ضرور بری لگی۔ کیونکہ اس نے کتاب رکھ دی اور بتی بجھا کر سو گئی۔

ایک دن یوں ہی پھرتے پھراتے میں بھائی جان کے کمرے میں جا نکلی۔ پہلے تو بھائی جان ادھر ادھر کی باتیں کرتے رہے پھر پوچھنے لگے۔ "جیہنا اچھا یہ بتاؤ کیا تمہاری آپا کو فروٹ سلاد بنانا آتا ہے؟" میں نے کہا۔ "میں کیا جانوں جا کر آپا سے پوچھ لیجئے۔" ہنس کر کہنے لگے۔ "آج کیا کسی سے لڑ کر آئی ہو؟" میں نے ان کی بات کا جواب نہ دیا۔ پھر بولے۔ "ہیں۔ ابھی تو لڑکی ہو۔ شاید کسی دن لڑاکا بن جاؤ۔" اس پر میری ہنسی نکل گئی۔ وہ کہنے لگے۔ "دیکھو جیہنا مجھے لڑنا بے حد پسند ہے۔ میں تو ایسی لڑکی سے بیاہ کروں گا جو باقاعدہ صبح سے شام تک مجھ سے لڑ سکے اور نہ اکتائے۔" میں شرما گئی اور بات بدلنے کی

خاطر پوچھا۔ "فروٹ سلاد کیا ہوتا ہے بھائی جان؟"

بولے۔ "وہ بھی کچھ ہوتا ہے۔ سفید سفید، لال لال، کالا کالا، نیلا نیلا سا۔" میں ان کی بات سن کر بہت ہنسی۔ پھر کہنے لگے۔ "وہ مجھے بے حد پسند ہے۔ یہاں تو ہے ناہم فرنی کھا کھا کر اکتا گئے۔"

میرا خیال ہے یہ بات آپا نے ضرور سن لی ہو گی کیونکہ اسی شام کو وہ باورچی خانے میں بیٹھی "نعمت خانہ" پڑھ رہی تھی۔ اس دن کے بعد روز بلا ناغہ وہ کھانے پکانے سے فارغ ہو کر فروٹ سلاد بنانے کی مشق کیا کرتی اور ہم میں سے کوئی اس کے پاس جاتا تو وہ جھٹ فروٹ سلاد کی کشتی چھپا دیتی۔

ایک روز آپا کو چھیڑنے کی خاطر میں نے بدو سے پوچھا۔ "بدو بھلا بوجھو تو وہ کشتی جو آپا کے پیچھے پڑی ہے، اس میں کیا ہے؟"

بدو ہاتھ دھو کر آپا کے پیچھے پڑ گیا۔ حتیٰ کہ آپا کو وہ کشتی بدو کو دینی ہی پڑی۔ پھر میں نے بدو کو اور بھی چمکا دیا۔ میں نے کہا۔ بدو جاؤ بھائی جان سے پوچھو۔ اس کھانے کا کیا نام ہے۔"

بدو بھائی جان کے کمرے کی طرف جانے لگا تو آپا نے اٹھ کر کشتی اس سے چھین لی اور میری طرف گھور کر دیکھا۔ اس روز پہلی مرتبہ آپا نے مجھے غصے سے گھورا تھا۔

اس رات آپا شام ہی سے لیٹ گئی۔ مجھے صاف دکھائی دیتا تھا کہ وہ رضائی میں پڑی رو رہی ہے۔ اس وقت مجھے اپنی بات پر بہت افسوس ہوا۔ میرا جی چاہتا تھا کہ میں اٹھ کر آپا کے پاؤں پڑ جاؤں اور اسے خوب پیار کروں مگر ویسے ہی چپ چاپ بیٹھی رہی اور کتاب کا ایک لفظ تک نہ پڑھ سکی۔

انہیں دنوں میری خالہ زاد بہن ساجدہ جسے ہم سب ساجو باجی کہا کرتے تھے۔

میٹرک کا امتحان دینے کے لئے ہمارے گھر آ ٹھہریں۔ ساجو باجی کے آنے پر ہمارے گھر میں رونق ہو گئی۔ ہمارا گھر بھی قہقہوں سے گونج اٹھا۔ ساحرہ اور ثریا چارپائیوں پر کھڑی ہو کر باجی سے باتیں کرتی رہتیں۔ بدو چھاجو باجی۔ چھاجو باجی چیختا پھرتا اور کہتا۔ "ہم تو چھاجو باجی سے بیاہ کریں گے۔"

باجی کہتی۔ "شکل تو دیکھو اپنی۔ پہلے منہ دھو آؤ۔" پھر وہ بھائی صاحب کی طرف یوں گردن موڑتی کہ کالی کالی آنکھوں کے گوشے مسکراتے اور وہ پنجم تان میں پوچھتی۔ "ہے نا بھائی جان۔۔۔!"

باجی کے منہ سے "بھئی جان۔" ایسا بھلا سنائی دیتا تھا کہ میں خوشی سے پھولی نہ سماتی۔ اس کے برعکس جب کبھی آپا بھائی صاحب کہتی تو کیسا بھدا معلوم ہوتا تھا۔ گویا وہ واقعی انہیں بھائی کہہ رہی ہو اور پھر صاحب جیسے حلق میں کچھ پھنسا ہوا ہو مگر باجی صاحب کی جگہ جاآن کہہ کر وہ اس سادے لفظ میں جان ڈال دیتی تھی۔ جاآن کی گونج میں بھائی دب جاتا اور یہ محسوس ہی نہ ہوتا کہ وہ انہیں بھائی کہہ رہی ہے۔ اس کے علاوہ بھئی جاآن کہہ کر وہ ایسی کالی کالی آنکھوں میں مسکراتی کہ سننے والے کو قطعی یہ گمان نہ ہوتا کہ اسے بھائی کہا گیا ہے۔ آپا کے بھائی اور باجی کے بھائی جان میں کتنا فرق تھا۔

باجی کے آنے پر آپا کا بیٹھ رہنا بالکل بیٹھ رہنا ہو گیا۔ بدو نے بھائی جان سے کھیلنا چھوڑ دیا۔ وہ باجی کے گرد طواف کرتا رہتا اور باجی بھائی جان سے کبھی شطرنج اور کبھی کیرم کھیلتی۔

باجی کہتی۔ "بھائی جان ایک بورڈ لگے گا۔" یا بھائی جان باجی کی موجودگی میں بدو سے کہتے۔ "کیوں میاں بدو کوئی ہے جو ہم سے شطرنج میں پٹنا چاہتا ہو؟" باجی بول اٹھتی۔ "آپا سے پوچھئے۔" بھائی کہتے۔ "اور تم۔۔۔" باجی جھوٹ موٹ کی سوچ میں پڑ جاتی۔ چہرے

پر سنجیدگی پیدا کر لیتی۔ بھوئیں سمٹا لیتی اور تیوری چڑھا کر کھڑی ہو جاتی پھر کہتی۔ "اونہہ مجھ سے تو آپ پٹ جائیں گے۔" بھائی جان کھکھلا کر ہنس پڑتے اور کہتے۔ "کل جو پٹی تھیں، بھول گئیں کیا؟" وہ جواب دیتی۔ "میں نے کہا چلو بھئی جا آن کا لفظ کر دو۔ ورنہ دنیا کیا کہے گی کہ وہ مجھ سے ہار گئے۔" اور پھر یوں ہنستی جیسے گھنگھرو بج رہے ہوں۔

رات کو بھائی جان باورچی خانے ہی میں بیٹھ گئے۔ آپا چپ چاپ چولہے کے سامنے بیٹھی تھی۔ بدو چھاجو باجی، چھاجو باجی کہتا ہوا باجی کا پلو پکڑے اس کے ارد گرد گھوم رہا تھا۔ باجی بھائی جان کو چھیڑ رہی تھی۔ کہتی تھی۔ "بھائی جا آن تو صرف ساڑھے چھ پھلکے کھاتے ہیں۔ اس کے علاوہ فرنی کی پلیٹ مل جائے تو کوئی مضائقہ نہیں۔ کریں بھی کیا۔ نہ کھائی تو ممانی ناراض ہو جائیں۔ انہیں جو خوش رکھنا ہوا۔ ہے نا بھئی جا آن۔" ہم سب اس بات پر خوب ہنسے۔ پھر باجی ادھر ادھر ٹہلنے لگی اور آپا کے پیچھے جا کھڑی ہوئی۔ آپا کے پیچھے فروٹ سلاد کی کشتی پڑی تھی۔ باجی نے ڈھکنا سرکا کر دیکھا اور کشتی کو اٹھا لیا۔ پیشتر اس کے آپا کچھ کہہ سکے، باجی وہ کشتی بھائی جان کی طرف لے آئی۔ "لیجئے بھائی جا آن!" اس نے آنکھوں میں ہنستے ہوئے کہا۔ آپ بھی کیا کہیں گے کہ ساجو باجی نے کبھی کچھ کھلایا ہی نہیں۔"

بھائی جان نے دو تین چمچے منہ میں ٹھونس کر کہا۔ "خدا کی قسم بہت اچھا بنا ہے۔ کس نے بنایا ہے؟" باجی نے آپا کی طرف کنکھیوں سے دیکھا اور ہنستے ہوئے کہا۔ "ساجو باجی نے اور کس نے بھئی جا آن کے لئے۔" بدو نے آپا کے منہ کی طرف غور سے دیکھا۔ آپا کا منہ لال ہو رہا تھا۔ بدو چلا اٹھا۔ "میں بتاؤں بھائی جان۔۔۔" آپا نے بڑھ کر بدو کے منہ پر ہاتھ رکھ دیا اور اسے گود میں اٹھا کر باہر چلی گئی۔ باہر آپا الگنی کے قریب کھڑی تھی۔ بھائی جان نے مدھم آواز میں کچھ کہا۔ آپا نے کان سے دوپٹہ سرکا دیا۔ پھر باجی کی

آواز آئی۔ "چھوڑیئے چھوڑیئے۔" اور پھر خاموشی چھا گئی۔

اگلے دن ہم صحن میں بیٹھے تھے۔ اس وقت بھائی جان اپنے کمرے میں پڑھ رہے تھے۔ بدو بھی کہیں ادھر ادھر ہی کھیل رہا تھا۔ باجی حسب معمول بھائی جان کے کمرے میں چلی گئی۔ "آج ایک دھندناتا بورڈ کر دکھاؤں۔ کیا رائے ہے آپ کی؟" بھائی جان بولے۔ "واہ یہاں کک لگاؤں تو جانے کہاں جا پڑو۔" غالباً انہوں نے باجی کی طرف زر سے پیر چلایا ہو گا۔ وہ بناوٹی غصے میں چلائی۔ "وہ آپ تو ہمیشہ پیر ہی سے چھیڑتے ہیں۔" بھائی جان معاً بول اٹھے۔ "تو کیا ہاتھ سے۔۔۔" "چپ خاموش۔" باجی چیخی۔ اس کے بھاگنے کے آواز آئی۔ ایک منٹ تک تو پکڑ و دھکڑ سنائی دی۔ پھر خاموشی چھا گئی۔

اتنے میں کہیں سے بدو بھاگتا ہوا آیا۔ کہنے لگا۔ "آپا اندر بھائی جان باجی سے کشتی لڑ رہے ہیں۔ چلو دکھاؤں تمہیں۔ چلو بھی۔" وہ آپا کا بازو پکڑ کر گھسیٹنے لگا۔ آپا کا رنگ ہلدی کی طرح زرد ہو رہا تھا۔ وہ بت بنی کھڑی تھی۔ بدو نے آپا کو چھوڑ دیا وہ کہنے لگا۔ "اماں کہاں ہے؟" اور اماں کو بلانے کے لئے دوڑا۔ آپا نے لپک کر اسے گود میں اٹھا لیا اور باورچی خانے میں لے گئی۔

اسی شام میں نے کتابوں کی الماری کھولی تو اس میں آپا کی "ہارٹ بریک ہاؤس" پڑی تھی۔ شاید آپا نے اسے وہاں رکھ دیا ہو۔ میں حیران ہوئی کہ بات کیا ہے۔ مگر آپا باورچی خانے میں چپ چاپ بیٹھی تھی۔ جیسے کچھ ہوا ہی نہ ہو۔ اس کے پیچھے فروٹ سلاد والی کشتی خالی پڑی تھی۔ البتہ آپا کے ہونٹ بھنچے ہوئے تھے۔

بھائی تصدق اور باجی کی شادی کے دو سال بعد ہمیں پہلی بار ان کے گھر جانے کا اتفاق ہوا۔ اب باجی وہ باجی نہ تھی۔ اس کے قہقہے بھی نہ تھے۔ اس کا رنگ زرد تھا اور ماتھے پر شکن چڑھی تھی۔ بھائی جان بھی چپ چپ رہتے تھے۔ ایک شام اماں کے سوا ہم

سب باورچی خانے میں بیٹھے تھے۔ بھائی کہنے لگے۔ "بدو ساجو باجی سے بیاہ کرو گے؟"

"اونہہ۔" بدو نے کہا۔ "ہم بیاہ کریں گے ہی نہیں۔"

میں نے پوچھا۔ "بھائی جان یاد ہے جب بدو کہا کرتا تھا۔ ہم تو چھاجو باجی سے بیاہ کریں گے۔" اماں نے پوچھا۔ "آپا سے کیوں نہیں؟" تو کہنے لگا۔ "بتاؤں آپا کیسی ہے۔۔۔ پھر چولہے میں جلے ہوئے اپلے کی طرف اشارہ کر کے کہنے لگا۔۔۔ ایسی۔ اور چھاجو باجی روشن بلب کی طرف انگلی سے اشارہ کر کے۔۔۔ ایسی۔" عین اسی وقت بجلی بجھ گئی اور کمرے میں انگاروں کی روشنی کے سوا اندھیرا چھا گیا۔ "جہاں یاد ہے۔" بھائی نے کہاں۔ پھر جب باجی کسی کام کے لئے باہر چلی گئی تو بھائی کہنے لگے۔ "نہ جانے اب بجلی کو کیا ہو گیا ہے۔ جلتی بجتی رہتی ہے۔" آپا چپ چاپ بیٹھی چولہے میں راکھ سے دبی ہوئی چنگاریوں کو کرید رہی تھی۔ بھائی جان نے مغموم آواز میں کہا۔ "اف کتنی سردی ہے۔" پھر اٹھ کر آپا کے قریب چولہے کے سامنے جا بیٹھے اور سلگتے ہوئے اپلوں سے ہاتھ سینکنے لگے۔ بولے۔ "ممانی سچ کہتی تھیں کہ ان جلے ہوئے اپلوں میں آگ دبی ہوتی ہے۔ اوپر سے نہیں دکھتی۔ کیوں سجدے۔" آپا پرے سرکنے لگی تو چھن سی آواز آئی جیسے کسی دبی ہوئی چنگاری پر پانی کی بوند پڑی ہو۔ بھائی جان منت بھری آواز میں کہنے لگا۔ "اب اس چنگاری کو تو نہ بجھاؤ۔ سجدے دیکھو تو کتنی ٹھنڈ ہے۔"

(۲) نفرت

عجیب واقعات تو دنیا میں ہوتے ہی رہتے ہیں مگر ایک معمولی سا واقعہ نازلی کی طبیعت کو یک لخت قطعی طور پر بدل دے، یہ میرے لئے بے حد حیران کن بات ہے۔ اس کی یہ تبدیلی میرے لئے معمہ ہے۔ چونکہ اس واقعہ سے پہلے مجھے یقین تھا کہ اس کی طبیعت کو بدلنا قطعی ناممکن ہے۔ اس لئے اب میں یہ محسوس کر رہی ہوں کہ نازلی وہ نازلی ہی نہیں رہی جو بچپن سے اب تک میری سہیلی تھی۔ جیسے اس کی اس تبدیلی میں انسان کی روح کی حقیقت کا بھید چھپا ہے۔ تعجب کی بات تو یہ ہے کہ وہ ایک بہت ہی معمولی واقعہ تھا یعنی کسی بھدے سے بد نما آدمی سے خدا واسطے کا بغض محسوس کرنا۔۔۔ کتنی عام سی بات ہے۔

سہیلی کے علاوہ وہ میری بھابی تھی۔ کیونکہ اس کی شادی بھائی مظفر سے ہو چکی تھی۔ اس بات کو تقریباً دو سال گزر چکے تھے۔ مظفر میرے ماموں زاد بھائی ہیں اور جالندھر میں وکالت کرتے ہیں۔

یہ واقعہ لاہور اسٹیشن پر ہوا۔ اس روز میں اور نازلی دونوں لائل پور سے جالندھر کو آ رہی تھیں۔

ایک چھوٹے سے درمیانے درجے کے ڈبے میں ہم دونوں اکیلی بیٹھی تھیں۔ نازلی پردے کی سخت مخالف تھی۔ برقعے کا بوجھ اٹھانا اس سے دوبھر ہو جاتا تھا۔ اس لئے گاڑی میں داخل ہوتے ہی اس نے برقع اتار کر لپیٹا اور سیٹ پر رکھ دیا۔ اس روز اس نے زرد رنگ کی ریشمی ساڑھی پہنی ہوئی تھی جس میں طلائی حاشیہ تھا۔ زرد رنگ اسے بہت پسند تھا اور اس کے گورے گورے جسم میں گلابی جھلک پیدا کر دیتا تھا۔

اس کی یہ بے پردگی اور بے باکی مجھے پسند نہ تھی۔ مگر اس بات پر اسے کچھ کہنا بیکار تھا۔ آتے جاتے لوگ اس کی طرف گھور گھور کر دیکھتے مگر وہ اپنے خیالات میں یوں مگن تھی جیسے جنگل میں تن تنہا بیٹھی ہو۔ دو تین گھنٹے تو یونہی گزر گئے مگر لاہور کے قریب جانے کون سا اسٹیشن تھا، جہاں سے دو نوجوان لڑکے سوار ہوئے۔ مجھے تو کسی کالج کے طالب علم نظر آتے تھے۔ ان لڑکوں نے ہر اسٹیشن پر گاڑی سے اتر کر ہمیں تاڑنا شروع کر دیا۔ ہمارے ڈبے کے سامنے آ کھڑے ہوتے اور متبسم نظروں سے ہماری طرف دیکھتے۔ پھر آپس میں باتیں کرتے اور آنکھوں ہی آنکھوں میں مسکراتے۔ نازلی ویسے ہی بے باکی سے کھڑکی میں بیٹھی رہی بلکہ میرا خیال ہے کہ اسے اتنا بھی معلوم نہ ہوا کہ وہ نوجوان اسے دیکھ رہے ہیں۔ اس وقت وہ ایک کتاب پڑھ رہی تھی۔ میرے لئے اس کی یہ بے نیازی بے حد پریشان کن تھی۔ میں کچھ شرم اور کچھ غصہ محسوس کر رہی تھی۔ آخر مجھ سے رہا نہ گیا۔

میں نے کہا۔ "نازلی برقع پہن لو۔ دیکھو لڑکے کب سے تمہیں تاڑ رہے ہیں۔"

"کہاں ہیں؟" اس نے چونک کر کہا، پھر مسکرا دی۔ "دیکھنے دو۔ ہمارا کیا لیتے ہیں۔ آپ ہی اکتا جائیں گے۔۔۔۔بے چارے۔"

"مگر برقع اوڑھ لینے میں کیا حرج ہے؟"

"اگر برقع اوڑھنے سے لوگ یوں گھورنا چھوڑ دیں تو شاید عورتیں برقع اوڑھنا ترک کر دیں۔ برقع پہن لوں تو یہی ہو گا کہ سامنے کھڑے ہونے کی بجائے ادھر ادھر منڈلاتے پھریں گے۔"

"تم بھی حد کرتی ہو۔"

"میں کہتی ہوں نجمی ایمان سے کہنا۔ کیا تم اپنے آپ کو چھپانے کے لئے برقع پہنتی

ہو؟" وہ مجھے نجمی کہا کرتی تھی۔ چونکہ اس کے خیال کے مطابق نجم النساء گنگنانام تھا۔ وہ بے اختیار ہنس دی۔ "اچھامان لیا کہ تم واقعی اپنے آپ کو چھپانے کے لئے برقع پہنتی ہو۔ چلومان لیا برقع پہن کر تم لوگوں پر یہ ظاہر کرتی ہو کہ اس برقعے میں چھپانے کے قابل چیز ہے۔یعنی ایک خوبصورت لڑکی ہے۔یقین نہ ہو تو خود دیکھ لیجئے اور یہ برقع تو دیکھو۔" اس نے میرے برقع کو ہاتھ میں مسلتے ہوئے کہا۔ "یہ ریشمی بوسکی فیتے۔ جھالر یہ تو برقع بذات خود خوبصورت ہے اور برقع والی کیا ہوگی۔ اندازہ کر لیجئے۔واہ کیا خوب پردہ ہے۔"

"تم خوامخواہ بگڑتی ہو۔" میں نے تنک کر کہا۔ "بگڑنا تو خیر ہوگا۔۔۔۔مجھے تمہاری طرح بننا نہیں آتا۔" "پگلی کبھی عورت بھی پردے میں رہ سکتی ہے۔ دیکھتی نہیں ہو۔ عورتوں نے پردے کو بھی زیبائش بنا دیا ہے۔ آخر جو بات ہے اسے ماننے میں کیا حرج ہے؟" یہ کہہ کر وہ ہنس پڑی۔۔۔۔

"تمہیں تو ہر وقت مذاق سوجھتا ہے۔" میں نے بگڑ کر کہا۔

"لو اور سنو۔ جو ہم کہیں، وہ تو ہو امذاق اور جو آپ کہیں، وہ حقیقت ہے۔"

"اچھا بابا معاف کرو۔ بھول ہوئی۔ اب برقعہ تو اٹھالو کیا ان درختوں سے بھی پردہ کرو گی؟"

"تمہارے خیالات بہت عجیب ہیں۔" میں نے برقعہ اتارتے ہوئے کہا۔ اسٹیشن بہت دور رہ گیا تھا اور گاڑی ایک وسیع میدان سے گزر رہی تھی۔

"عجیب۔۔۔۔ ہاں عجیب ہیں۔ اس لئے کہ وہ میرے اپنے ہیں۔ اگر میں بھی تمہاری طرح سنی سنائی باتیں شروع کر دوں تو تم مجھ سے کبھی ناراض نہ ہو۔"

"سنی سنائی۔۔۔۔؟"

"ہاں سنی سنائی، اس لئے کہ یہ باتیں ظہیر صاحب کو بہت پسند ہیں اور تم چاہتی ہو کہ

وہ تمہیں چاہیں۔ تمہارے میاں جو ہوئے۔ یہ سنہری چوڑیاں ہی دیکھو۔ یاد ہے تم سنہری چوڑیوں کو کیسی نفرت کی نظر سے دیکھا کرتی تھیں؟ مگر یہ انہیں پسند ہیں نا۔ اس لئے یہ بوجھ اٹھائے پھرتی ہو۔ ان کی محبت کی محتاج جو ٹھہریں۔ ایمان سے کہنا۔ کیا یہ غلط ہے؟ مجھے تو ایسی محتاجی گوارا نہیں۔ تم ہی نے تو مردوں کا مزاج بگاڑ رکھا ہے۔ ورنہ وہ بے چارے۔"

"تمہیں بھی تو زرد رنگ پیارا ہے نا؟"

"ہاں ہے اور رہے گا۔ میری اپنی پسند ہے۔ میں اپنے میاں کے ہاتھ کی کٹھ پتلی نہیں بننا چاہتی کہ جیسا جی چاہیں، نچالیں۔ میں نے ان سے بیاہ کیا ہے۔ ان کے پاس اپنی روح گردی نہیں رکھی اور تم۔۔۔۔ تمہاری تو مرضی ہے ہی نہیں۔ تم تو ہوا کے رخ میں اڑنا چاہتی ہو۔"

دفعتاً گاڑی نے جھٹکا کھایا اور وہ لڑھک کر مجھ پر آگری۔

"یہ جھوٹ بولنے کی سزا ہے۔" میں نے اسے چھیڑنے کو کہا اور ہم دونوں ہنس پڑیں۔ گاڑی اسٹیشن پر رک گئی۔ دونوں جوان گاڑی سے اتر کر ہمارے سامنے آکھڑے ہوئے اور نازلی کو توڑنے لگے۔ اس نے دو ایک مرتبہ ان کی طرف دیکھا۔ اس کے ہونٹوں پر نفرت بھرا تمسخر کھیل رہا تھا۔ "بے چارے۔" اس نے دبی آواز میں کہا۔ "مجھے تو ان پر ترس آتا ہے۔" اور وہ ویسے ہی بیٹھی رہی۔ نہ جانے اس کی بے باکی اور بے پروائی دیکھ کر یا کسی اور وجہ سے اور وہ بھی دلیر ہو گئے۔ پہلے تو آپس میں باتیں کرتے رہے۔ پھر ان میں سے جو زیادہ دلیر معلوم ہوتا تھا، ہمارے ڈبے کی طرف بڑھا۔ مگر نازلی کے انداز کو دیکھ کر گھبرا گیا۔ کچھ دیر کے لئے وہ رک گیا۔ ہاتھ سے اپنی نکٹائی سنواری۔ بالوں پر ہاتھ پھیرا۔ رومال نکالا اور پھر کھڑکی کی طرف بڑھا۔ کھڑکی کے قریب پہنچ کر

ادھر ادھر دیکھا اور آخر ہمت کر کے نازلی کے قریب آ کھڑا ہوا اور گھبرائی ہوئی آواز میں کہنے لگا۔ "کسی چیز کی ضرورت ہو تو۔۔۔۔"

میں تو ڈر کے مارے پسینہ پسینہ ہو گئی۔ مگر نازلی ویسے ہی بیٹھی رہی اور نہایت سنجیدگی سے کہنے لگی۔ "ہاں صرف اتنی مہربانی فرمایئے کہ یوں سامنے کھڑے ہو کر ہمیں گھوریئے نہیں۔ شکریہ۔" یہ کہہ کر اس نے اپنا منہ پھیر لیا۔ اس وقت نازلی کی سنجیدگی کو دیکھ کر میں حیران ہو رہی تھی۔ اس میں کتنی ہمت تھی۔ خیر نوجوان کا رنگ زرد پڑ گیا اور وہ کھسیانا ہو کر واپس چلا گیا۔ اس کے بعد وہ دونوں ہمیں کہیں نظر نہ آئے۔

ان دنوں نازلی کی طبیعت بے حد شوخ تھی مگر شوخی کے باوجود کبھی کبھی ایسی سنجیدگی سے کوئی بات کہہ دیتی کہ سننے والا پریشان ہو جاتا۔ ایسے وقت مجھے یوں محسوس ہوتا جیسے اس نسوانی جسم کی تہہ میں کوئی مردانہ روح جی رہی ہو۔ مگر اس کے باوجود مردوں سے دلچسپی نہ تھی۔ یقیناً وہ مردوں کی طرف آنکھیں چمکا چمکا کر دیکھنے والی عورت نہ تھی۔ اس کے علاوہ اسے جذبہ محبت کے خلاف بغض تھا۔ مظفر بھائی دو سال کے عرصہ میں بھی اسے سمجھ نہ سکے تھے۔ شاید اسی لئے وہ اسے سمجھنے سے قاصر تھے۔ نازلی انہیں اس قدر پیاری تھی۔ حالانکہ وہ ان کے روبرو ایسی باتیں کہہ دینے سے کبھی نہ جھجکتی تھی جو کسی عام خاوند کو سننا گوارا نہیں ہوتیں مگر وہ نازلی کی باتیں سن کر ہنسی میں ٹال دیتے تھے۔

لاہور پہنچنے تک میں نے منت سماجت کر کے اسے برقع پہننے کے لئے منا لیا۔ رات کو آٹھ بجے کے قریب ہم لاہور پہنچ گئے۔ وہاں ہمیں ڈیڑھ گھنٹہ جالندھر جانے والی گاڑی کا انتظار کرنا تھا۔ ہم اس پلیٹ فارم پر جا بیٹھے جہاں سے ہماری گاڑی کو چلنا تھا۔ پلیٹ فارم خالی پڑا تھا۔ یہاں وہاں کہیں کہیں کوئی مسافر بیٹھا اونگھ رہا تھا یا کبھی کبھار کوئی وردی پوش بابو

یا قلی تیزی سے ادھر سے ادھر گزر جاتا۔ مقابل کے پلیٹ فارم پر ایک مسافر گاڑی کھڑی تھی اور لوگ ادھر ادھر چل پھر رہے تھے۔ ہم دونوں چپ چاپ بیٹھی رہیں۔ "لاحول ولا قوۃ"

میں نے نازلی کو کہتے سنا۔ دیکھا تو اس کا چہرہ زرد ہو رہا تھا۔ "کیا ہے؟" میں نے پوچھا۔

اس نے انگلی سے ساتھ والے بنچ کی طرف اشارہ کیا۔

بنچ پر بجلی بتی کے نیچے دو جوان بیٹھے کھانا کھا رہے تھے۔

"توبہ۔۔۔! جانگلی معلوم ہوتے ہیں۔" نازلی نے کہا۔

سامنے بیٹھے ہوئے آدمی کی ہیئت واقعی عجیب تھی جیسے گوشت کا بڑا سا لوتھڑا ہو۔ سوجا ہوا چہرہ، سانولا رنگ، تنگ پیشانی پر دو بھدی اور گھنی بھنویں پھیلی ہوئی تھیں۔ جن کے نیچے دو اندر دھنسی ہوئی چھوٹی چھوٹی سانپ کی سی آنکھیں چمک رہی تھیں۔ چھاتی اور کندھے بے تحاشہ چوڑے اور جن پر سیاہ لمبا کوٹ یوں پھنسا ہوا تھا جیسے پھٹا جا رہا ہو۔ اسے دیکھ کر ایسا محسوس ہوتا تھا جیسے تنگ جسم میں بہت سی جسمانی قوت ٹھونس رکھی ہو۔

چہرے پر بے زاری چھائی ہوئی تھی۔ اس کی حرکات بھدی اور مکروہ تھیں۔ "دیکھو تو۔۔۔" نازلی بولی۔ "اس کے اعضاء کس قدر بھدے ہیں؟ انگلیاں تو دیکھو۔" اس نے جھرجھری لی اور اپنا منہ پھیر لیا۔

"تم کیوں خواہ مخواہ پریشان ہو رہی ہو۔ جانگلی ہے تو پڑا ہو۔" میں نے کہا۔ کچھ دیر تک وہ خاموش بیٹھی رہی۔ پھر اس کی نگاہیں بھٹک کر اسی شخص پر جا پڑیں جیسے وہ اسے دیکھنے پر مجبور ہو۔ "اسے کھاتے ہوئے دیکھنا۔۔۔ توبہ ہے۔" نازلی نے یوں کہا جیسے اپنے آپ سے کہہ رہی ہو۔

"صرف ایک گھنٹہ باقی ہے۔" میں نے گھڑی کی طرف دیکھتے ہوئے کہا تا کہ اس کا دھیان کسی اور طرف لگ جائے مگر اس نے میری بات نہ سنی اور ویسے ہی گم صم بیٹھی رہی۔ اس کا چہرہ ہلدی کی طرح زرد ہو رہا تھا۔ ہونٹ نفرت سے بھنچے ہوئے تھے۔

میں نے اسے کبھی ایسی حالت میں نہ دیکھا تھا۔ اس کے برعکس کئی بار جب مظفر بھائی کسی دہشت ناک قتل کی تفصیلات سناتے اور ہم سب ڈر اور شوق کے مارے چپ چاپ بیٹھے سن رہے ہوتے اس وقت نازلی بے زاری سے اٹھ بیٹھتی اور جمائی لے کر کمرے سے باہر چلی جاتی۔

مگر اس روز اس کا ایک اجنبی کی انگلیوں اور کھانے کے انداز کو یوں غور سے دیکھنا میرے لئے باعث تعجب تھا اور سچی بات تو یہ ہے کہ اس کی شکل دیکھ کر مجھے خود ڈر محسوس ہو رہا تھا۔ "دیکھا نا؟" میں نے بات بدلنے کی غرض سے کہا۔ "تم جو بھائی مظفر کی انگلیوں پر ہنسا کرتی ہو۔ یاد ہے تم کہا کرتی تھیں، یہ انگلیاں تو سوئی کا کام کرنے کے لئے بنی ہوئی معلوم ہوتی ہیں۔ یاد ہے نا؟"

"توبہ ہے۔" نازلی نے نحیف آواز میں کہا۔ "اس کا بس چلے تو سب کو کچا ہی کھا جائے۔ کوئی مردم خور معلوم ہوتا ہے۔" وہ اپنی ہی دھن میں بیٹھی کچھ نہ کچھ کہہ رہی تھی جیسے اس نے میری بات سنی ہی نہ ہو۔ اس کے بعد میں نے اس سے کچھ کہنے کا خیال چھوڑ دیا۔ دیر تک میں ادھر ادھر دیکھتی رہی حتیٰ کہ میں نے اپنے بازو پر اس کے ہاتھ کا دباؤ محسوس کیا۔

"نجمی چلو کہیں دور جا بیٹھیں۔ ضرور یہ کوئی مجرم ہے۔"

"پگلی۔" میں نے مسکرانے کی کوشش کی مگر جانگلی کو دیکھتے ہی مسکراہٹ خشک ہو گئی۔ جانگلی اپنے دھیان میں بیٹھا ہاتھ دھو رہا تھا۔ واقعی اس کی انگلیاں سلاخوں کی طرح

موٹی اور بے تکی تھیں۔ میرے دل پر نامعلوم خوف چھا رہا تھا۔ پلیٹ فارم میری آنکھوں میں دھندلا دکھائی دینے لگا۔ پھر دونوں نے آپس میں باتیں کرنا شروع کر دی۔

"شادی؟" جانگلی نے کہا اور اس کی آواز یوں گونجی جیسے کوئی گھڑے میں منہ ڈال کر بول رہا ہو۔ نازلی نے جھرجھری لی اور سرک کر میرے قریب ہو بیٹھی۔ مگر اس کی نگاہیں اس شخص پر یوں گڑی ہوئی تھیں جیسے جنبش کی طاقت سلب ہو چکی ہو۔

"کچھ حالات ہی ایسے ہو گئے کہ شادی کے متعلق سوچنا میرے لئے نہایت ناخوشگوار ہو چکا ہے۔ میری شادی ہوتے ہوتے رک گئی۔ اسی بات نے مجھے الجھن میں ڈال دیا۔"

"آخر کیا بات تھی؟" ہم بھی سنیں۔ "اس کے ساتھی نے کہا۔

"کچھ بھی نہیں۔ بس میری اپنی بے ہنگم طبیعت۔" وہ ہنس پڑا۔ اس کی ہنسی بہت بھونڈی تھی۔

نازلی سرک کر میرے قریب ہو گئی۔

"میں اپنی طبیعت سے مجبور ہوں۔" جانگلی نے کہا۔ "تمام جھگڑا میری طبیعت کی وجہ سے ہی تھا۔ میری منگیتر میرے دوست ظہیر الدین صاحب کی لڑکی تھی۔ ظہیر الدین ہماری فرم کے مینجر تھے اور ان کا تمام کام میں ہی کیا کرتا تھا۔ چونکہ ان کے مجھ پر بہت سے احسانات تھے، میں نے ان کی بات کو رد کرنا مناسب نہ سمجھا حالانکہ میرے حالات کچھ اس قدر بگڑے ہوئے تھے کہ شادی کا بکھیڑا میرے لئے چنداں مفید نہ تھا۔ خیر میں نے سنا تھا کہ لڑکی بہت خوبصورت ہے اور سچ پوچھو تو خوب صورت لڑکی سے شادی کرنا میں قطعی ناپسند کرتا ہوں۔"

"عجیب انسان ہو۔" اس کے ساتھی نے کہا۔

"عجیب ہی سہی مگر یہ ایک حقیقت ہے۔ میرا یہ مطلب نہیں کہ میں کسی بدصورت لڑکی سے شادی کرنا چاہتا تھا۔ نہیں یہ بات نہیں۔ مگر کسی حسین لڑکی کو بیاہ لانا مجھے پسند نہیں۔"

"اوہ بڑا گھمنڈ ہے انہیں۔" نازلی نے میرے کان میں کہا۔

"خیر۔" جانگلی نے بات جاری رکھی۔ "ایک دن کی بات ہے کہ مجھے بے موقع ظہیر الدین کے مکان پر جانا پڑا۔ یاد نہیں کہ کیا بات تھی۔ مجھے صرف اتنا ہی یاد ہے کہ کوئی ضروری کام تھا۔ چونکہ عام طور پر میں ان کے مکان میں جانا پسند نہیں کرتا تھا۔ بہرحال ایک چھوٹی سی لڑکی باہر آئی اور کہنے لگی، آپ اندر چل کر بیٹھئے۔ وہ ابھی آتے ہیں۔ خیر میں ملاقاتی کمرے میں بیٹھا ہوا تھا کہ دفعتاً دروازہ آپ ہی کھل گیا اور کچھ دیر بعد ایک نوجوان لڑکی کھلے منہ دروازے میں آکھڑی ہوئی۔ پہلے تو وہ یوں کھڑی رہی گویا اس نے مجھے دیکھا ہی نہ ہو۔ پھر میری طرف دیکھ کر مسکرانے لگی جیسے لڑکیاں مردوں کی طرف دیکھ کر مسکرایا کرتی ہیں۔ پھر میز پر سے ایک کتاب اٹھا کر چلی گئی۔ میں اس کی بے باکی اور بناؤ سنگھار کو دیکھ کر غصے سے کھول رہا تھا۔ بعد میں معلوم ہوا کہ اس وقت وہ گھر میں اکیلی تھی۔ مجھے اب بھی وہ منظر یاد آتا ہے تو جی چاہتا ہے کہ کسی کو۔۔۔۔" اس نے گھونسا لہراتے ہوئے کہا۔ پھر وہ ہنس پڑا۔

نازلی نے اس کی سرخ آنکھیں دیکھ کر چیخ سی ماری۔ مگر ڈر یا نقاہت سے اس کی آواز ان دونوں تک نہ پہنچ سکی۔ ورنہ خدا جانے وہ کیا سمجھتے۔

جانگلی نے بات پھر شروع کی۔ بولا۔ "وہ یوں بن سنور کر وہاں کھڑی تھی گویا اپنی قیمت چکانے آئی ہو۔ ایک زرد رنگ کا رسے کی طرح بل کھایا ہوا دوپٹہ اس کے شانوں پر لٹک رہا تھا۔ سر ننگا۔ اف۔۔۔۔! تمھیں کیا بتاؤں۔ اس کے بعد میں نے ظہیر الدین

صاحب سے صاف صاف کہہ دیا کہ میں آپ کی بیٹی کو خوش نہیں رکھ سکتا۔ یعنی میں نے رشتے سے انکار کر دیا۔ اس بات پر وہ بہت بگڑے اور مجھے کوئی اور نوکری تلاش کرنی پڑی۔ مہینوں بغیر نوکری کے رہا۔ کہاں کہاں بھٹکتا پھرا۔ راجپوتانے میں نوکری آسانی سے نہیں مل سکتی۔"

"مگر اس میں انکار کی کیا بات تھی؟" اس کے ساتھی نے کہا۔ "آخر منگیتر تھی۔"

"بس یہی کہ مجھے بے پردگی سے بے حد نفرت ہے اور آج کل کا بناؤ سنگھار مجھے پسند نہیں۔ ہاں ایک بات اور ہے۔ کوئی لڑکی جو زرد دوپٹہ پہن سکتی ہے۔ میں اسے اپنی بیوی نہیں بنا سکتا۔ مجھے زرد رنگ سے چڑ ہے۔ اس کے علاوہ مجھے یہ بھی معلوم ہوا کہ وہ گھر کے کام کاج کو عار سمجھتی تھی۔ یہ آج کا فیشن ہے۔ تم جانتے ہو کہ آج کل لڑکیاں سمجھتی ہیں کہ بن سنور کر مردوں کو لبھانے کے سوا ان کا اور کوئی کام ہی نہیں اور برتن مانجھنے سے ہاتھ میلے ہو جاتے ہیں۔ جیسے ہاتھ دکھلاوے کی چیز ہوں۔ یہیں دیکھ لو، کتنی بے پردگی ہے۔ عورتیں یوں برقعے اٹھائے پھرتی ہیں جیسے جنگل میں شکاری بندوقیں اٹھائے پھرتے ہیں۔"

اس کا ساتھی ہنس پڑا اور پھر ہنستے ہنستے کہنے لگا۔ "یار! تم تو راجپوتانے میں رہ کر بالکل بدل گئے ہو۔"

"اونہہ ہوں۔۔۔۔ یہ بات نہیں۔" جانگلی نے کہا۔ "پردے کا تو میں بچپن سے ہی بہت قائل تھا۔ مجھے یاد ہے کہ ایک دفعہ گھر میں دو عورتیں مہمان آئیں۔ ایک تو خیر ابھی بچی تھی۔ دوسری یہی کوئی پچیس سال کی ہو گی۔ ان دنوں میں خود آٹھ نو سال کا تھا۔ خیر وہ مجھ سے پردہ نہیں کرتی تھیں۔" وہ رک گیا۔ پھر آپ ہی بولا۔ "مجھے اس بات پر بے حد غصہ آتا تھا۔ اس لئے میں اکثر باہر مردانے میں ہی بیٹھا رہتا، یعنی میں نے ان کے روبرو

جانا بند کر دیا۔ ایک دن ابا نے مجھے بلایا اور کہا کہ یہ پیغام اندر لے جاؤ۔ خدا جانے کیا پیغام تھا۔ مجھے صرف اتنا یاد ہے کہ انہوں نے مجھے کوئی زیور دیا تھا کہ انہیں دکھا دوں۔ شاید ان مہمانوں نے وہ زیور دیکھنے کے لئے منگوایا ہو۔ میں نے ڈیوڑھی سے جھانک کر دیکھا تو وہ عورت صحن میں اماں کے پاس بیٹھی تھی۔ اماں کہنے لگی۔ حمید اندر چلے آؤ۔ اے ہے تم اندر کیوں نہیں آتے؟ تم سے کوئی پردہ ہے؟ میں یہ سن کر ابا کے پاس واپس چلا آیا۔ میں نے کہا، ابا جی میں نہیں جاؤں گا۔ وہ مجھ سے پردہ نہیں کرتی۔ یہ بات میں نے اس قدر جوش اور غصے میں کہی کہ ابا بے اختیار ہنس پڑے۔ اس کے بعد دیر تک گھر والے میری اس بات پر مجھے چھیڑتے رہے۔ البتہ زرد رنگ سے مجھے ان دنوں نفرت نہ تھی۔ طبیعت بھی عجیب چیز ہے۔" اس نے مسکراتے ہوئے کہا۔

"تمہاری طبیعت تو ایسی ہے جیسے مداری کا تھیلا۔" اس کے ساتھی نے ہنستے ہوئے کہا اور وہ دونوں دیر تک ہنستے رہے۔ پھر وہ اٹھ بیٹھے۔

اس وقت پہلی مرتبہ جانگلی کی نگاہ نازلی پر پڑی جو اس کی طرف دیکھ رہی تھی۔ اس کے ماتھے پر شکن پڑ گئی اور آنکھیں نفرت یا خدا جانے کس جذبے سے سرخ ہو گئیں۔ نازلی کا دل دھڑک رہا تھا۔ اس کی نگاہیں جانگلی پر جمی ہوئی تھیں جیسے وہ انہیں وہاں سے ہٹانا چاہتی ہو مگر ہٹا نہ سکتی ہو اور تمام بدن کانپ رہا تھا۔ اس وقت مجھے محسوس ہوا جیسے نازلی میں ہلنے جلنے کی ساکت نہ رہی ہو۔

یک لخت جانگلی مڑا اور وہ دونوں وہاں سے چلے گئے۔ اس وقت نازلی عجیب بے بسی کے ساتھ مجھ سے لگی بیٹھی تھی۔ گویا اس میں بالکل جان نہ ہو۔

کچھ دیر کے بعد جب اسے ہوش آیا۔ عین اس کے قریب سے ایک قلی گزرا۔ وہ ٹھٹک گئی اور اس نے اپنا برقعہ منہ پر ڈال لیا۔

"اگر مجھے ایک خون معاف کر دیا جائے تو میں اسے یہیں گولی مار دوں۔" نازلی نے کہا۔

"کسے؟" میں نے پوچھا۔

"کتنا بنتا ہے۔"

"اوہ! تمہارا مطلب اس شخص سے ہے مگر تم خواہ مخواہ اس سے چڑ رہی ہو۔ اپنی اپنی طبیعت ہے۔ اپنے اپنے خیالات ہیں۔ تمہیں اپنے خیالات پیارے ہیں، اسے اپنے۔"

"بڑی طرف داری کر رہی ہو۔" وہ بولی۔

"اس میں طرف داری کی کیا بات ہے۔" میں نے کہا۔ "تمہیں تو آپ سنی سنائی باتوں سے نفرت ہے۔ اس کے خیالات بھی مانگے کے نہیں۔ باقی رہی شکل، وہ تو اللہ میاں کی دین ہے۔۔۔ ایمان کی بات پوچھو تو مجھے تو تم دونوں میں کوئی فرق دکھائی نہیں دیتا۔"

"جی ہاں! تمہارا بس چلے تو ابھی میری بانہہ پکڑ کر اس کے ہاتھ میں دے دو۔"

"لاحول ولا۔۔۔" میں نے کہا۔

"لاحول ولا کی اس میں کیا بات ہے۔۔۔؟ میں کہتی ہوں اس کی بیوی اس کے ساتھ کیسے رہ سکے گی؟"

گاڑی پلیٹ فارم پر آ کھڑی ہوئی۔ ہم دونوں اندر بیٹھے۔ ہم نے انٹر کا ایک چھوٹا سا زنانہ ڈبہ تلاش کیا اور اس میں جا بیٹھے۔ نازلی نے برقعہ اتار کر لپیٹ کر بنچ پر رکھ دیا اور خود کونے میں بیٹھ گئی۔ حالانکہ ڈبے میں بہت گرمی محسوس ہو رہی تھی۔

پھر بھی اس نے کھڑکی کا تختہ چڑھا دیا۔ میں دوسرے پلیٹ فارم پر ہجوم دیکھنے میں محو ہو گئی۔ میرا خیال ہے ہم بہت دیر تک یونہی خاموشی سے بیٹھے رہے۔

"توبہ ہے۔"

نازلی کی آواز سن کر میں چونک پڑی۔ دیکھا تو میرے پاس ہی وہ جانگلی ہاتھ میں سوٹ کیس لئے کھڑا تھا۔ میرے منہ سے چیخ نکل گئی۔ اسی لمحے میں نازلی نے آنکھیں اوپر اٹھائیں۔ سامنے اسے دیکھ کر نہ جانے کیا ہوا۔ بس مجھے اتنا معلوم ہے کہ اس نے لپٹ کر دوپٹہ میرے سر سے کھینچ لیا اور ایک آن میں خود کو اس میں لپیٹ کر گٹھڑی سی بن کر پڑ گئی۔

"لاحول ولا قوۃ" جانگلی کی بھدی آواز سنائی دی اور وہ الٹے پاؤں لوٹ گیا۔ میرا خیال ہے کہ وہ غلطی سے ہمارے ڈبے میں چلا آیا تھا۔ جب اس نے ہمیں دیکھا تو اپنی غلطی کو جان کر واپس چلا گیا۔ اس کے جانے کے بعد بھی بہت دیر تک نازلی اسی طرح منہ سر لپیٹے پڑی رہی۔ میرے دل میں عجیب عجیب ہول اٹھنے لگے۔ میرا خیال تھا کہ یہ سفر کبھی ختم نہ ہو گا۔ خدا جانے کیا ہونے والا ہے۔ ضرور کچھ ہونے والا ہے۔ خیر جوں توں ہم خیریت سے جالندھر پہنچ گئے۔

اگلے دن دوپہر کے قریب مظفر بھائی میرے کمرے میں آئے۔ ان کے چہرے پر تشویش اور پریشانی کے آثار تھے۔ کہنے لگے۔ "نجمہ! نازلی کو کیا ہو گیا ہے؟ کہیں مجھ سے ناراض تو نہیں؟"

"مجھے تو معلوم نہیں۔" میں نے جواب دیا۔ "کیا ہوا؟"

"خدا جانے کیا بات ہے؟ اس میں وہ پہلی سی بات ہی نہیں۔ آج صبح سے ہر بات کے جواب میں جی ہاں۔ جی ہاں۔ نازلی اور جی ہاں؟ میں سمجھا، شاید مجھ سے ناراض ہے۔"

"نہیں ویسے ہی اس کی طبیعت ناساز ہے۔"

"طبیعت ناساز ہے؟" انہوں نے حیرانی سے کہا۔ "اگر طبیعت ناساز ہوتی تو کیا وہ بیٹھی باورچی خانے کا کام کرتی۔ وہ تو صبح سے حشمت کے پاس باورچی خانے میں بیٹھی ہے۔

کہتی ہے، میں کھانا پکانا سیکھوں گی۔ منہ ہاتھ تک نہیں دھویا۔ عجیب معاملہ ہے۔"

"وہم نہ کیجئے۔ آپ ہی ٹھیک ہو جائے گی۔" میں نے بات ٹالنے کے لئے کہا۔

"وہم کی اس میں کیا بات ہے۔ تم جانتی ہو اس کی طبیعت خراب ہو تو اس گھر میں رہنا مشکل ہو جاتا ہے اور باورچی خانے کے کام سے تو اسے چڑ ہے۔ آج تک وہ کبھی باورچی خانے میں داخل نہیں ہوئی تھی۔ خدا جانے کیا بھید ہے۔"

"وہ دو قدم چل کر لوٹ آئے۔

"اور مزے کی بات بتانا تو میں بھول ہی گیا۔ جانتی ہو نا کہ اسے زرد رنگ کتنا پیارا ہے۔ اس نے اس مرتبہ ایک نہایت خوبصورت زرد دوپٹہ اس کے لئے خریدا تھا۔ میرا خیال تھا کہ وہ زرد دوپٹہ دیکھ کر خوشی سے ناچے گی۔ مگر اس نے اس کی طرف آنکھ اٹھا کر بھی نہیں دیکھا۔ وہیں کھونٹی سے لٹک رہا ہے۔ جب میں نے اصرار کیا تو کہنے لگی۔ "اچھا ہے۔ آپ کی مہربانی ہے۔"

نازلی کے منہ سے یہ بات نکلے۔ سوچو تو۔۔۔ عجیب معاملہ ہے کہ نہیں۔" وہ بولے۔

نازلی کی مکمل اور فوری تبدیلی پر ہم سب حیران تھے۔ مگر وہ خود بالکل خاموش تھی۔ اسی طرح ایک دن گزر گیا۔ اسی شام بھائی مظفر تار ہاتھ میں لیے باورچی خانے میں آئے۔ ہم دونوں وہیں بیٹھے تھے۔ کہنے لگے۔ "جانتی ہو یہ کس کا تار ہے۔ خالہ فرید کا بڑا لڑکا حمید تھا نا۔۔۔ جو پندرہ سال کی عمر میں راجپوتانے بھاگ گیا تھا؟ وہ واپس آگیا ہے۔ اب وہ بہن کو ملنے دہلی جا رہا ہے۔ یہ تار اس کا ہے۔ کل صبح نو بجے یہاں پہنچے گا۔ چند ایک گھنٹوں کے لئے یہاں ٹھہرے گا۔"

"کون حمید؟"

"تم کو یاد ہو گا۔ میں اور حمید اکٹھے پڑھا کرتے تھے۔"

نازلی کے ہونٹ ہلے اور اس کا چہرہ ہلدی کی طرح زرد پڑ گیا۔ ہاتھ سے پیالی گر کر ٹکڑے ٹکڑے ہو گئی۔

اگلے دن نو بجے کے قریب میں اور نازلی باورچی خانے میں بیٹھے تھے۔ وہ چائے کے لئے پانی گرم کر رہی تھی مگر یوں بیٹھی تھی جیسے اسے کسی بات کا دھیان ہی نہ ہو۔ پاس ہی کھونٹی پر اس کا زرد دوپٹہ لٹک رہا تھا۔ بھائی مظفر نے زبردستی اسے وہ دوپٹہ لینے پر مجبور کر دیا تو اس نے لے لیا لیکن پہننے کی طرف کوئی خاص توجہ نہ دی۔ اس کے بال بکھرے ہوئے اور کپڑے میلے تھے۔ اس وقت وہ میری طرف پیٹھ کئے بیٹھی تھی۔

باہر برآمدے میں بھائی صاحب کسی سے کہہ رہے تھے۔

"تم یہیں بیٹھو۔ میں اسے بلاتا ہوں۔ نہایت ادب سے بھابھی کو سلام کرنا۔"

"اچھا تمہاری مرضی۔" کسی نے بھدی آواز میں کہا جیسے کوئی گھڑے میں منہ ڈال کر بول رہا ہو۔

"وہی۔" میرے دل میں کسی نے کہا اور جانگلی کی شکل میرے سامنے آ کھڑی ہوئی۔ میں اسے دیکھنے کے لئے دبے پاؤں اٹھی۔

باورچی خانے کا دروازہ بند تھا۔ میں نے دروازہ کھولا تو اسی وقت بھائی صاحب حمید سے کہہ رہے تھے۔ "آؤ تم بھی میرے ساتھ آؤ۔"

میں نے دروازہ زور سے بند کر دیا۔

نازلی نے دروازہ کھلنے اور بند ہونے کی آواز سنی۔ وہ دیوانہ وار اٹھی۔ کھونٹی سے لپک کر دوپٹہ اتار لیا۔ پھر میرے دیکھتے دیکھتے اسے چولہے کی طرف پھینک دیا جیسے کوئی بچھو ہو اور دوڑ کر حشمت کی چادر کو پکڑ لیا جو دوسرے دروازے کی پٹ پر لٹک رہی تھی

اور اپنے آپ کو اس میں لپیٹ لیا۔ زرد دوپٹہ چولہے میں جلنے لگا۔ اسی وقت بھائی صاحب اندر داخل ہوئے مگر وہ اکیلے ہی تھے۔ انہوں نے حیرانی سے ہمیں دیکھا۔ کچھ دیر ہم تینوں خاموش ہی کھڑے رہے۔ آخر انہوں نے مجھ سے پوچھا کہ نازلی کہاں ہے؟

میں نے نازلی کی طرف اشارہ کیا جو منہ لپیٹ کر کونے میں بیٹھی ہوئی تھی۔

"نازلی۔۔۔!" انہوں نے حیرانی سے دہرایا۔

وہ نازلی کے قریب گئے۔ "یہ کیا حماقت ہے؟ چلو۔۔۔ باہر حمید انتظار کر رہا ہے۔"

وہ خاموش بیٹھی رہی۔ پھر نحیف آواز میں کہنے لگی۔ "نہیں۔ میں نہیں جاؤں گی۔"

"کیوں؟" وہ بولے۔

اتفاقاً بھائی جان کی نظر جلتے ہوئے دوپٹے پر پڑی۔

"نازلی۔۔۔!" انہوں نے دوپٹے کی طرف دیکھ کر حیرانی سے کہا۔

نازلی نے سر ہلا دیا اور چمٹے سے دوپٹے کو پوری طرح چولہے میں ڈال دیا۔ بھائی نازلی کی اس تبدیلی پر بہت خوش دکھائی دیتے ہیں۔ ان کا خیال ہے کہ نازلی کی طبیعت بہت سنور گئی ہے۔ بات ہے بھی درست۔ چونکہ اس کی طبیعت میں وہ ضد اور بے باک شوخی نہیں رہی، مگر کبھی کسی وقت انہیں اکٹھے دیکھ کر میں محسوس کرتی ہوں۔ گویا وہ نازلی کو ہمیشہ کے لئے کھو چکے ہیں۔

(۳) بیگانگی

رشید نے اٹھ کر آنکھیں کھولیں۔ دو ایک انگڑائیاں لیں اور کھوئے ہوئے انداز میں سیڑھیوں کے قریب جا بیٹھا۔ اس نے کوٹھے پر ایک سرسری نگاہ ڈالی۔ تمام چارپائیاں خالی پڑی تھیں۔ سب لوگ نیچے جا چکے تھے۔ جہاں تک نگاہ کام کرتی تھی، سامنے اونچے اونچے مکانوں کا انبار دکھائی دیتا تھا۔ اس کے لئے دنیا ایک بے معنی پھیلاؤ تھی۔ اچھا اب تو صبح ہو چکی ہے۔ اس نے ایک اور انگڑائی لیتے ہوئے محسوس کیا۔ جیسے وہ نہ ختم ہونے والے دن کی کوفت کا بوجھ محسوس کر رہا ہو۔ اس کے لئے دن، ایک مسلسل کوفت تھی۔ آج چھٹی کا دن تھا۔ اس کے نزدیک چھٹی سے بڑھ کر کوئی عذاب نہ تھا۔ وہ محسوس کرتا تھا کہ گھر کے تمام لوگ اس کے وجود سے ہی منکر تھے۔ اس لئے انہیں اپنے وجود اور عظمت کا احساس دلانے کے لئے اس پر لازم ہو جاتا کہ وہ آپا کے چٹکی لے یا محمود کا منہ چڑائے یا محمود کے پالتو طوطے کی دم کھینچ لے اور نہیں تو چیزیں ادھر ادھر کر دے۔

رشید نے ایک اور انگڑائی لی۔ اب میں کیا کروں؟ وہ مبہم طور پر محسوس کر رہا تھا۔ تمام لوگ گھر میں اسے کوئی ایسا کونہ تک نظر نہیں آتا تھا جسے وہ اپنا سکتا یا جہاں اس کی موجودگی سے بیگانگی نہ برستی۔ اس نے اکتائے ہوئے انداز سے قمیض کے دامن سے اپنی آنکھیں پونچھیں۔ شانے جھٹکے اور دیوار سے سہارا لگا لیا۔ زندگی اس کے لئے ناقابل فہم بیگانگی سے بھری ہوئی تھی۔ وہ صرف یہ سمجھ چکا تھا کہ دنیا میں یقینی طور پر نہیں کہا جا سکتا کہ کیا سے کیا ہو جائے گا۔ وہ یہ نہیں سمجھ سکتا تھا کہ وہ کیوں رشید ہے اور محمود کیوں محمود

ہے اور اس نے محمود کا سا برتاؤ کر کے آزما دیکھا تھا مگر اس کے باوجود گھر والے اس پر "رشیدیت" ٹھونس رہے تھے۔

اس کی نگاہیں اکتائے ہوئے انداز میں یہاں سے وہاں اور وہاں سے یہاں گھوم رہی تھیں۔ سامنے محمود کا طوطا پنجرے میں پھڑ پھڑا رہا تھا۔ اس کے ہونٹوں پر حقارت کی ایک لہر سی دوڑ گئی۔ محمود کا طوطا، محمود کا طوطا، اس کے دل کا کوئی حصہ کہہ رہا تھا۔ جیسے اسے چھیڑ رہا تھا۔ پھر اس کی نظر سامنے کھڑکی پر جا پڑی جو گلی میں کھلتی تھی۔ اس کے ہونٹوں پر مسکراہٹ آ گئی۔ صبح شام کی مسلسل کوفت میں صرف وہ کھڑکی ہی خوشی کی ایک امید گاہ تھی مگر وہ بوڑھا فقیر جس پر رشید اس کھڑکی سے پتھر پھینکا کرتا تھا، دو روز سے نہیں گزرا تھا۔ دو روز اس نے بوڑھے فقیر کے انتظار میں گزارے تھے۔ اس نے ایک جھرجھری لی اور لاشعوری طور پر اس نے ایک پتھر اٹھا کر زور سے کسی طرف پھینک دیا۔

رشید ابھی چھ ماہ کا نہ ہوا تھا اور اسے یہ معلوم نہ تھا کہ وہ ایک بڑی بہن کا بھائی ہے اور ماں باپ نے اسے سسک سسک کر پایا ہے۔ حتیٰ کہ وہ یہ بھی نہیں جانتا تھا کہ وہ بذات خود کیا ہے۔ آیا وہ باپ کا نام قائم کرنے یا ماں کا سہاگ مستحکم کرنے کے لئے ہے یا ماں باپ کے کسی خاص مقصد کے لئے ہے یا ویسے ہی ہے۔ وہ صرف یہ جانتا تھا کہ اول تو وہ ہے ضرور اور دوسرے وہ کوئی بڑی اہم ہستی ہے اور وہ ماں باپ کی آنکھوں کا نور ہے۔ گو ہستی اور نور کے متعلق اس کے احساسات واضح نہ تھے۔ وہ جانتا تھا کہ بار بار "اگو" کہہ کر وہ اپنی ماں کو بلا سکتا ہے۔ یعنی اپنی کوئی خواہش پوری کرنے کے لئے اسے صرف ہونٹ ہلانے کی ضرورت تھی۔ جب چھ سال کی مسلسل منتوں کے بعد بیٹا پیدا ہوا تو ماں باپ کے لئے اسے نظر انداز کرنا ذرا مشکل ہو جاتا ہے۔

جب رشید کو پوری طرح اپنی قوت کا احساس ہو گیا تو اسے دودھ پیتے، سونے اور باقی وقت نکمّے پڑے رہنے یا فضول اپنا انگوٹھا تلاش کرنے یا دور پڑی ہوئی چیزوں کو پکڑنے کی کوشش میں چنداں دلچسپی نہ رہی۔ البتہ لوگوں کو نچانا ضرور باعث فرحت تھا۔ اس دلچسپ شغل میں اس نے دو سال بسر کئے۔ اس عرصے میں ہزاروں انکشافات کے علاوہ اس پر یہ بھی آشکارا ہوا کہ وہ بدصورت ہے۔ ابتدا میں تو اسے بدصورتی کی تفصیلات کے متعلق کوئی واقفیت نہ ہوئی۔ پھر رفتہ رفتہ اسے معلوم ہوتا گیا کہ اس کی ناک چپٹی ہے۔ پیشانی چھوٹی اور ہونٹ موٹے ہیں۔ مگر اس کے باوجود اسے یہ نہ معلوم ہوا کہ بدصورتی عیب سمجھی جاتی ہے یا وصف۔ وہ صرف یہ جان سکا کہ ماں باپ اسے بدصورت کہہ کر یا اس کے ناک، ہونٹ اور پیشانی کے متعلق کہہ کر فرط انبساط سے اسے گود میں اٹھا کر پیار کرتے تھے۔ اس لحاظ سے تو بدصورتی بہت پیاری خصوصیت تھی۔

اس زمانے میں دنیا یوں بے معنی نہیں تھی۔ بلکہ مخصوص اصولوں پر چلتی تھی۔ اس کا ہنسنا، رونا، روٹھنا یقینی نتائج پیدا کر سکتا تھا۔ وہ دو سال اس کی زندگی میں ایک گذشتہ مگر قابل حصول رنگینی سے سرشار تھے۔ ان دنوں زندگی اس قدر پیچیدہ اور لوگ اس قدر ضدی اور اندھے نہ تھے۔ ان دنوں اپنے وجود کا احساس دلانے کے لئے اسے کسی دقیق عمل کی ضرورت نہ تھی۔ مگر جلد ہی وہ دن آ گیا جب وہ بات نہ رہی۔ اس روز وہ اپنی بہن کی گود میں بیٹھ کر حسب معمول قواعد کروا رہا تھا کہ ان کی ملازمہ رضیہ دوڑی دوڑی آئی اور کہنے لگی۔ "بی بی تمہیں مبارک ہو۔ خدا نے تمہارے گھر ایک اور ننھا بھائی دیا ہے۔" سلیمہ نے یہ سنا تو رشید کو یوں پٹک کر بھاگ گئی جس طرح وہ خود نئے کھلونے کی آمد پر پرانے کھلونے پھینک دیا کرتا تھا۔ یہ پہلا دن تھا جب رشید کی یوں تحقیر کی گئی۔ رشید کی تحقیر۔۔۔ سلیمہ کی اتنی جرات۔ پہلے تو وہ حیران چپ چاپ زمین پر بیٹھا رہا۔ پھر ان سب

باتوں کو سوچ کر اس نے یکلخت رونا شروع کر دیا۔ اس کی دانست میں رونے سے بڑھ کر کوئی قوت نہ تھی مگر خدا جانے اس روز اس کے رونے میں کیوں اثر نہ تھا۔ حتیٰ کہ آنسوؤں والا رونا بھی کام نہ آیا۔ پھر اسے تازہ دم ہو کر رونا پڑا۔

آخر رضیہ آئی۔ اس نے رشید کو جھنجھوڑ کر اٹھالیا۔ اوّل تو رضیہ اسے منانے کو آئی۔ رضیہ ایک ادنیٰ ملازمہ۔۔۔ کس قدر بے عزتی کی بات تھی اور پھر وہ بھی اسے جھنجھوڑ کر اٹھائے۔ اس روز اس کے خیال میں دنیا کے اصول ہی بدل رہے تھے۔

ماں کے سامنے جا کر اس نے دو تین چیخوں سے آپا، رضیہ اور دنیا بھر کے خلاف شکایت کی مگر ماں اسے گود میں اٹھانے اور جملہ لوگوں کو برا بھلا کہنے اور گھورنے کی بجائے نحیف سی آواز میں کہنے لگی۔ "یہ کیا سر کھا رہا ہے۔۔۔ اسے یہاں سے لے جا اور جو نعمت خانے میں مٹھائی پڑی ہے وہ اسے دے دے۔" یہ تھی اس کی ماں۔ اس کی اپنی ماں جس کی آنکھوں کو اس نے نور بخشا تھا۔ وہ ماں۔۔۔ اگر اس کی قوت اظہار اپنے باپ کی طرح وسیع ہوتی تو وہ یہ کہہ اٹھتا۔ "بس چودھویں صدی آگئی ہے جب کہ ماں کو اپنے سگے بیٹے سے محبت نہیں رہی۔ ماں کا خون بھی سفید ہو گیا۔۔۔"

رضیہ اسے باورچی خانے میں تن تنہا چھوڑ جائے۔۔۔ اپنے ہاتھ سے مٹھائی کھانے کے لئے۔۔۔ ماں سے دور ماں کی واری صدقے بغیر۔۔۔ سوکھی مٹھائی اور ماں اس گوشت کے لوتھڑے کے پاس لیٹی ہے۔ کیسی بے ہودہ شکل تھی۔ نہ سر نہ منہ، یقینی طور پر چودھویں صدی آچکی ہے جس کے متعلق اکثر ابا ذکر کیا کرتے تھے۔

پھر اسے یہ معلوم ہوا کہ ماں بیمار ہے اور اس نے اخذ کیا کہ بیمار اسے کہتے ہیں جس کے ارد گرد بھیڑ لگی رہتی ہے۔ جس کے لئے مٹھائیاں منگوائی جائیں اور جس کی اتنی ہی دیکھ بھال ہو، جتنی کسی مانے میں اس کی اپنی ہوا کرتی تھی۔ یعنی بیماری میں بھی وہی تاثیر

تھی جو کسی زمانے میں اس کے رونے میں تھی اور اب دن بدن ضائع ہو رہی تھی۔ بیمار بن کر اس کی حکومت شاید لوٹ آئے مگر اسے یہ نہ معلوم ہو سکا کہ کس طرح بیمار پڑ جائے۔ اس نے دو ایک مرتبہ اپنی بیمار ماں کو اس امید پر لپٹ کر چوما کہ شاید اس طرح ماں کی بیماری اسے لگ جائے مگر اس کے باوجود گھر والے اسے بیمار سمجھنے سے منکر رہے۔ بہر حال ان دنوں اپنی مٹی ہوئی انانیت حاصل کرنے کے لئے رونے، روٹھنے اور ضد کرنے کے علاوہ اس کے پاس کچھ بھی نہ تھا اور ان کے استعمال میں اس نے بڑی فراخدلی سے کام لیا۔ مگر ان کے استعمال سے مزید مشکلات پیدا ہو رہی تھیں۔

مانا کہ ماں کے دودھ کے علاوہ مٹھائی اور گوشت کے ٹکڑے بھی کھانے کا عادی تھا مگر ماں کے دودھ سے بالکل محروم کر دینا۔ کھیلنے کو بھی نہ دینا کس قدر کمینہ پن تھا۔ اس سے پہلے تو اسے بے روک ٹوک کھیلنے کی اجازت تھی۔

پہلے پہل تو اسے یہ آس رہی کہ صحت ہونے پر ماں وہی پہلی سی ماں ہو جائے گی۔ مگر ماں نے بستر چھوڑ دیا۔ چلنا پھرنا شروع کر دیا۔ مگر اسے وہ محبت نصیب نہ ہوئی۔ پیار تو وہ کرتی تھی مگر وہ پیار مقابلتاً ظاہری اور پھیکا محسوس ہوتا۔ ماں کا دھیان تو ہر وقت ننھے کی طرف لگا رہتا تھا۔ اسی کو ساتھ سلاتی اور رشید جب رات کو جاگتا تو وہ دیکھتا کہ وہ تن تنہا کھٹولے پر پڑا ہے۔ وہ بے چارہ اس اندھیر پر رو پڑتا اور چاہتا کہ ماں اسے پاس بلائے مگر ماں کس بیگانگی سے ہاتھ بڑھا کر اسے تھپک دیتی، جس طرح دور سے کتے کو روٹی کا ٹکڑا پھینکتے ہیں۔

آخر رشید لوگوں کی عدم توجہی سے تنگ آ کر احتجاجی حرکات کو جائز قرار دینے پر مجبور ہو گیا۔ اس کی حرکات سے متاثر تو کیا، ماں باپ نے انہیں سمجھنے تک کی تکلیف گوارا نہ کی۔ شاید وہ سمجھتے تھے کہ درد دل کا اظہار دو لفظوں کی مدد کے بغیر نہیں ہو سکتا۔ وہ

سمجھتے رہے کہ رشید کو بستر پر پیشاب کرنے کی قبیح عادت پڑ گئی ہے اور وہ رات کو بلبلا اٹھتا ہے اور اسے اسہال کی شکایت ہے۔ وہ نہیں جانتے تھے کہ جو گالیوں، بد دعاؤں یا لفظوں سے اپنے غصے اور دنیا کے بے وفائی کا اظہار نہیں کر سکتے وہ درد دل کا اظہار مثانے اور معدے سے کر سکتے ہیں۔

ماں سے مایوس ہو کر رشید نے ابا سے از سر نو رابطہ پیدا کرنے کی کوشش کی مگر وہ تو اس معاملے میں بالکل مجبور تھے کیونکہ وہ ہر وقت سنتے تھے کہ محمود کی شکل ان پر تھی اور بد صورتی تو خیر رشید کی شکل بالکل ان پر نہ تھی۔ باپ کے لئے اس اہم تفصیل کو نظر انداز کرنا کس قدر مشکل ہو جاتا ہے۔ وہ کس طرح محمود سے غداری کر سکتے تھے۔

آخر آہستہ آہستہ رشید پر انکشاف ہو گیا کہ بلی کی دم کھینچنے اور مرغی کے پر نوچنے میں بھی راحت ہوتی ہے۔ گو یہ راحت ماں باپ کا نور نظر اور گھر کا چراغ ہونے کے مقابلے میں ہیچ تھی، مگر راحت ضرور تھی۔ ماں باپ تو اسے گوشت کے لوتھڑے میں، جسے وہ محمود کہہ کر پکارتے تھے، اپنا وجود کھو چکے تھے۔ صبح سے شام تک محمود کا ذکر۔ محمود کی آنکھوں، پیشانی اور ہونٹوں کے قصے، محمود کی صحت، مسکراہٹ اور کھیل کا رونا اور محمود بھی وہ جسے رونے تک کی تمیز نہ تھی۔ کیسی بے سری الاپتا تھا۔ رشید نے کئی دفعہ محمود کا منہ تک نوچنا گوارہ نہ کیا کہ ماں کا قرب حاصل ہو یا اس کا منہ چومنے سے وہ خود محمود بن جائے۔ مگر والدین بھی پتھر کے بنے ہوتے ہیں۔ ان پر ان باتوں کا اثر ہی نہیں ہوتا۔

ایک روز جب رشید ابا کی چھڑی کا گھوڑا بنا کر سواری کر رہا تھا اور ان کے کاغذات کو پاؤں تلے روند رہا تھا تو انہوں نے بہت ڈانٹ ڈپٹ کی۔ جب رشید نے جواب میں چیخوں سے دردِ دل کا اظہار کیا تو انہوں نے ایک دو تھپڑ جڑ دیئے اور جلال میں کہنے لگے۔ "بہت بد معاش ہوا جا رہا ہے۔ کبھی آپا کو مار، کبھی ماں سے لڑ، گھر میں کہرام مچا رکھا ہے۔۔۔

پاجی۔ " اس سرزنش کے دوران میں ماں محمود کا پوتڑا ٹھیک کرنے میں شدت سے مصروف رہی۔ گو ادھر سے پیار کی کوئی امید نظر نہ آتی۔ پھر بھی اسے مجبوراً فریاد لے کر ماں کے پاس جانا ہی پڑا لیکن ماں نے بھی "ہر وقت سر کھپاتا رہتا ہے۔" کہہ کر ایک تھپڑ مار دیا۔ اتنا ضرور ہوا کہ ماں نے "یہاں مر۔" کہہ کر جھنجھوڑ کر اسے اٹھالیا اور اپنے پاس لٹا لیا۔ یہی تو اس کی خواہش تھی کہ وہاں مرے۔ کسی سے تھپڑ کھا کر اسے وہاں مرنا نصیب تو ہوا۔ اس کی معلومات میں یہ ایک اضافہ تھا۔

اب رشید تیسری جماعت میں تھا۔ چونکہ پچھلے سال وہ فیل ہو گیا تھا۔ رشید کے والد کو یقین تھا کہ رشید فطری طور پر کند ذہن ہے بلکہ ان کا خیال تھا کہ اس کے دماغ میں عقل سلیم کا خانہ خالی ہے۔ اس کا سب سے بڑا ثبوت یہ تھا کہ تیسری جماعت میں فیل ہو گیا تھا۔ گھر میں وہ اپنے اس خیال کے متعلق اکثر بات کرنے کے عادی تھے یا وہ محمود کی ایسے انداز میں تعریف کرتے جس سے رشید کی نااہلیت اخذ ہو۔

" محمود سوالوں میں طاق ہے۔ اگر رشید کا ذہن بھی اچھا ہوتا تو کیسی اچھی بات تھی۔ مگر یہ رشید کا قصور نہیں۔۔۔ اس کی یادداشت ٹھیک نہیں۔۔۔ بے چارے کو باتیں یاد نہیں رہتیں۔۔۔ اور۔۔۔ محمود کی ماں۔۔۔ تم نے سنا۔۔۔ ادھر آنا۔۔۔ باہر محمود کا استاد آیا ہوا تھا۔ کہتا تھا، محمود فر فر سبق سنا دیتا ہے۔"

کسی وقت جب دونوں بچوں کے مستقبل کا ذکر چھڑ جاتا تو وہ اکثر کہا کرتے۔ " محمود۔۔۔ محمود۔۔۔ کو تو انجینئر بنائیں گے۔ اسے رڑکی بھیجیں گے۔۔۔ رڑکی۔ رڑکی سے بڑھ کر ہندوستان میں کوئی انجینئرنگ کالج نہیں۔ سنا تم نے محمود کی ماں۔ رڑکی میں بہت بڑا کالج ہے۔۔۔ شاندار۔"

اس دوران میں وہ محمود کی طرف اس زاویے سے دیکھتے جیسے کوئی مصور اپنے شاہکار

کی طرف دیکھتا ہے۔ پھر وہ چونک کر ایک موہوم سی آہ بھر کر رشید کی طرف دیکھتے۔ "رشید محمود کے طوطے کو دق نہ کر۔ تمہیں تو ہر وقت شرارت سوجھتی ہے۔ محمود کی ماں۔۔۔۔ دیکھا تم نے پنجرے کو بل دے رہا تھا شیطان۔ محمود کی ماں۔۔۔۔ اگر رشید بھی ذہین ہوتا تو اسے بھی رڑکی بھیجتے۔ مگر کوئی بات نہیں۔۔۔۔ کوئی بات نہیں۔۔۔۔ یہ تو قدرتی باتیں ہیں۔ انسان کو ان باتوں میں دخل نہیں۔ ہر حالت میں خدا کا شکر ادا کرنا چاہئے۔ کیوں محمود کی ماں۔۔۔۔ یہ تم کیا دھو رہی ہو۔ تمہیں تو ہر وقت کام ہی رہتا ہے۔ ہاں رضیہ کہاں ہے۔ رشید میں کہتا ہوں، اس پنجرے کو نہ چھیڑ۔۔۔۔ سنتا نہیں۔"

رشید باپ کی ان پیچیدہ باتوں کے دوران جمائیاں لے لے کر تھک جاتا۔ پھر دفعتاً اس کا جی چاہتا کہ زور سے مرغی کی دم کھینچے یا آپا کی ٹانگ میں چٹکی لے یا کسی رینگتی ہوئی چیونٹی کو پاؤں سے مل دے۔ دنیا میں سب سے زیادہ بدنما چیز اس کے نزدیک محمود کا طوطا تھا۔

رشید اپنی جگہ سے اٹھا۔ ایک اور انگڑائی لی۔۔۔۔ "اچھا تو اب کیا کروں۔" اس نے چاروں طرف نگاہ ڈالی مگر کوئی چیز اس کے لئے باعث دلچسپی نہ تھی۔ سیڑھیوں سے نیچے اتر کر اس نے دیکھا کہ ماں، آپا اور رضیہ باورچی خانے میں ہیں۔۔۔۔ ابا اور محمود کی آوازیں بیٹھک میں سے آ رہی تھیں۔ وہ باورچی خانے میں داخل ہوا۔ "اماں!" اس نے اکتائے ہوئے انداز میں کہا۔ "بھوک لگ رہی ہے۔"

اماں بولی۔ "آ گئے۔ آنکھ کھل گئی۔ ہزار دفعہ کہا ہے کہ صبح اٹھ کر سکول کا کام کیا کرو۔"

آپا کہنے لگی۔ "اماں! محمود نے آج صبح ہی صبح دس سوال نکال لئے ہیں۔۔۔۔"

رشید نے ان باتوں پر دھیان نہ دیا۔ اس نے چاروں طرف سرسری نگاہ ڈالی اور پھر

ماں سے لسی کا گلاس لے لیا۔

ماں نے کہا۔ "منہ ہاتھ تو دھو لیا کر۔ کتنا گندا ہے۔"

مگر رشید لسی پی چکا تھا۔ وہ اپنی قمیض سے منہ پونچھ کر گلاس صندوق پر رکھ کر باہر نکل آیا۔ کمرے میں سامنے چاقو پڑا تھا۔ اس نے چاقو اٹھالیا اور سرسری طور پر میز کا کونہ کھرچنا شروع کر دیا۔ باہر بیٹھک سے ابا اور کسی مہمان کی آوازیں سنائی دے رہی تھیں۔

"یہ بھی کیا عمر ہے۔۔۔ بادشاہی عمر۔۔۔ بچپن سے بڑھ کر زندگی میں کوئی خوشی نہیں۔"

رشید سوچ رہا تھا۔ بچپن سے بڑھ کر کوئی عمر نہیں۔ یہی بچپن۔۔۔ آخر وہ کیا بات ہے جس کی بناء پر لوگ بچپن کو اس قدر سراہتے ہیں۔ کیا باقی، بچپن سے بھی زیادہ اکتا دینے والی ہے۔ اس نے ایک جھرجھری لی۔۔۔ باہر ابا کہہ رہے تھے۔

"محمود۔۔۔ محمود تو سوالوں میں بے حد طاق ہے۔ رڑکی۔۔۔! رڑکی سے بڑھ کر کوئی درسگاہ نہیں۔ سو روپیہ ماہوار خرچ۔ نصیب کی باتیں ہیں۔ وہ ہمارا رشید۔۔۔ وہ سال اس سے بڑا ہے۔ بالکل کند ذہن، کام چور، نکما۔۔۔ اللہ کا ہر حال میں شکر ادا کرنا چاہئے۔"

رشید اٹھ بیٹھا اور برابر والے کمرے میں چلا گیا۔ شاید اس کے لئے وہاں ابا کی آواز نہیں پہنچتی تھی۔ یا اس لئے کہ سامنے پڑی ہوئی چٹائی سے تنکے کھینچنے کی خواہش اسے مجبور کر رہی تھی۔

باورچی خانے میں ماں کہہ رہی تھی کہ "رضیہ وہ کہاں غائب ہو گیا ہے۔ جا دیکھ تو کہیں صندوق میں سے کپڑے نکال کر پھاڑ تو نہیں رہا۔ میں بھی کتنی بھول کرتی ہوں۔ صبح صندوق کو کھولا تھا تو اسے بند نہیں کیا۔ جا دیکھ تو۔۔۔ توبہ میں تو اس لڑکے سے عاجز آ

چکی ہوں۔"

رضیہ کی آہٹ سن کر رشید چٹائی کو چھوڑ کر پرے جا بیٹھا اور ایک لوہے کے ٹکڑے سے ناخن کریدنے میں مشغول ہو گیا۔ رضیہ اندر آئی۔ اس نے نفرت سے کھولتی ہوئی نگاہ رشید پر ڈالی۔ مگر رشید بظاہر اپنے کام میں ہمہ تن مشغول تھا۔ پھر جب رضیہ صندوق کو تالا لگا رہی تھی تو نہ جانے رشید کو کیا ہوا۔ اس نے اپنے بازو میں شدید اکڑ سی محسوس کی۔ اس کا ہاتھ غیر ارادی طور پر لپکا اور انگلیوں نے بڑھ کر رضیہ کی کمر میں چٹکی لے لی۔ اس نے بھاگتے ہوئے "اوئی" سنا اور پھر رضیہ جانے کیا کیا کہہ رہی تھی۔ مگر وہ غسل خانے پہنچ کر بالٹی میں ہاتھ ڈبو رہا تھا اور گرتے ہوئے قطروں کو غور سے دیکھ رہا تھا۔ قطروں کو گرتے ہوئے دیکھ کر اسے وہ بوڑھا فقیر یاد آ گیا جس پر وہ چوبارے کی کھڑکی میں سے پتھر پھینکا کرتا تھا۔

بوڑھے کی عاجزانہ نگاہ۔۔۔۔ بے بسی۔۔۔۔ اور بے چارگی۔۔۔۔ اس روز جب اس کی آنکھوں سے پانی قطروں میں گر رہا تھا کس قدر مضحکہ خیز شکل تھی۔ ااس کے ہونٹوں پر مسکراہٹ آ گئی اور وہ اطمینان سے بیٹھ گیا۔ باہر ماں غصے سے پوچھ رہی تھی۔

"رضیہ محمود کے طوطے کا پنجرہ یہاں دھوپ میں کس نے رکھا ہے؟"

رضیہ بولی۔ "توبہ بی بی۔ میں نے تو ابھی اسے چوبارے میں رکھا دیکھا تھا۔ میں تو کسی چیز کو بھی ہاتھ تک نہیں لگاتی۔ میری تو بی بی یہ عادت ہی نہیں۔"

ماں نے ہاتھ ہلا کر کہا۔ "بس یہ اسی شیطان کی کارستانی ہے۔ نہ جانے محمود کے طوطے سے اسے کیا بیر ہے۔ اور بھائی ہوتے ہیں۔ آپس میں پیار اور محبت سے رہتے ہیں۔ اس لڑکے پر تو محمود کو دیکھ کر بھوت سوار ہو جاتا ہے۔ رضیہ۔۔۔۔! لے۔ اسے چوبارے میں رکھ اور اس کی کٹوری میں پانی ڈال دے۔"

رشید دروازے سے جھانک رہا تھا۔ "محمود کا طوطا" اس کے دل کا کوئی حصہ کہہ رہا تھا۔ "کیا ہوا۔ کیا ہوا۔ محمود کے طوطے کو؟" ابا اندر آکر کہہ رہے تھے۔ "ہاں بس ایسا کون کام کرے گا۔ اس لڑکے میں تو ذرہ بھر رحم نہیں۔ قصائی ہے قصائی۔ صبح شام چیزیں الٹ پلٹ کرنے کے علاوہ اسے کوئی کام نہیں۔ کل میرے دفتر کے کاغذات کی بیڑیاں بنا رہا تھا۔ نامعقول۔۔۔! لے رضیہ اسے چوبارے میں لے جا۔ محمود تو طوطے پر جان چھڑکتا ہے۔ جب تک اسے کِھلا نہ لے، خود نہیں کھاتا۔ اسے جانوروں سے کس قدر محبت ہے۔۔۔ محمود کی ماں۔۔۔! محمود کی ماں!"

"کیوں ابا جی۔۔۔" محمود نے اندر آتے ہوئے کہا۔

"کچھ نہیں بیٹا۔" باپ نے جواب دیا۔ "رشید نے تمہارا طوطا دھوپ میں رکھ دیا تھا۔ بے چارے کا گرمی کے مارے برا حال ہو رہا تھا۔ تم کہاں چلے گئے تھے۔"

اس پر محمود بولا۔ "نہیں ابا جی! میں نے خود طوطے کو دھوپ میں رکھا تھا۔ اس نے پانی کی کٹوری الٹ دی تھی اور پانی میں تربتر ہو رہا تھا۔ میں نے اسے سکھانے کے لئے دھوپ میں رکھا تھا۔ پھر اسے اٹھانا مجھے یاد نہیں رہا۔"

"محمود کی ماں۔۔۔ محمود کی ماں۔۔۔" باپ کہہ رہا تھا۔ "تم نے سنا؟ محمود نے خود طوطے کو دھوپ میں رکھا تھا۔ محمود کی یہ بات اچھی عادت ہے۔ دیکھو نا سچ سچ کہہ دینے سے بالکل نہیں گھبراتا۔ لو اگر رشید طوطے کو دھوپ میں رکھتا تو چاہے کچھ ہی ہو جاتا، وہ کبھی اقرار نہ کرتا۔۔۔ رضیہ۔۔۔ رضیہ کہاں ہے رشید؟ رضیہ۔۔۔!"

"ابھی یہیں تھا۔" ماں نے کہا۔ "جانے کہاں چلا گیا ہے؟ گلی میں ہو گا۔ میں تو اس لڑکے سے تنگ آچکی ہوں۔"

"خیر کوئی بات نہیں۔ تم تو گھبرا جاتی ہو۔ یہیں کہیں ہو گا۔" باپ نے اسے تسلی

دی۔

رشید دبے پاؤں غسل خانے سے نکل کر چوبارے میں چلا گیا۔ بوڑھے فقیر کے آنے کا وقت ہو رہا تھا مگر وہ بوڑھا دو دن سے نہیں آیا تھا۔

رشید کے بدن میں ناامیدی سے سستی سی محسوس ہو رہی تھی اس واحد عشرت سے وہ گذشتہ دو دنوں سے محروم تھا۔ اس نے چھ سات موٹے موٹے پتھر چن لئے اور کھڑکی میں بیٹھ گیا۔ سامنے مکانوں کا ڈھیر نظر آ رہا تھا۔ گلی میں خاک اڑ رہی تھی۔ دھوپ سے آنکھیں چندھائے جاتی تھیں۔ مکانوں سے پرے ریت کے ٹیلے کھڑے تھے۔ کہیں کہیں بگولے ناچ رہے تھے۔ وہ ان بگولوں کو حسرت بھری نگاہ سے دیکھ رہا تھا۔

آخر وہ فقیر کا انتظار کرتے کرتے تھک گیا۔ اس نے جھرجھری لی۔ دونوں ہاتھوں کا پیالہ بنا کر اپنی ٹھوڑی اس پر ٹکا دی اور معصومیت بھرے انداز میں بیٹھ گیا۔ اسے دیکھ کر یہ محسوس ہوتا تھا کہ جیسے کسی مظلوم کے دکھ کو دیکھ کر وہ خدا سے اس کی نجات کے لئے دعا کر رہا ہو۔

انتظار سے مایوس ہو کر وہ ادھر ادھر دیکھنے لگا۔ اس کی نگاہ سامنے والے مکان کے روشن دان پر پڑی۔ روشن دان میں سرخ شیشے کو دیکھ کر ایک بیگانہ سی مسکراہٹ اس کے ہونٹوں پر آ گئی۔ اس نے ایک پتھر اٹھا لیا اور اس سے کھیلنے لگا۔ پھر نہ جانے کیا سوجھی۔ اس کے بازو نے زور سے جھٹکا کھایا۔ پتھر سے سرخ شیشہ ٹوٹنے کی آواز آئی پھر وہ کھڑکی سے ہٹ کر چوکی پر آ بیٹھا۔ سامنے محمود کا طوطا پھڑ پھڑا رہا تھا۔ محمود کا طوطا۔۔۔ اس کے دل سے آواز آئی۔ جیسے کوئی اسے چھیڑ رہا ہو۔ محمود کا طوطا۔۔۔ محمود کا طوطا۔۔۔ تمام فضا آوازوں سے بھری ہوئی محسوس ہو رہی تھی۔ اس نے لپک کر پنجرہ اتار لیا اور اسے دھوپ میں رکھ دیا۔ اس کے لبوں پر مسکراہٹ آ گئی۔ چوکی پر ابا کا استرا دیکھ کر رشید

ٹھٹھک گیا۔ اس نے استرا اٹھالیا۔ پتہ نہیں اس کے دل میں کیا خیال آیا۔ منہ سرخ ہو گیا۔ آنکھیں مسرت سے چمک اٹھیں۔ "محمود کا طوطا۔" اس نے دانت پیستے ہوئے کہا۔ وہ پنجرے کے قریب ہو بیٹھا۔ پنجرے کا دروازہ کھل گیا۔ دنیا گھومتی ہوئی محسوس ہو رہی تھی۔ حتیٰ کہ اسے بوڑھا فقیر بھی یاد نہ رہا۔ چخ چخ چخ۔۔۔۔ لہو کی بوندیں اس کے ہاتھوں پر گر رہی تھیں۔۔۔۔ سرخ رنگین مخمل سا لہو۔ کھڑکی سے باہر رنگین سنہری سرخی ناچ رہی تھی۔ دو بگولے آسمان پر مخملی قوس بن کر جھوم رہے تھے۔

"محمود کا طوطا۔" اس کے دل کا کوئی کونہ تمسخر سے کہہ رہا تھا۔ "محمود۔۔۔۔!"

(۴) جھکی جھکی آنکھیں

عذرا ان عورتوں میں سے ہے جن سے وصال میں بھی تکمیل حصول کی آرزو میں بے ساختہ آہ نکل جاتی ہے۔ جو دلخراش حقائق سے دور کسی رنگین دنیا میں رہتی ہیں۔ یوں تو ہر عورت کی دنیا حقائق سے بے نیاز ہے مگر عذرا میں یہ خصوصیات نمایاں ہے۔

عذرا کو بار بار دیکھ کر بھی نہیں کہہ سکتا کہ وہ کس لحاظ سے حسین ہے۔ کتابی چہرہ، حساس ناک، مسکین سے ہونٹ، حیران موٹی موٹی آنکھیں اور گداز جسم۔ اس کی حیران خوابیدہ آنکھیں جو اس کی قوت تکلم کا بیشتر حصہ سلب کر چکی ہیں، نہ جانے کون سی دنیا میں رہتی ہیں۔ بہر صورت وہ اس مختصر مکان میں جہاں وہ اس کا خاوند اور ساس رہتے ہیں ، رہتی ہوئی محسوس نہیں ہوتی۔ اس کی کمر کا وہ ہلکا خم جس کی وجہ سے اس کی گردن ذرا بائیں طرف مڑی رہتی ہے، بہت بھلا معلوم ہوتا ہے۔ بلکہ کسی وقت مجھے شبہ ہوتا ہے کہ یہی خم اس کی جاذبیت کا راز ہے۔ جب کبھی عذرا کچھ بن رہی ہو یا پڑھ رہی ہو اور جھکی جھکی آنکھوں سے باتیں کرے تو تمہارے دل میں ایک لطیف احساس پیدا ہو گا کہ بے شک زندگی بسر کرنے کے قابل ہے اور مل بیٹھنے میں ضرور راحت ہے۔ لیکن اگر وہ آنکھیں اٹھ کر تمہاری طرف نظر بھر کر دیکھ لے تو میں نہیں کہہ سکتا کہ تم کیا محسوس کرو گے۔ اس وقت تو مجھے ایسا محسوس ہوتا ہے کہ عذرا مجھ سے کوسوں دور ہے۔ یقین نہیں پڑتا کہ وہ زندگی کی حقیقت ہے یا محض خواب۔ اس وقت چراغ مدھم پڑ جاتے ہیں اور دنیا گھوم جاتی ہے۔

کوئی دس بارہ مہینے ہوئے ہوں گے۔ جب وہ یہیں سکول میں دسویں جماعت میں پڑھا کرتی تھی۔ مگر ان دنوں اس کے انداز میں یہ بات نہ تھی۔ حیرانیاں تو اس کی نگاہ میں جھپٹنے ہی سے تھیں۔ شاید اس لئے کہ بچپن سے ہی وہ سوتیلی ماں کے پاس رہتی تھی مگر شادی کے بعد اس کی نگاہیں اور بھی حیران ہو گئیں اور اب وہ ترنم سے بھیگ چکی ہیں۔ اس کی گردن کا جھکاؤ کچھ اور جھک گیا ہے اور اس کی پلکیں کسی خوابوں کی بستی کو ڈھانپے رکھتی ہیں۔

ان دنوں جب سکول سے لوٹا کرتی تو اس کے انداز میں "بیگانہ روئی" پیدا کرنے کی کوشش عیاں ہوتی مگر کبھی کبھار کوئی دبی ہوئی مسرت چھلک پڑتی، چلتے چلتے ٹھٹک جاتی یا آنکھ میں ہلکا سا تبسم لہرا جاتا، جس سے صاف ظاہر ہوتا کہ اسے زندگی سے دلچسپیاں محسوس ہو رہی ہیں۔ وہ اپنے انداز میں ایسی بیگانہ روئی پیدا کرنے کی کوشش کرتی تھی جو والدین کے نقطہ نظر سے ہر شریف بچی میں ہونی چاہئے۔ خدا جانے والدین اپنے بچوں میں بیداری دیکھنے کے متحمل کیوں نہیں ہو سکتے۔ ان کی خواہش ہوتی ہے کہ ان کے بچے تبھی کلیوں کی طرح سوئے سوئے ہی رہیں اور یونہی سوئے سوئے ہی مرجھا جائیں۔ اس لئے وہ ان میں بیداری پیدا نہ کرنے کا قطعی فیصلہ کر لیتے ہیں اور جو پیدا ہو جاتی ہے اسے نہ دیکھنے کا۔ عذرا کے والد موخر الذکر قسم کے آدمی تھے۔ گھر میں کھانے پینے کے لئے کافی تھا اور جمع کرنا ان کی سرشت میں نہ تھا۔ بیویوں کے معاملے میں وہ اپنے آپ کو بہت بدنصیب سمجھتے تھے۔ انہیں گلہ تھا کہ ان کی بیویوں کی شادی کے فوراً بعد ہی عام ہو جانے کی قبیح عادت ہے۔ ان کی خواہش تھی کہ ایسی بیوی ملے جو گوناگوں ہو اور ان کا ایمان تھا کہ وہ کبھی نہ کبھی اسے ضرور ڈھونڈ نکالیں گے۔ اس لئے وہ اس کی تلاش میں سرگرداں رہتے تھے۔ ان کے خیال میں بیوی کا یوں عام ہو جانا اسکی بدمذاقی کی دلیل ہے اور وہ اپنے

خیال کو اکثر ظاہر کیا کرتے تھے۔

انجینئر صاحب کی بیوی کو دیکھئے۔ اس کی آنکھوں میں بیسوں نگاہیں ہیں۔ ایک سے ایک نئی۔ کبھی وہ اداسی میں تو کبھی سرخی میں ڈوبی رہتی ہیں۔ کبھی ہم تمہیں جانتے ہی نہیں اور کبھی اب کہئے مزاج کیسے ہیں۔ کی سی نگاہیں اور پھر ان کا تو رنگ بھی ادلتا بدلتا ہے۔ کبھی گلابی گلابی، گہری گہری، گدری گدری، میلی میلی یہ جو پڑوس میں مسز ملک ہے نہ دیکھنے کے انداز سے دیکھنے میں اسے کس قدر ملکہ ہے، اس کے بھرے ہوئے جسم میں کس قدر خم و پیچ مضطرب رہتے ہیں۔ ایک وہ عذرا کی ماں تھی کہ بیٹھ جاتی تو گھنٹوں اٹھنا محال ہو جاتا۔ بس دن بھر آلو ہی چھیلتی رہتی تھی اور پھر وہ زمرد تھی کہ ایک مرتبہ ساڑھی کے لئے بگڑ بیٹھی تو ہفتوں سوج کر بیٹھ رہی اور کچھ کہہ دیا تو ایک عرصہ تک چہرے کی زردی کے سوا گھر میں کچھ نظر نہ آیا۔

عذرا کی ماں کے بعد انہوں نے زہرہ سے شادی کی تھی مگر وہ بھی چند سالوں کے بعد لقمہ اجل ہو گئی۔ خیر اس بات سے ان کی زندگی میں کوئی خاص فرق پیدا نہ ہوا۔ چونکہ شادی کے چند ماہ بعد ہی انہیں یہ معلوم ہو چکا تھا کہ زہرہ میں وہ بات نہیں۔ اب گھر میں ان کی بوڑھی ملازمہ حشمت اور عذرا کے سوا اور کوئی نہ تھا۔ خود تو وہ عام طور پر باہر بیٹھک میں بیٹھے رہتے یا کبھی اندر آتے تو عذرا کو کوئی نصیحت کرنے کے لئے کہتے۔

"عذرا دوپٹہ سنبھال لو۔ بیٹیوں کو یوں ننگے سر بیٹھنا زیب نہیں دیتا۔"

"حشمت وہ کھڑکی کیوں کھلی ہے؟ بند کرو اسے۔ دیکھو تو عذرا بیٹھی ہے اور گلی میں لوگ آتے جاتے ہیں۔"

"عذرا تم یہ مسز ملک ولک کے ہاں نہ جایا کرو، لڑکیاں اپنے گھر بیٹھی اچھی لگتی ہیں۔

"

ان نصیحتوں کے باوجود انہوں نے کبھی آنکھ بھر کر اس کی طرف نہ دیکھا تھا۔ بیٹی جوان ہو جائے تو جانے کیوں اسے دیکھنا مشکل ہو جاتا ہے۔ انہیں کبھی عذرا کی شادی کا خیال بھی نہ آیا تھا۔ نہ ہی انہوں نے اسے کبھی بیٹی کہہ کر بلایا تھا۔ کیونکہ گو وہ چالیس برس کے تھے لیکن ابھی جوان ہی معلوم ہوتے تھے۔ ان کے دوست اور احباب انہیں زینت محفل سمجھتے تھے۔ باہر دیوان خانے میں جمگھٹا رہتا تھا اور قہقہوں سے در و دیوار گونجتے۔

ایک روز صبح سویرے جب عذرا سکول جانے کی تیاری کر رہی تھی اور اپنا محبوب نیلا سوٹ پہنے بال بنا رہی تھی تو معمول کے خلاف اس کے والد اندر آ کر خشمگیں انداز میں کہنے لگے۔

"عذرا آج سے تم سکول نہ جایا کرو۔ بس زیادہ پڑھنے کی ضرورت نہیں۔"

"مگر ابا جان۔" عذرا نے اپنے آپ کو جھنجھوڑ کر پوچھا۔ اس کا چہرہ حیرانی اور خوف سے بد نما ہو رہا تھا۔

"مگر وگر کچھ نہیں۔" انہوں نے بات کاٹ کر کہا۔ "امتحان دینے کی ضرورت نہیں۔"

ایک ساعت کے لئے عذرا کی آنکھیں اٹھیں۔ شعلے کی طرح چمکیں مگر والد جا چکے تھے۔ حشمت نے ان آنکھوں کو دیکھا اور ایسے محسوس کیا جیسے کائنات کا ذرہ ذرہ تھر تھر کانپ رہا تھا، پھر وہ جھک گئیں۔ دو موٹے موٹے آنسو رخساروں سے ڈھلک کر لباس میں جذب ہو گئے۔ پھر وہ نگاہیں حیران ہوتی گئیں۔ اپنے ماحول سے سمٹ کر اپنے آپ میں جذب ہوتی گئیں۔ اس دن سے عذرا کو ٹھمکتے ہوئے کسی نے نہ دیکھا اور اسے بیگانہ روئی پیدا کرنے کی شاید ضرورت ہی نہ رہی۔ شام کو وہ کوٹھے پر چلی جاتی اور گھنٹوں کھیتوں کی طرف نگاہیں جمائے ہوئے کھوئی ہوئی سی رہتی۔ حتیٰ کہ پندرہ دنوں کے اندر اندر اس کے

والد نے نذر سے نکاح پڑھوا کر اسے رخصت کر دیا۔ غالباً اس لئے کہ عذرا کی بیداری کا زمانہ اس قدر مختصر تھا کہ آیا وہ چلا گیا۔ وہ اس قدر گہرا اثر چھوڑ گیا، جس طرح کسی ویران وادی میں کسی آوارہ طائر کی لرزتی ہوئی تان۔ چند ایک ساعت کے لئے ان خاموش مہیب چٹانوں میں ابھر ابھر کر خاموشیوں کے مسکن کو اور بھی خاموش اور بھیانک تر چھوڑ جاتی ہے۔

اس جھٹ پٹ پر خلق خدا کے ماتھے پر شکن پیدا ہونے ہی تھے۔ چہ میگوئیاں ہوئیں، دبی دبی آوازیں اٹھیں، مگر آواز کسنے کی نوبت نہ پہنچی۔ ایک تو محلے والیوں کو عذرا سے کوئی گلہ نہ تھا اور عذرا کوئی اس قدر حسین یا شوخ یا طرح دار نہیں سمجھی جاتی تھی کہ محلہ والیاں اس سے کینہ دوزی کرتیں۔ دوسرے انہیں عذرا کے والد سے بھی کوئی رنجش نہ تھی کہ انہیں نشتر کرتیں، بلکہ وہ تو ان کی نکتہ رس نگاہوں سے واقف ہونے کے علاوہ ان کی نگاہوں کی قدردان تھیں۔ چند ایک مثلاً انجینئر کی بیوی اور مسز ملک جنہیں آواز کسنے میں ملکہ تھا۔ ان کا تو یہ گلہ تھا کہ ڈھول نہ چھم چھم۔ نہ تاک نہ جھانک، نہ تو تو، میں میں۔ یہ بھی کیا شادی ہوئی۔ کئی ایک کو تو مدت سے عذرا کی شادی کی تقریب سعید کا انتظار تھا کہ شادی ہو اور مہمان بن کر جائیں۔ حنا مالیدہ ہاتھ ہوں۔ جھلملاتی ہوئی ساڑھیاں ہوں۔ کاجل، جھمکے، بندیاں چمکیں۔ پلیٹوں سے چوڑیاں بجیں، پان بنائے جائیں اور اس افراتفری میں اچانک کوئی آ نکلے تو گھونگھٹ نکالنا تو کیا دوپٹہ سنبھالنا بھی مشکل ہو جائے۔ کوئی گستاخ لٹ جھٹک کر منہ پر آ گرے اور ناک میں دم کر دے یا پتلی پتلی گوری گوری انگلیاں دوپٹے کو سنبھالنے کی ناکام جستجو میں عریاں رہ جائیں۔ باریک تہوں سے نظریں چھن چھن کر پڑیں۔ سفید سفید باہیں گھونگھٹ سے نکل کر کچھ دیں، کچھ لیں۔ یعنی ایسی شادی ہو کہ نام رہ جائے بلکہ چرچا ہو۔

آخر خلق خدا خلق خدا ہی ہے اور بات بات ہے جو نکل ہی جاتی ہے۔ کسی نے کہا کسی سے آنکھ لڑ گئی ہو گی۔ کوئی کہنے لگی۔ "لو اب ہنس ہنس کر باتیں کرنے لگی تھی۔" کوئی کہنے لگی۔ "سنا ہے اس کے ابا نے خط پکڑ لیا۔" کوئی بولی۔ "ایلو بی بی وہ تو اس کے ابا نے اپنی آنکھ سے دیکھ لیا۔ دفتر سے آرہے تھے۔ باغ میں وہ اسے پہلو میں لئے بیٹھا تھا۔ توبہ کیسا زمانہ آیا ہے۔" غرضیکہ کئی باتیں نکلیں بلکہ کون سی باتیں تھیں جو رہ گئیں۔ مگر دبی دبی ہوئی اور پھر بات آئی گئی ہو گئی۔

اس بے چاری کا یہی قصور تھا کہ سکول جاتے ہوئے تانگے میں یوں آنکھیں جھکائے ہوئے بیٹھی رہتی کہ مرمریں بت کا شبہ ہوتا اگر کسی شوخ چشم کے دل میں اس بت کو دیکھ کر ایک مصور پیدا ہو جائے اور اسے اس بات میں محو کر دے تو عذرا کا اس میں کیا قصور، ہاں سکول کی ویران سڑک پر ہوا کھانے کو کس کا جی نہیں چاہتا۔

پوری تفصیلات سے مجھے واقفیت نہیں، ہاں سلیم کا اونچا لمبا قد اور فراخ شانے اور اس کا انداز بے نیازی۔۔۔ اس امر کا شاہد ہے کہ اسے تانک جھانک سے کوئی دلچسپی نہیں، نہ وہ خود ساختہ مصیبت مول لینے کا عادی ہے غرضیکہ وہ ان نوجوانوں میں سے نہیں جو کسی کے تصور میں اوندھے پڑے رہنے، آہیں بھرنے اور شعر پڑھنے کی دلچسپ کیفیت میں مبتلا رہنے کے مشتاق ہیں۔ چند دن تو صبح چھ بجے وہ روز اس سڑک پر اپنے سائیکل پر سوار گھومتا رہا، پھر ایک روز جب چھٹی کے وقت عذرا سکول کے پھاٹک کے قریب کھڑی اپنے تانگے کی راہ دیکھ رہی تھی تو سلیم نے آکر اس کا بازو پکڑ کر گھسیٹ کر ایک طرف لے گیا اور اسے شانوں سے پکڑ کر پوچھنے لگا۔ "تم کون ہو؟ تمہارا نام کیا ہے؟ تم بولتی کیوں نہیں۔۔۔؟ اچھا۔" اس نے ذرا سے جھنجھوڑ کر کہا۔ "تم چاہے کوئی بھی ہو تم میری ہو اور تمہیں اب مجھ سے کوئی بھی نہیں چھین سکتا۔" اور پیشتر اس کے کہ عذرا

سمجھتی کہ یہ کیا ہو رہا ہے یا اسے کیا کرنا چاہئے۔ سلیم جا چکا تھا۔ پھر اسے یاد نہیں کہ اس روز تانگے والے نے دیر سے آنے کے لئے کیا عذر پیش کیا تھا یا کس راستے سے وہ آئے تھے یا راستے میں پھاٹک پر کتنی دیر انتظار کرنا پڑا تھا یا رکنا پڑا بھی تھا یا نہیں اس روز اس کی آنکھیں تبسم سے آشنا ہوئی تھیں اور اس کی چال نے ٹھمکنا سیکھا تھا۔

اسے اس واقعے کی حقیقت پر اعتبار نہ آیا تھا۔ مگر اس کے بلوریں شانوں پر دو تین نیلے نیلے داغ دلچسپ گرفت کے شاہد تھے اور اس کے شانوں پر لذیذ سا درد ہو رہا تھا۔

اس روز اپنے طوطے سولی سے کہہ رہی تھی۔ "سولی چاہے تم کوئی بھی ہو، تم میرے ہو۔ تمہیں مجھ سے کوئی بھی نہیں چھین سکتا کوئی بھی نہیں۔" وہ نہایت سنجیدگی سے کہہ رہی تھی۔ پھر اس مصنوعی سنجیدگی نے شاید اسے گدگدایا۔ وہ ہنس پڑی۔ "کیوں سولی ہے نا۔"

اس کے بعد ان کی دو چار سرسری ملاقاتیں ہوئی ہوں گی اور دو چار خطوط آئے گئے ہوں گے اور بس۔ سلیم ہمیشہ کے لئے اس کے لئے چند ایک دھندلے دھندلے نقوش، چند ایک دل کی پر کیف دھڑکنیں اور ہاتھوں اور شانوں اور کمر پر چند ایک لطیف دباؤ اور سینے کی چند مبہم تھرتھراہٹوں کے سوا اور کچھ نہ رہا تھا۔ جس قدر یہ نقوش مدھم تھے، اس کے دل میں ان کے متعلق حسیات اسی قدر گہری تھیں۔

گاڑی میں عذرا اپنی ساس کے ہمراہ درمیانے درجے کے ڈبے میں بیٹھی تھی۔ وہ جا رہی تھی مگر اسے یقین نہیں آتا تھا کہ وہ نذر کے ساتھ جا رہی ہے اس کا دل کہہ رہا تھا۔ "یہ کیسے ہو سکتا ہے؟" وہ سمجھتی تھی کہ خواب دیکھ رہی تھی جیسے قدرت اسے چھیڑنے کے لئے مذاق کر رہی ہو کہ وہ ابھی جاگ پڑے گی اور سب کچھ ٹھیک ہو جائے گا۔ خواب نہیں تو اور ہو ہی کیا سکتا تھا۔ ایسی بات کیسے ممکن ہو سکتی تھی۔

باہر کھیتوں میں گرمی سے جھلسا ہوا پھیکا سبزہ لہرا رہا تھا اور سبز ہونے کے باوجود آنکھوں میں چبھتا تھا۔ ان کھیتوں کے وسیع پھیلاؤ میں یہاں وہاں بجلی کے بہت دیو نما کھمبے گرد سے اٹے ہوئے کسانوں میں یوں معلوم ہوتے تھے جیسے ٹھگنوں میں کوئی گلیور کھڑا ہو، سورج چمک چمک کر تھک چکا تھا اور اس کی کرنیں زرد پڑ گئی تھیں۔ دور کہیں کہیں افق پر کوئی میلا سا ٹیلا ان جھلسے ہوئے میدانوں کے تسلسل میں دھندلے خواب کی طرح آتا اور گزر جاتا۔ عذرا اپنی خوابوں کی دنیا میں کھوئی ہوئی تھی۔ اسے ایسے معلوم ہوتا جیسے اس ٹیلے پر سلیم اسے بلا رہا تھا جیسے دور سڑک پر جو لاری جا رہی تھی، اس میں سلیم بیٹھا ہے۔ پھر اس کے شانے پر کوئی نامعلوم گرفت محسوس کرتی اور وہ سنتی تم میری ہو۔ اب تمہیں مجھ سے کوئی بھی چھین نہیں سکتا اور وہ ٹھٹھک کر بیدار ہو جاتی اور دیکھتی کہ نذر کی ماں اور سولی اس کی طرف ٹکٹکی باندھ کر دیکھ رہے ہیں مگر دونوں کی نگاہوں میں ایک دنیائے اختلاف تھی۔ ماں کی آنکھوں میں تجسس اور تشویش کو اس کی مسکراہٹیں چھپا نہ سکتی تھیں۔ اس کے برعکس سولی کی آنکھیں پرنم معلوم ہوتی تھیں۔ غالباً وہ دونوں عذرا کے دل کی کیفیت سے واقف تھے مگر دونوں کی نگاہوں میں کوئی بھی مناسبت نہ تھی۔ وہ سوچ رہی تھی، سولی بے زبان ہو کر بھی سمجھتا ہے۔ اس وقت غالباً پہلی مرتبہ اس کے دل میں سولی کو آزاد کرنے کی خواہش ہوئی۔ نہ جانے کتنی بہاریں اس نے اس پنجرے میں گزاری ہیں۔ کیا اس کے دل میں بھی اڑنے کی آرزو باقی ہے؟ کیا اس کے دل میں بھی کسی زمانے کی یاد اٹھتی ہے؟ پھر اس نے سنا کہ ماں کچھ کہہ رہی تھی۔ گاڑی سٹیشن پر کھڑی تھی ماں پوچھ رہی تھی۔ "عذرا بیٹی! نذر پوچھتا ہے کچھ پیو گی؟ عذرا نے کنکھیوں سے دیکھا۔ کھڑکی میں کوئی کھڑا تھا اسے کنکھیوں سے بھی ادھر دیکھنے کی ہمت نہ پڑتی تھی۔ پھر اس نے ایسے محسوس کیا جیسے کسی نے اس کے شانوں سے پکڑ کر اس کا منہ دوسری طرف پھیر

دیا ہو۔

اس نے سنا جیسے میلوں دور کوئی کہہ رہا ہو۔ "نہیں اماں تم کہو تو، دیکھو کس قدر گرمی ہے۔" اس بھدی آواز میں کس قدر اداسی تھی۔ ہاں اگر سلیم اس سے پوچھتا اگر وہ سلیم کے گھر جارہی ہوتی۔ مگر سلیم، سلیم جانے کہاں ہو گا، اسے حالات کا پتہ بھی تھا یا نہیں۔ شاید اپنی بے چاری عذرا کو بھول ہی چکا ہو، شاید ان رنگین باتوں سے صرف مذاق مقصود ہو یا وقت کٹی۔ مگر اس کے دل کی گہرائیوں میں کوئی کہہ رہا تھا۔ نہیں۔ نہیں۔ یہ الزام ہے۔ سلیم ایسا نہیں۔ پھر دو اداسی بھری متبسم آنکھیں اس کے سامنے معلق ہو جاتیں۔ نہیں۔ وہ آنکھیں مذاق نہیں کر سکتیں۔ حقیقت سے لبریز ہیں۔ اس کے دل میں یقین سا ہو جاتا، وہ آئے گا۔ وہ ضرور آئے گا۔ وہ دنیا کا کونہ کونہ چھان مارے گا۔ شاید وہ اسی گاڑی میں موجود ہو۔ کہیں وہ بیمار نہ ہو۔ وہ ایک جھرجھری سی محسوس کرتی۔ نہیں۔ وہ بیمار نہیں۔ بس نہیں عذرا اپنا سر کھڑکی کی چوکھٹ پر ٹیک دیتی اور اسے ایسے محسوس ہوتا کہ وہ چوکھٹ نہیں، سلیم کے شانے ہیں۔ وہ سمٹ کر ان شانوں پر جھک جاتی۔ چاہے کچھ بھی ہو، اب مجھ کو تم سے کوئی بھی نہیں چھین سکتا۔۔۔ کوئی بھی نہیں۔

ساس نے اسے کمرے میں ایک فراخ پلنگ پر بٹھا دیا۔ کمرے میں دھندلی روشنی تھی۔ تمام مکان سنسان محسوس ہوتا تھا۔ دو چار عورتیں عذرا کو دیکھنے آئیں مگر چند منٹ ٹھہریں اور چلی گئیں۔ اسے ایسا محسوس ہو رہا تھا جیسے کسی ویران کھنڈر میں بھوت چل پھر رہے ہوں۔ اس رات لیمپ روشن نہیں معلوم ہوتے تھے اور اندھیرا ہی اندھیرا تھا، اس کی جھکی جھکی آنکھوں کے سامنے سلیم کھڑا تھا، وہ محسوس کر رہی تھی جیسے سلیم کے انتظار میں بیٹھی ہو۔

دور ہوا درختوں میں ٹہنیوں سے لپٹ لپٹ کر رو رہی تھی سامنے کھڑکی کے شیشے

سے ایک اداس کالا درخت نظر آ رہا تھا۔ کھڑکی کے باہر اندھیرا جھوم جھوم کر منڈلا رہا تھا لیمپ کے شعلے میں سلیم کھڑا تھا۔ اس کے چہرے پر پریشانی کی جھریاں تھیں۔

عذرا کی آنکھ کھل گئی اس نے اضطراب سے چاروں طرف دیکھا وہ نہیں جانتی تھی کہ وہ کہاں ہے۔ سلیم کی آواز ابھی تک اس کے کانوں میں گونج رہی تھی۔ کیسا بیدار حسین خواب تھا۔ اس نے کروٹ بدل لی اور آنکھیں بند کر لیں وہ اس خواب سے بیدار ہونا نہیں چاہتی تھی۔ مگر بند ہونے کے علاوہ اس کی آنکھ میں نیند کا نشان بھی نہ تھا۔ یکلخت باہر سڑک پر کسی تانگے والے کی "پہاڑی" کی تان اس کے کان میں پڑی۔ تانگے کے پہیوں کی گڑگڑاہٹ عذرا کے لئے پہاڑی کی تان سے کہیں زیادہ دلکش تھی۔ اس کے سامنے سکول والی سڑک لہرا گئی۔ جب وہ آزاد تھی۔ جب وہ تانگے پر آیا جایا کرتی تھی۔ جب پہلی مرتبہ اس نے سلیم کی حیران اور مخمور آنکھ دیکھی تھی۔ سلیم کی پہلی ٹکٹکی۔

اس کے بند بند میں درد ہو رہا تھا۔ سولی کی چیخ سن کر وہ اٹھ بیٹھی۔ بے چارہ سولی بھی اس چار دیواری میں قید محسوس کر رہا تھا۔ کمرے کی دوسری طرف کپڑے کی کرسی میں نذر سویا ہوا تھا۔ جیسے وہ عذرا کی طرف دیکھتا ہوا سو گیا ہو۔ چہرے پر ایک تبسم سا تھا۔ جیسے کوئی خواب میں اسے گدگدا رہا ہو۔ باہر فضا میں دھیمی روپہلی روشنی پھیل رہی تھی۔

ساتھ والے کمرے سے کھڑکھڑاہٹ سی سنائی دی۔ عذرا سمٹ کر چارپائی کے کونے پر بیٹھی۔ "عذرا۔۔۔ نذر۔" نذر کی ماں بلا رہی تھی۔ نذر لپک کر اٹھ بیٹھا۔ اس کے چہرے پر اضطراب چھا گیا۔ اس نے آنکھیں ملیں اور چاروں طرف دیکھا۔ اس کی نگاہیں عذرا پر آ رکیں۔ پھر اس کے منہ پر مسکراہٹ پھیل گئی۔ جیسے کوئی کسی لطیف خواب کو حقیقت کے لباس میں دیکھ کر کھل جائے۔

"آیا اماں!" کہتا ہوا وہ کمرے سے باہر چلا گیا۔

اگلے روز دن بھر عورتیں آتی جاتی رہیں۔ ہر کسی کو عذرا کو دیکھنے کا شوق تھا۔ ادھیڑ عمر کی عورتیں جن کے لئے جوانی کے چند دن دھندلے نقوش اور بیگانہ سے احساس تھے۔ عذرا کو اس انداز سے دیکھتیں جیسے کوئی اپنی گزری ہوئی دلچسپیوں کو خواب میں دیکھ کر مسکرا دیتا ہے۔ مگر کوئی دبی دبی ہوئی آہ اس مسکراہٹ کو اداس بنا دیتی۔ وہ شوق سے آتیں مگر کھوئے ہوئے انداز سے لوٹتیں۔ جس طرح کوئی اپنی گذشتہ زندگی کے کسی رنگین واقعے کو یاد کر کے اپنی کھوئی ہوئی جوانیوں پر کسک سی محسوس کرتا ہے اور اپنے گرد ایک اداسی اور مٹی ہوئی دنیا پاتا ہے۔ دو ایک جوانی سے سرشار لڑکیاں بھی آئیں۔ لچکتی ہوئی، ٹھمکتی ہوئی، مسکراتی ہوئی۔ "ہم جانتے ہیں۔" کی سی مسکراہٹیں۔ "بس یہ ظاہر داری رہنے دو۔ " ابھی تو اس نگری کی دہلیز پر بیٹھی ہو۔" کی سی نگاہیں اچھالتی ہوئی۔ بنتی سنورتی، ٹہلتی ہوئی مگر عذرا اپنی نگری میں گم صم تھی۔ لیکن جب کوئی نو وارد اس کا منہ دیکھنے کے لئے اس کا گھونگھٹ اٹھاتی تو وہ چونک پڑتی۔ پھر اسے یاد آتا کہ وہ کہاں ہے اور کون ہے اور اس کا چہرہ شرم سے تمتما اٹھتا۔ وہاں صرف سولی ہی ایسا متنفس تھا جو اس کے دل کی کیفیت سے واقف تھا۔

سولی اپنے پنجرے میں یوں مضطرب تھا جیسے اسے از سر نو قید کیا گیا ہو۔ وہ چاروں طرف دیکھ دیکھ کر پر پھڑ پھڑاتا اور ان دیواروں کی اجنبیت محسوس کر کے بار بار چیختا۔

شام کے وقت نذر نے سولی کا پنجرہ عذرا کے پلنگ کے قریب رکھ دیا۔ سولی نے عذرا کو دیکھ کر چیخنا بند کر دیا اپنی گردن موڑ کر اپنے بازوؤں پر رکھ دی اور عذرا کی طرف ٹکٹکی باندھ کر بیٹھ گیا۔ عذرا نے سولی کی طرف دیکھا۔ اس کی آنکھ میں چمک آگئی۔ صرف سولی ہی اس کا راز دار تھا، جس سے وہ سلیم کی باتیں کر سکتی تھی۔

نذر عذرا کے پاس آبیٹھا۔ اس کی آنکھوں میں محبت کی جھلک تھی۔ "تم نے کل سے

کچھ نہیں کھایا، عذرا کچھ تو کھاؤ، اماں نے تمہاری اتنی منتیں کی ہیں۔" اس نے دھیمی منت بھری آواز میں کہا۔ "یہ تمہارا اپنا گھر ہے عذرا تم اس کا مالکہ ہو۔" اس کا حلق جذبات کی بھیڑ سے رک رہا تھا۔ اس نے اپنے بھدے سے ہاتھوں میں عذرا کا ہاتھ پکڑ لیا۔ "عذرا تم چپ کیوں ہو؟" اس سے زیادہ وہ کچھ نہ کہہ سکا۔ اس کی زبان کہنے والی زبان نہ تھی مگر اس کا ہاتھ خاموش اور مدھم زبان سے اپنا مفہوم ادا کر رہا تھا۔ اس وقت وہ بھدا گرم ہاتھ قوت گویائی سے زیادہ متکلم تھا۔ عذرا نے وہ پیغام کانوں سے نہیں بلکہ جسم کے بند بند میں سنا اور اس کی تمام قوت شل ہو گئی۔ وہ اپنا ہاتھ چھڑانا چاہتی تھی مگر وہ اپنے جسم پر قادر نہ تھی۔ کوئی نامعلوم طاقت اس کی مرضی کے خلاف اس کے جسم کو تھپک تھپک کر سلا رہی تھی۔ صرف دماغ کا کوئی نحیف حصہ جسم کی اس غداری اور اپنی بے بسی پر پیچ و خم کھا رہا تھا۔ جس طرح ڈراؤنا خواب دیکھ کر کوئی چیخ چلا کر بھاگ اٹھنا چاہتا ہے، مگر جاگ نہیں سکتا۔ اسی طرح عذرا بت بنی بیٹھی تھی۔ اس میں اپنا ہاتھ چھڑانے کی قدرت نہ تھی۔ اس نے ایک مخموع دھندلکے میں نذر کا ہاتھ دیکھا۔ سلیم کا ہاتھ بھی اسی طرح بڑا اور گرم تھا۔ ہاں سلیم کا ہاتھ متحرک تھا۔ بلا کا شوخ۔۔۔ اس کے دل میں خواہ مخواہ آرزو پیدا ہو گئی کہ وہ بھدا ہاتھ متحرک ہو جائے۔ اس کی اپنی تمام قوت شوخی زندگی اس گھڑی کے لئے اس بڑے بھدے ہاتھ اور ان مضبوط بانہوں میں منتقل ہو جائے۔ اس کا جسم اس بھدے ہاتھ کے لئے منتظر تھا۔ بے تاب تھا اور وہ اپنی اس خواہش پر شرم محسوس کر رہی تھی اور پریشان تھی۔ مگر وہ احساس شرم اور پریشانی کسی نقار خانے میں طوطی تھا۔

اس نے آنکھیں بند کر لیں۔ سلیم کا ہاتھ اس کے جسم سے مس ہو رہا تھا۔ اس کی بند آنکھوں کے سامنے سلیم آ کھڑا ہوا۔ تم ہو سلیم۔۔۔! مجھے تم سے کوئی جدا نہیں کر سکتا۔ اس کے شانے جھک گئے۔ سر جھک گیا اور سلیم کے شانوں پر ٹک گیا۔ سلیم کی دو مضبوط

بانہیں اس کے گرد آپڑیں۔ وہ سلیم کے پاس تھی۔

نذر کسی دفتر میں کلرک تھا۔ اس کے والد نذر کے لئے ایک معمولی سا مکان اور چند واجب الادار قمیں چھوڑ کر مرے تھے۔ وہ عذرا کے والد کے بہت گہرے دوست تھے۔ نذر نے کچھ عرصہ پہلے کہیں اتفاقاً عذرا کو دیکھ لیا تھا اور عذرا کی نیچی نگاہوں اور اس کی لٹکی ہوئی لٹ نے اسے کئی دن پریشان رکھا تھا مگر وہ جانتا تھا کہ عذرا کو اپنے خوابوں میں جگہ دینا اپنا شیرازہ ہستی پریشان کرنا ہے۔ مرحوم دوست کے قلاش بیٹے کو کون خاطر میں لاتا ہے۔ جب اس نے اپنی ماں سے سنا کہ عذرا کے والد رضا مند ہیں بلکہ جلد نکاح کرنے پر رضا مند ہیں تو اسے یقین نہ آتا تھا۔ اب بھی وہ کبھی کبھی سمجھتا کہ وہ خواب دیکھ رہا ہے اور وہ ابھی جاگ اٹھے گا اور اسے احساس ہو گا کہ ایک غریب کلرک کو ایسی مدہوش کن خوابیں ان لامتناہی فائلوں کے سامنے کس قدر مہنگی پڑتی ہیں۔ مگر شاید یہ بھی فطرت کی ستم ظریفی تھی کہ عذرا اب صریحاً اس کی تھی۔ نذر کے لئے عذرا کی آمد مسرت کی ایسی لہر تھی جو ہر غیر متوقع خوشی میں ہم رکاب ہوتی ہے۔ اس کی خواہشات میں جو صرف ضروریات زندگی تک محدود تھیں، ساڑھیاں جھلملانے لگیں۔ پھول مہک اٹھے اور طلائی چوڑیوں کی جھنکار نغمہ زن ہو گئیں۔ عذرا کے لئے حسین نازک چپک ہو، عذرا کے لئے قد آدم آئینہ ہو، عذرا کے لئے شربتی ریشم ہو۔ عذرا کے لئے۔۔۔ عذرا اس کی خواہشات میں بھنور بن کر آئی تھی۔

اس نے ایک چھوٹا سا پرانا ٹائپ رائٹر خرید لیا تا کہ فرصت کے وقت ٹائپ کر کے اپنی آمدنی بڑھائے۔ یہ سب کچھ اس کے دل کی گہرائیوں میں ہوا اور کسی کو معلوم نہ ہوا کہ ان گہرائیوں میں کیا ہو رہا ہے اور اس کی خاموشی حسرت بھری تشویش ہے۔

عذرا کو پہلی مرتبہ ساڑھی میں دیکھ کر نذر کی آنکھ میں ایک مخمور چمک آگئی۔ بوڑھی

ماں نے جھکی ہوئی آنکھوں سے بیٹے کے تبسم کو محسوس کیا۔ اسے ایسا محسوس ہوا جیسے غسل خانے میں یا کسی اور جگہ کوئی ضروری کام بلا رہا ہو۔ اس کی آنکھوں نے چاروں طرف دیکھا۔ پھر وہ نذر کی جرابوں میں آن ٹھہریں۔ "بیٹا یہ جرابیں مجھے دے دو۔" اس نے کہا۔ "دیکھو کیسی میلی ہو رہی ہیں۔ لاؤ نہیں دھو دوں۔"

نذر نے چونک کر اپنی نگاہوں کو عذرا کی نیلی ساڑھی سے چھڑاتے ہوئے کہا۔ "نہیں اماں یہ تو اچھی بھلی ہیں۔ پرسوں ہی تو پہنی تھیں۔"، "نہیں بیٹا۔ نہیں!" ماں نے اصرار سے کہا۔ "کیا حرج ہے؟" جرابیں لے کر ماں چلی گئی۔ کچھ دور تک نذر اس کو جاتے ہوئے دیکھتا رہا۔ پھر عذرا کی طرف مڑ کر اس نے مسکراتے ہوئے کہا۔ "عذرا یہ نیلی ساڑھی تمہیں بہت زیب دیتی ہے میری طرف دیکھو عذرا!"

نذر نے اپنے ہاتھ سے عذرا کا منہ اپنی طرف پھیر دیا، عذرا نے آنکھیں جھکا لیں۔ ہاں اس کے دل کا کوئی حصہ کہہ رہا تھا ان کو بھی نیلی پوشاک بہت پسند تھی۔ اس روز پارک میں کس شوق سے دیکھتے رہے تھے کس قدر پیار بھری نگاہیں تھیں۔ کس قدر پیاری آواز تھی عذرا تمہیں نیلا لباس کس قدر زیب دیتا ہے اور کس پیار اور منت سے انہوں نے مجھ سے وعدہ لیا تھا۔ عذرا وعدہ کرو کہ تم ہمیشہ نیلا لباس پہنا کرو گی میرے لئے۔ میری خوشی کے لئے اور وعدہ لے کر کس قدر خوشی کا اظہار کیا تھا۔ کس دیوانگی سے جھومے تھے۔

اس نے اپنے ہاتھ پر دباؤ محسوس کیا۔ سولی کی چیخ نے اسے بیدار کر دیا۔ اس نے اپنا ہاتھ آہستہ سے چھڑا لیا اور اٹھ کر سولی کے پنجرے کے قریب جا بیٹھی۔ وہ سولی سے باتیں کرنا چاہتی تھی۔ پوچھنا چاہتی تھی۔ "تم میرے ہو نا سولی؟" وہ محسوس کر رہی تھی کہ صرف سولی ہی ایسی ہستی ہے جس سے بات کرنے کے لئے بولنے کی ضرورت نہیں۔

انہیں نیلا رنگ پسند تھا نا سولی؟ وہ مجھے نیلی کہا کرتے تھے، تم جانتے ہو نا! اس میں ان کے ہاتھوں کی بو ہے۔ ان کے پیار کی سلوٹیں ہیں۔ ان پھولوں کا رس ہے جو وہ میرے لئے توڑ کر لایا کرتے تھے۔ کیوں سولی تم جانتے ہو نا۔۔۔؟ مگر تم نہیں جانتے۔ تم نے انہیں کبھی نہیں دیکھا۔ تم صرف سمجھتے ہو اور سولی ان کے نچلے ہاتھ، بڑے بڑے پیارے پیارے بے تکلف ہاتھ اور چھیڑ دینے والی شوخ بانہیں۔۔۔ اس کے کندھوں کے گذشتہ دباؤ تازہ ہو رہے تھے۔ وہ اٹھ بیٹھی اور اندر جا کر چارپائی پر لیٹ گئی۔ اس کی نیم وا آنکھوں نے اس مختصر کمرے کو اپنے دامن سے جھٹک دیا۔

یوں ہی دن گزر گئے۔ راتیں گزر گئیں۔ مہینے گزر گئے۔

یوں تو رہنے کو عذرا اس مکان میں رہتی تھی مگر اس کی نیم وا آنکھوں کو دو چار دیواری قید نہ کر سکی۔ یا شاید اس چار دیواری کی وجہ سے ہی وہ آنکھیں دوبین ہو گئیں۔ وہ اپنے دل کی دنیا ان نیچی نگاہوں کی جھکی ہوئی مژگاں پر اٹھائے پھرتی اور شاید جھکی ہوئی ہونے کی وجہ سے ہی ان نگاہوں نے نذر کی دنیا بدل ڈالی۔

گو نذر ان کھوئی کھوئی نگاہوں کو دیکھ کر جیتا تھا۔ کبھی کبھی ان نگاہوں کی وسعتوں کو محسوس کر کے اسے ڈر محسوس ہوتا تھا مگر شاید وہ ہلکا ڈر ان نگاہوں کو نذر کے لئے اور بھی جاذب بنا رہا تھا۔ عذرا جب کبھی اپنی دل کی دنیا سے چونک پڑتی اور دیکھتی کہ نذر اس کی طرف ٹکٹکی باندھ کر دیکھ رہا ہے تو وہ آنکھوں کو جھکا لیتی۔ وہ ایک تبسم نذر کے لئے پیام حیات بن جاتا۔ وہ اس حیا سے لبریز تبسم کے لئے اپنی زندگی، اپنا آپ۔۔۔ سبھی کچھ دینے کے لئے تیار تھا۔ پھر اس کی نظر نیلی ساڑھی پر پڑ جاتی اور وہ محسوس کرتا کہ وہ دن بدن پہننے کے ناقابل ہو رہی ہے۔ اس میں وہ چمک نہ رہی تھی۔ وہ سوچتا، دیکھو کتنی جگہوں سے پھٹ رہی ہے۔ بوسیدہ ہو چکی ہے۔ چمک نہیں، پھر بھی عذرا اسے میرے لئے

پہنے پھرتی ہے۔ اس لئے کہ میں اسے نیلی ساڑھی میں دیکھ کر خوش ہوتا ہوں۔ صرف میری خوشی کے لئے۔ حالانکہ اس کے پاس سرخ ساڑھی بھی تو ہے۔ بلکہ سرخ ساڑھی تو اور بھی قیمتی ہے۔ کتنی پیاری ہے وہ عورت جس کو خاوند کی خوشی زیبائش سے بھی زیادہ عزیز ہوتی ہے۔۔۔۔ ہندوستانی عورتیں۔۔۔۔ دیویاں ہوتی ہیں۔

مگر یہ ساڑھی تو بس اب پہننے کے قابل نہیں۔ گوندارام کہہ رہا تھا۔ ایسی ساڑھی چالیس روپے کی ملے گی۔ چالیس روپے۔ ساڑھی بھی کس قدر مہنگی پڑتی ہیں۔ اس کے منہ سے بے ساختہ آہ نکل جاتی اور پھر وہ کمر جھکا کر اپنے ٹائپ رائٹر کے سامنے جا بیٹھتا۔ اس کے صبح و شام چالیس روپے کی آرزو میں بسر ہو رہے تھے۔ وہ سوچتا تھا، جب چالیس روپے لے کر وہ ساڑھی لائے گا۔ عذرا دیکھے گی۔ خوشی بھری، تعجب بھری، محبت بھری نگاہ۔ اس لمحہ کی نگاہ حاصل کرنے کے لئے وہ عمر بھر محنت کرنے کے لئے تیار تھا۔

عذرا اس کے پاس بیٹھی رہتی۔ مگر اس نے کبھی آنکھ اٹھا کر بھی نذر کو نہ دیکھا تھا بلکہ وہ نذر کے وجود یا موجودگی کے احساس سے قطعی بے گانہ تھی۔ وہ اس کے چہرے کی بناوٹ سے بھی اچھی طرح واقف نہ تھی۔ صرف اس کی پیشانی اور دانت دیکھتی۔ باقی خدوخال کو اپنی نگاہوں میں اٹکنے نہ دیتی۔ شاید اس لئے کہ نذر کی پیشانی اور دانتوں میں کچھ سلیم کی سی جھلک تھی۔ وہ دونوں اکثر ایک دوسرے کے پاس بیٹھے رہتے مگر پاس بیٹھنے کے باوجود وہ ایک دوسرے سے کوسوں دور تھے۔ دن بھر وہ سولی سے باتیں کرتی رہتی اور پھر سلیم کے پاس پہنچنے کے لئے اسے صرف آنکھیں جھکانے کی ضرورت تھی۔

ایک روز دوپہر کے وقت عذرا اماں کے پاس بیٹھی کچھ بن رہی تھی۔ کوئی اجنبی عورت آکر ان سے ادھر ادھر کی باتیں کرتی رہی۔ پھر ماں جب نماز پڑھنے کے لئے گئی تو اس عورت نے عذرا کا ہاتھ پکڑ کر اس میں لپٹا ہوا کاغذ کا گولا رکھ دیا اور اس کی مٹھی بند کر

دی۔ اس نے دبی ہوئی آواز سے کہا۔ "یہ انہوں نے دیا ہے۔ وہ یہاں آئے ہوئے ہیں۔"

پہلے تو عذرا حیرانی سے اس کے منہ کی طرف دیکھتی رہی، پھر اس نے اپنی مٹھی کھول کر دیکھا۔ اس کے ہاتھ میں ایک مڑا تڑا لفافہ تھا۔ اس نے لفافے کو غور سے دیکھا۔ اس کی سمجھ میں نہ آتا تھا کہ کون آئے ہوئے تھے اور وہ بڑھیا کون تھی۔ اس کی طبیعت میں تشویش اور ڈر پیدا ہو گیا مگر وہ عورت جا چکی تھی۔

غالباً وہ اپنے خیالی سلیم سے اس قدر مانوس ہو چکی تھی اور اپنی دنیائے تصور میں اس قدر کھو چکی تھی کہ اسے کسی جیتے جاگتے سلیم کا انتظار نہ رہا تھا۔ خیال تک بھی نہ رہا تھا۔ شاید اگر سلیم بذات خود اس وقت اس کے سامنے آ موجود ہوتا تو اسے بیگانہ محسوس ہوتا۔ بہر صورت اس کی سمجھ میں نہ آیا کہ لفافہ کس کا تھا۔ اس کے دل میں لفافے کو کھولنے کی ہمت نہ پڑی تھی اور وہ سخت پریشانی محسوس کر رہی تھی۔ اس نے اس کاغذ کے گولے کو پھر سے اپنی مٹھی میں دبا لیا۔ اٹھ بیٹھی۔ اندر چلی گئی۔ پھر باورچی خانے میں گئی۔ صحن میں آئی۔ اسے معلوم نہ تھا کہ وہ کہاں جا رہی ہے یا کس لئے یہاں وہاں گھوم رہی ہے۔ جس طرح طوفان آنے سے پہلے کسی ویران ساحل پر کسی نامعلوم آنے والے کو ڈر محسوس کرتے ہوئے پرندے کالی اداس چٹانوں پر دیوانہ وار منڈلاتے ہیں۔

وہ چاہتی تھی کہ مٹھی میں اس کاغذ کے گولے کو بھینچ بھینچ کر ناپید کر دے اور اپنی دنیا کو محفوظ کر لے۔ کمرہ گھوم رہا تھا۔ اس نے اپنے آپ کو اپنے ٹرنک کے اوپر بیٹھے ہوئے پایا۔ ٹرنک کھلا تھا۔ وہ لپٹا ہوا لفافہ اس کی گود میں تھا۔ اس نے کھوئے انداز میں اسے پھاڑ کر کھولا۔ اس کی آنکھوں تلے الفاظ ناچ رہے تھے۔ دل دھڑک رہا تھا۔ نگاہیں تیزی سے لفظوں پر سے پھسل رہی تھیں جیسے وہ مضمون کے سحر سے بچنا چاہتی ہو۔ اس نے صرف یہی سمجھا کہ وہ آئے ہوئے ہیں اور اس کو ساتھ لے جانے پر مصر ہیں۔ اس

کے انداز سے ایسا معلوم ہو رہا تھا جیسے وہ زبان حال سے کہہ رہی ہو۔ بس مجھے اسی کا ڈر تھا اور یہی ہو کر رہا۔ وہ بھاگی پھر رہی تھی مگر خط کا مضمون اس کا پیچھا کر رہا تھا اور بوند بوند اس کے دل کی گہرائیوں میں ٹپک رہا تھا۔ اس پر غلبہ پا رہا تھا۔ آخر وہ پلنگ پر لیٹ گئی اور ایک ایک سطر اس کے سامنے ناچ گئی۔ جانا۔۔۔ چلے جانا۔۔۔ اس کا دل کانپ اٹھا۔۔۔ دماغ میں خلاء سا پھیل گیا۔ ماحول میں کوئی مفہوم نہ رہا۔۔۔ اس وقت کائنات اس کے لئے ایک بے معنی پھیلاؤ تھی۔

رات کو وہ چیخ مار کر اٹھ بیٹھی۔ اس رات سلیم کی بجائے کئی اور خوفناک شکلیں اس کے خوابوں میں گھس آئی تھیں۔ بھدے بھدے ہاتھوں اور سفید سفید دانتوں والی ڈراؤنی شکلیں۔ نذر کرسی پر بیٹھا ہوا تھا۔ اس نے دونوں ہاتھوں سے عذرا کو تھام لیا۔ "کیا ہے عذرا؟" اس کا چہرہ فکر اور خوف سے بھیانک ہو رہا تھا۔ "آج تمہیں کیا ہے؟ تم بیمار تو نہیں؟" عذرا کو محسوس ہو رہا تھا جیسے میلوں دور کوئی کچھ کہہ رہا ہو۔ اس نے چاروں طرف دیکھا۔ اس کی یادداشت صاف ہو رہی تھی۔ "ہاں وہ عورت۔۔۔ دوپہر۔۔۔ وہ خط۔۔۔ ان کا خط۔۔۔ سلیم کا۔۔۔ وہ یہاں آئے ہوئے ہیں۔ وہ مجھے لے جانا چاہتے ہیں۔ " اس نے جھرجھری سی لی۔ نذر کسی سے خدا جانے کیا کیا کہہ رہا تھا۔ عذرا نے آنکھیں بند کر لیں اور اس کا سر کسی کے شانوں پر جا ٹکا۔ آج پہلے دن عذرا کا سر سلیم کے شانوں پر نہ تھا۔ جانے تکئے پر تھا یا پتھر پر۔۔۔ مگر نذر کے شانوں پر عذرا کا سر تھا اور عذرا کے بالوں کی دھیمی دھیمی خوشبو نذر کو فکر مند اور پریشان کر رہی تھی۔

عذرا کا دل کئی ایک خواہشات میں جھول رہا تھا۔ چھوٹی چھوٹی خواہشات ایک دوسرے سے جھگڑ رہی تھیں۔ ایک حصہ سولی کی شکل میں کہہ رہا تھا۔ تم ان کی ہو عذرا۔۔۔ اور اب ان سے تم کو کوئی بھی نہیں چھین سکتا۔ فراخ پیشانی اور سفید سفید

دانت کہہ رہے تھے۔ عذرا تم بیمار تو نہیں۔۔۔۔ تمہیں کیا ہے عذرا۔۔۔۔ دو بھدے ہاتھ کہہ رہے تھے۔ تم آنکھیں جھکا لو۔ عذرا تمہاری دنیا تو پاس ہے۔ سامنے سلیم کھڑا تھا۔ وہ قہقہہ مار کر ہنس رہا تھا۔ ڈراؤنی ہنسی، پیاری ہنسی۔۔۔۔

شام کو وہ سولی سے کہہ رہی تھی۔ "سولی تم اکیلے رہ سکو گے؟ اگر میں چلی جاؤں تو مجھے یاد کرو گے؟ مجھے برا تو نہیں کہو گے سولی؟ کیا میں ان کے ساتھ چلی جاؤں۔ وہ آج رات کو دو بجے شیشم کے درخت کے نیچے آئیں گے۔ وہ درخت جو میرے کمرے کی کھڑکی کے باہر دکھائی دیتا ہے۔ کیوں سولی میں ان کے ساتھ چلی جاؤں؟ دنیا کیا کہے گی؟ ابا جان کیا کہیں گے؟ سولی۔۔۔۔ تم تو جانتے ہو۔۔۔۔ تم تو سمجھتے ہو نا؟"

شام کو اس نے نیلی ساڑھی لپیٹ کر ایک پارسل بنالیا اور اسے میز پر رکھ دیا۔ اس کا دل ہلکا درد محسوس کر رہا تھا۔ پھر وہ جلد ہی اپنے کمرے میں جا لیٹی۔ اس روز وہ سوچنا نہیں چاہتی تھی۔ وہ سوچنے سے ڈر رہی تھی۔ اس نے ایک پرانا رسالہ اٹھالیا۔ پڑھنے کی کوشش کی مگر الفاظ اس کی آنکھوں تلے ناچ رہے تھے۔ صفحات کبھی سفید ہو جاتے اور کبھی الفاظ ایک دوسرے سے ٹکرا کر گھوم جاتے۔ اس نے باہر پاؤں کی چاپ سنی۔ اس روز اس کی قوت سامعہ بہت تیز ہو رہی تھی۔ اس نے نذر کی ماں کے کمرے میں جاتے ہوئے سنا۔ اس کے پاؤں کی آہٹ بتا رہی تھی کہ نذر کی طبیعت ٹھیک نہیں۔ عذرا کھڑکی کے سامنے بیٹھی تھی۔ کھڑکی باہر سڑک پر کھلتی تھی۔ اس کی نظر بار بار کھڑکی سے باہر درخت پر جا جمتی۔ اس وقت کھڑکی بند تھی مگر شیشے میں سے صاف نظر آ رہا تھا۔ باہر سڑک پر کبھی کبھی کوئی راہ گیر گزرتا تو اس کے پاؤں کی چاپ صاف سنائی دیتی۔ شیشم کا درخت متانت سے کھڑا تھا۔ عذرا یوں محسوس کر رہی تھی جیسے وہ درخت اس کے راز سے واقف ہو۔ صحن والی کھڑکی میں سولی کا پنجرہ تھا۔ سولی دو روز سے خاموش بیٹھا تھا۔ اس نے باتیں کرنی

چھوڑ دی تھیں۔ ایسا معلوم ہو رہا تھا جیسے سولی دنیا سے بے زار رہ چکا ہو۔ پھر عذرا کی نگاہ میز پر پڑی۔ نیلی ساڑھی والے پارسل کو دیکھ کر عذرا لپک اٹھی۔ اس نے پارسل اٹھایا۔ وہ سوچ رہی تھی کہ اسے کہاں رکھا جائے۔ دروازے کے قریب جا کر اس نے سنا، ماں بیٹا باتیں کر رہے تھے۔

"تم نے تو اپنا آپ تباہ کر لیا۔ صبح شام کام، دن رات کام، ہر وقت کی ٹک ٹک۔۔۔۔ ایک ساڑھی کے لئے اپنا آپ حلال کر رکھا ہے۔"

"نہیں اماں! یہ نہ کہو۔" نذر بار بار کھانس رہا تھا۔ "جب سے وہ آئی ہے۔ ہم نے اس کو دیا ہی کیا ہے۔ مگر اماں وہ ایسی اچھی ہے کہ کبھی گلہ تک نہیں کیا۔ میں اسے دے ہی کیا سکتا ہوں۔ تنخواہ میں بمشکل گزارہ ہوتا ہے۔"

مگر بیٹا اس کے پاس اور بھی تو ساڑھیاں ہیں۔ وہ کیوں نہیں پہن لیتی۔ پھر وہ نیلی ساڑھی کے لئے اس قدر بے تاب ہے۔ میں تو نہیں سمجھتی۔۔۔۔ ہمارے زمانے میں۔۔۔۔"

"اماں تم بھولتی ہو۔ اس نے تو مجھے نہیں کہا۔۔۔۔ مگر یہ تو معمولی بخار ہے۔ تم فکر نہ کرو۔"

نذر آیا اور آتے ہی لیٹ گیا۔ اسے تیز بخار تھا۔ عذرا کھڑکی کے سامنے چپ چاپ بیٹھی ہوئی تھی۔ اس کی خاموشی کسی گہری دلی کشمکش کی چغلی کھا رہی تھی۔ اس کے بھینچے ہوئے ہونٹ کسی چھپے ہوئے ہنگامے کا حال کہہ رہے تھے۔ ""تم سو جاؤ عذرا!" نذر نے دھیمی آواز میں کہا۔ "تم کیوں میرے لئے بے آرام ہو۔ میری فکر نہ کرو۔ میں بالکل ٹھیک ہوں۔" وہ بخار کی شدت میں کچھ کہہ رہا تھا جو اس نے کبھی نہ کہہ سکا تھا۔ اس لئے ہاتھ میں عذرا کا ہاتھ پکڑ لیا۔ "تم نہ ہوتیں عذرا تو میری زندگی میں یہ بات نہ ہوتی۔ تم

میری زندگی ہو۔۔۔۔ میں کتنا خوش نصیب ہوں۔ تمہیں دیکھ کر مجھے کوئی دکھ نہیں رہتا۔" اس نے اضطراب سے دو ایک کروٹیں بدلیں۔ پھر وہ عذرا کے پاؤں کے قریب ہو گیا۔ اس قرب پر وہ خوشی محسوس کر رہا تھا جیسے کوئی بچہ بڑے پیار سے کھلونے سے کھیلتا ہے۔ عذرا بت بنی بیٹھی تھی۔ شاید وہ اس کی باتیں نہیں سن رہی تھی۔ یا نہ سننے کی کوشش کر رہی تھی۔ پھر یکلخت اس نے اپنے پاؤں پر دو گرم ہونٹوں کو مس کرتے ہوئے محسوس کیا۔ وہ چونک اٹھی، کانپ اٹھی۔ اس کی نگاہیں جھک کر نذر پر جم گئیں۔ آج پہلی مرتبہ اس نے نذر کو نگاہ بھر کر دیکھا تھا اور پہلی مرتبہ اسے احساس ہوا کہ وہ نذر کے پاس ہے۔

رات بخار سے بے چین وہ بار بار بڑبڑا اٹھتا۔ "چالیس روپے۔ نیلی چالیس روپے۔" وہ اکثر عذرا عذرا چیخ کر اٹھ بیٹھتا۔ تم میرے پاس ہو نا عذرا۔۔۔۔؟ ہاں۔۔۔۔ تم میرے پاس ہو۔" پھر وہ آرام سے لیٹ جاتا۔ "تم آرام کرو عذرا۔ تم اب سو جاؤ۔۔۔۔ تم بیمار ہو جاؤ گی۔ میری فکر نہ کرو۔ میں اب اچھا ہوں۔" اس وقت عذرا کی آنکھیں کھڑکی سے ہٹ جاتیں اور وہ کسی الجھاؤ میں پڑ جاتی۔ اس کا سر گھوم رہا تھا۔ اس کا حلق خشک تھا۔ وہ سوچ بچار کے ناقابل تھا۔ باہر چاند کی چاندنی میں شیشم کا درخت اپنی شاخیں پھیلائے کھڑا تھا اور کوئی دھندلی سی شکل اس کے نیچے کھڑی نظر آ رہی تھی۔ عذرا بڑبڑا رہی تھی، وہ آئے ہیں۔ ہاں۔۔۔۔! عذرا کا جی چاہتا تھا کہ سلیم سے جا ملے۔ کوئی اس کا دامن پکڑ لیتا عذرا اٹھ بیٹھی، اسے پتہ نہ تھا کہ وہ کیا کر رہی ہے۔ یا کیا کرنا چاہتی ہے۔ باہر ہوا زور سے چل رہی تھی اور درختوں کی ٹہنیاں لپٹ لپٹ کر رو رہی تھیں۔ عذرا نے کانپتے ہوئے ہاتھوں سے اپنی نیلی ساڑھی اٹھالی۔ نذر بڑبڑا رہا تھا۔ "نیلی چالیس روپے۔" عذرا ڈر گئی۔ اس کا سر انگارے کی طرح گرم محسوس ہو رہا تھا۔ سولی نے چیخ ماری۔۔۔۔ دردناک چیخ۔ عذرا نے اسے دیکھا۔ غریب اپنے پنجرے میں یوں پھڑپھڑا رہا تھا جیسے وہ عذرا سے کچھ کہنے کے

لئے مضطرب ہو۔ میز پر پنسل پڑی تھی۔ دفعتاً عذرا نے وہ پنسل پکڑ لی۔ وہ پارسل لکھ رہی تھی۔ "میں نہیں آسکتی۔" اس نے پنسل اپنے آپ سے چھین کر پھینک دی۔ اس ڈر کے مارے کہ وہ لکھا ہوا کاٹ نہ دے۔ اس نے کھڑکی کھولی اور باہر دیکھے بغیر وہ پارسل سڑک پر پھینک کر جھٹ دروازہ بند کر لیا جیسے وہ کھڑکی کے کھلے رہنے سے ڈر رہی ہو۔ وہ دھندلی سی شکل آگے بڑھی۔ عذرا پیچھے ہٹ گئی۔ اس نے اپنی آنکھیں بھینچ کر بند کر لیں اور اپنے کانوں میں انگلیاں دے دیں۔ اس کے کانوں میں ایک شور محشر سنائی دے رہا تھا۔ کچھ دیر کے بعد اس نے دیکھا، کوئی پارسل ہاتھ میں پکڑے جا رہا تھا۔ وہ چیخ کر اسے بلا لینا چاہتی تھی۔ اس نے اپنے دل میں شکست کی آواز سنی اور دھم سے کرسی پر گر گئی۔ "یہ میں نے کیا کر دیا۔ یہ میں نے کیا کر دیا۔" اس کے دل سے دیوانہ وار آوازیں آرہی تھیں۔ اس کی آنکھ سے آنسو گر رہے تھے۔ بے اختیار اس کے منہ سے چیخ ہچکی کی شکل میں نکل گئی۔

نذر اٹھ بیٹھا۔۔۔ "کیوں عذرا۔۔۔ کیوں۔۔۔ میں۔۔۔ تم روتی ہو؟ کیوں رو رہی ہو؟ عذرا میں یہاں ہوں۔ میں تمہیں چھوڑ کر نہیں جاؤں گا۔ میں تمہارا ہوں۔ عذرا تم فکر نہ کرو۔ سو جاؤ۔" نذر نے عذرا کا سر اپنے شانوں پر رکھ لیا۔ عذرا کی ہچکیاں رکتی نہ تھیں۔ "میں نے کیا کر دیا۔ میں نے کیا کر دیا۔"

"سلیم تم نہ جاؤ۔ سلیم۔۔۔ سلیم۔" اس نے اپنا سر جھکا لیا۔ آنکھیں بند کر لیں۔ سلیم سامنے کھڑا تھا۔ پھر اس کا سر سلیم کے شانوں پر جھک گیا۔ "سلیم مجھے تم سے کوئی جدا نہیں کر سکتا۔۔۔"

پھر اس نے سنا جیسے میلوں دور کوئی کہہ رہا تھا۔ "عذرا میری وفا کی دیوی۔"

(۵) پرانی شراب نئی بوتل

بائی کی آواز سن کر نمی نے آنکھیں کھول دیں۔ سامنے ہاتھ میں سیٹو تھو سکوب لٹکائے اس کی سہیلی صفو کھڑی تھی۔

ہائیں اس وقت بستر میں۔ صفو نے پوچھا۔

بسٹ لیز نگ۔ ان بیڈ

میں تو تجھے لینے آئی ہوں۔

کہاں۔؟

پکچر پر۔

کیوں؟

بری چارمنگ پکچر لگی ہے۔ بری مشکل سے چھٹی ملی ہے۔ مجھے۔

مشکل سے کیوں؟

بھئی فائنل ایئر ہے۔ چھٹی کیسے دیں۔ چلو اٹھو۔

اونہوں۔ موڈ نہیں۔

آج آخری دن ہے پکچر اتر جائے گی۔

اتر جائے۔

پتہ ہے لی میجر ہے اس میں اونہوں آج لی میجر بھی ان نہیں۔

کون ان ہے آج۔ صفو مسکرائی۔

آج تو صرف نمی ان ہے۔

ویسے لگتی تو آؤٹ ہو۔ ناکڈ اوٹ۔

نانسس نمی نے صفو کا ہاتھ پکڑ کر اسے بستر پر کھینچ لیا۔ بیٹھو باتیں کرتے ہیں۔ ایوننگ شو دیکھیں گے۔ آنسٹ۔

گھر والے کہاں ہے۔ صفو نے پوچھا۔

وہ شہزادی آئی تھی۔ پتہ نہیں کہاں لے گئی ہے۔

کون شہزادی؟

تم نہیں جانتی اسے۔

انہوں۔

سبھی جانتے ہیں اسے۔ بڑی لاؤڈ وومن ہے۔ اتنی بھڑکیلی ہے کہ دیکھ کر جھرجھری آتی ہے۔ ست رنگا لباس پہنتی ہے جھلمل ٹائپ۔

وہی تو نہیں جو گٹ ٹوگیدر سینک بار پر ملی تھی ہمیں؟ جب تو میں اور انور وہاں بیف برگر کھا رہے تھے۔ یاد نہیں انور نے اسے دیکھ کر کہا تھا۔ یہ تو نری لپس ہی لپس اور ہپس ہی ہپس ہے۔

ہاں وہی۔ نمی چلائی۔ وہی تو ہے۔

تمہارے گھر کیسے آ پہنچی؟

ڈیڈی ایک روز انگلی لگا کر لے آئے تھے اب خود آنے لگی۔ اچھا تو ڈیڈی نے انگلی لگا رکھی ہے۔

انہوں اب تو وہ ڈیڈی کو انگلی لگائے پھرتی ہے۔

تیرے ڈیڈی بھی سمجھ نہیں آتے۔ صفو مسکرائی۔

خواہ مخواہ بالکل ٹرانسپیرنٹ ہیں۔ اندر جھانکے بغیر دیکھ لو۔ ان کا ایک نا ایک افیئر تو چلتا ہی رہتا ہے۔

انہوں افیئر نہیں۔ انہیں صرف اس بات کا شوق ہے کہ کوئی انگلی لگائے پھرے۔ آگے کچھ نہیں۔ چاہے کوئی لگائے؟

کوئی ہو یک رنگی ہو۔ ست رنگی ہو۔ بد رنگی ہو۔ ڈیڈی بڑے جذبے میں لت پت رہتے ہیں۔ بس ذرا چھیڑ دو اور کھل گیا۔

تمہاری ممی بھی ساتھ گئی ہیں کیا؟ ہاں وہ ہمیشہ ساتھ جاتی ہیں سپرویزن کے لئے۔ کیا مطلب؟ صفو نے پوچھا۔ ممی اس ڈر کے مارے ساتھ چل پڑتی ہیں کہ کچھ ہو نہ جائے۔ صفو نے قہقہہ مارا جیسے روک ہی لے گی۔ ہاں اپنی طرف سے تو پورا زور لگاتی ہیں۔ پور ممی۔

مطلب یہ کہ بات نہیں بنتی۔ بات کیسے بنے؟ ڈیڈی تازہ کے قائل ہیں۔ ٹنڈ کے نہیں اور ممی کو باسی ہو جانے میں کمال حاصل ہے۔ دراصل ڈیڈی سے عشق ہے۔ اپنا سب کچھ ان کے چرنوں میں ڈال رکھا ہے۔ سب کچھ چرنوں میں ڈال دو تو دوسرا بے نیاز ہو جاتا ہے پھر آہیں بھرو۔ انتظار کرو۔

آئی ہیٹ سچ ساب سٹف۔ یہ بات تو پرانے زمانے میں چلتی تھی۔ اب نہیں چلتی۔ اور جو انور سے بات چل رہی تھی تمہاری وہ۔

آئی لائیکڈ انور۔ آل رائٹ۔ بہت اچھا پینئین تھا۔ بڑا اگری ایبل لکس بھی تو تھے۔ لکس کی کون پرواہ کرتا ہے آج کل دے ڈونٹ میٹر۔ پرانے زمانے میں لوگ پری چہرہ ڈھونڈا کرتے تھے۔ سوہنی پر جان دیتے تھے۔ یوسف کی طرف دیکھ کر انگلیاں چیر لیتے تھے اب وہ باتیں گئیں۔ عظمہ تو کہتی تھی۔ ممی از سٹرکن ود لو فار انور۔

گڈ لارڈ ناٹ می۔ بھئی مجھ سے یہ نہیں ہوتا کہ اپنے جذبہ کی بھٹی کو دوں دیتی رہوں

دیتی رہوں اور جب بھانھڑ مچ جائے تو بیٹھ کر روؤں۔ آئی ایم ناٹ دی سابنگ اینڈ سائنگ ٹائپ۔ میں ہر حد توڑ سکتی ہوں صفو جا سکتی ہوں لیکن اتنی دور نہیں کہ واپسی ناممکن ہو جائے۔ لو تو لینڈ آف نوید میں لے جاتی ہے۔ ہیو گڈ ٹائم۔ بٹ لو۔۔ نو نو۔۔ نیور۔ بھئی اس لحاظ سے میں تو ماڈرن نہیں۔ صفو نے کہا۔ پھر وہ نمی کے قریب ہو گئی۔ کچھ پتہ ہے وہ آنکھیں مٹکا کر بولی۔ تیرے پڑوس میں ڈاکٹر نجمی کے ہاں کون آیا ہوا ہے؟

لگتا ہے گلیکسو بے بی ہو۔ گہرے بھورے بالوں کا اتنا بڑا تاج گول بکھرا رنگ اور آنکھوں میں لال ڈورے۔ صفو نے یوں سینہ تھام کر کہا جیسے ہل چل بھی ہو۔ ابھی کی بات کر رہی ہو؟ صفو نے پوچھا۔ تو اسے جانتی ہے۔ ؟ہاں وہ ایک مہینے ہو گئے اسے آئے ہوئے۔ ملنے ملانے کے لئے آیا ہے کیا؟ انہوں پوسٹنگ ہوئی ہے یہاں۔ الاٹ منٹ کی انتظار میں بیٹھا ہے ادھر۔ کوئی ریلیٹو ہے ڈاکٹر نجمی کا؟

کیسا لگتا ہے تمہیں؟ صفو نے پھر سینہ سنبھالا۔ اچھا خاصا ہے نمی نے بے پروائی سے کہا۔ اب بنو نہیں نمی۔ میں تو نہیں بنتی۔ تہ بنتا ہے پتہ نہیں خود کو کیا سمجھتا ہے۔ ہے نمی۔ صفو نے پھر سینہ سنبھالا۔ پٹ چک شرٹ۔ اورنج سٹرا اکیڈ کوٹ اور شا کنگ۔ گرین ٹائی۔ میں تو دیکھ کر بھونچکی رہ گئی اسٹینڈ۔ ہاں چارمنگ تو ہے۔ نمی نے کہا۔ مسلی۔ چارمنگ از نو ورڈ فار اٹ۔ کبھی ملی ہو اس سے؟ روز آجاتا ہے۔ نمی نے سر چڑھا رکھا ہے۔ اور تم نے؟ انہوں؟ تم سے بھی ملتا ہے کیا؟ ہاں۔ پھر صفو کا تنفس تیز ہو گیا۔ پھر نمی آنکھیں بند کر کے پڑ گئی۔ سارا جھگڑا اس پھر۔ کا تھا۔ اسی پھر کی وجہ سے نمی اس روز بستر میں پڑی لیز کر رہی تھی۔ لیز تو خیر بہانہ تھا۔ لیز تو اس وقت ہوتا ہے جب امن ہو۔ اندر جھگڑے کی ہنڈیا پک رہی ہو تو امن کیسا۔ اور امن نہ ہو تو لیز کیسا۔ مانا کہ جھگڑا دل کی اتھاہ گہرائیوں میں تھا جہاں کے شور غوغا کی آواز ذہن تک نہیں پہنچتی۔

مشکل یہ ہے کہ ذہن تک آواز نہ پہنچے تو بات اور الجھ جاتی ہے خود کو تسلیاں دینا بھی ممکن نہیں رہتا۔ بہر حال سارا جھگڑا اس پھر کا تھا۔ نمی کا دل پوچھ رہا تھا۔ پھر۔ اس کی نحیف آواز سن کر ذہن کہہ رہا تھا پھر۔ کا سوال ہی پیدا نہیں ہوتا جب سرے سے کوئی بات ہی نہیں تو پھر کیسا؟

نمی ایک ماڈرن لڑکی تھی۔ ماڈرن گھر میں پرورش پائی تھی۔ ماڈرن ماحول میں جوان ہوئی تھی۔ اسے اپنے ماڈرن ازم سے عشق تھا عشق۔ چاہے کچھ ہو جائے ماڈرن ازم ہاتھ سے نہ جائے۔ اس کا دل پھر۔ پھر کر رہا تھا۔ کراہ رہا تھا۔ سسکیاں بھر رہا تھا۔ اس وقت نمی کی زندگی کی ایک واحد پرابلم تھی کہ دل کی آواز نہ سنے، سنائی دے تو ان سنی کر دے۔ اس صرف ایک حل تھا کہ ذہن سے چپٹ جائے اور قریب اور قریب جس طرح جونک خون کی رگ سے چمٹ جاتی ہے۔ نمی میں ذہن اور دل کی کشمکش پہلے کبھی اس شدت سے نہیں ابھری تھی۔ نمی نے زندگی میں چند ایک افیر چلائے تھے۔

سب سے پہلے سعید تھا۔ ان دنوں وہ بی اے میں پڑھتی تھی۔ وہ ایک دبلا پتلا منحنی لڑکا تھا۔ جب بھی کالج میں نمی اس کے سامنے آتی تو اس کی آنکھیں پھٹ جاتیں منہ کھلا کا کھلا رہ جاتا۔ اور وہ گویا پتھر کا بن جاتا۔ پھر حواس گم قیاس گم وہ بٹر بٹر نمی کو دیکھتا رہتا۔ حتی کہ سب کو پتہ چل جاتا کہ وہ دیکھ رہا ہے۔ لڑکے پھبتیاں کستے مذاق اڑاتے لیکن اسے خبر ہی نہ ہوتی۔ پہلے تو نمی کو سعید پر بڑا طیش آتا رہا کہ یہ کیا ڈرامہ لگا کر کھڑا ہو جاتا ہے۔ پھر اسے اس ترس آنے لگا۔ نم کم پوپ دیکھنے کا سلیقہ بھی نہیں آتا۔ بے شک دیکھے، کون منع کرتا ہے لیکن دیکھنے کا انداز تو سیکھے۔

دوسرا جے اے اویس تھا۔ ادھیڑ عمر۔ ڈیڈی کا ہم کار۔ اسے دیکھنے کا سلیقہ تھا اتنا سلیقہ کہ نظر بھر کر دیکھتا ہی نہ تھا۔ بات ہوئی نا۔ بھلا دیکھنا مقصود ہوتا ہے کیا۔ لورز بھی

کتنے احمق ہوتے ہیں۔ بٹر بٹر دیکھنے لگتے ہیں۔ جیسے دیکھنا مقصود ہو۔ یا شاید اتنا دیکھتے ہیں کہ بھول جاتے ہیں کہ مقصد کیا تھا۔ دیکھنا خود راستے میں رکاوٹ بن جاتا ہے۔ چلو مان لیا کہ دیکھنا تعارف کے لئے ضروری ہے لیکن انٹی میسی مقصود ہو تو۔

پھر وہ انور تھا۔ کتنا اچھا کم پینین تھا۔ لیکن اکیلے میں کبوتر کی سی آنکھیں بنا کر بیٹھ جاتا۔ بھئی کوئی بات کرو جو چھیڑے دے کوئی جوک جو گدگدا دے ہنسا دے۔ کوئی منتر پھونکو کہ کلی کھل کر گلاب بن جائے۔ بھلا گھٹنے ٹیکنے سے کیا ہوتا ہے۔ خواہ مخواہ کا اسکینڈل۔ محبت میں یہی تو عیب ہے شور غوغا مچا دیتی ہے۔

نمی کے افیرز تو بہت تھے۔ اب انہیں گنوانے کا فائدہ۔ بس تھے دو ایک تو خاصی دور لے گئے تھے۔ ان تتلیوں نے نمی کا کلی سے پھول بنا دیا تھا۔ ایسا پھول جو بھنوروں کو بیٹھنے نہیں دیتا۔ لیکن اڑاتا بھی نہیں۔ تیتریوں کی اور باتی تھی۔ وہ بھن بھن کر شور نہیں مچاتی تھی ڈھول نہیں اڑاتی تھیں۔ لیکن اس گلیکسو بے بی امجی نے آکر مشکل پیدا کر دی تھی۔

پہلے دن تو باؤنڈری وال سے ہیلو ہیلو ہو گیا۔ امجی نے اپنا تعارف کرا دیا۔ دوسرے دن وہ بڑی بے تکلفی سے گھر آ گیا۔ اور نمی کے چھوٹے بھائی عمران سے جڑی کھیلنے لگا۔ ممی آگئیں تو ان سے گپیں ہانکنے لگا۔ ممی کو وہ لفٹ دی وہ لفٹ کہ انہیں کبھی ملی نہ تھی۔ وہ بوکھلا گئیں پھر نمی کے پاس آ بیٹھا۔ بات چیت چھیڑ دی۔ باتیں تو خیر کلچرڈ تھیں۔ لیکن نگاہیں بالکل ہی کروڈ چونکا دینے والی۔ چبھنے والی۔ بڑی ان یو یو ال۔ بھلا پاس بیٹھ کر کبوتر سی آنکھیں بنانے کا مطلب ایڈٹ۔

گلیڈ آئی تو خیر ہوا ہی کرتی ہے۔ وہ تو یوں ہے کہ دور بیٹھ کر روتین ٹاک کرتے کرتے ایک دم گلیڈ آئی کے زور پر جمپ لگایا اور گود میں آ بیٹھے ذرا سی گدگدی اور پھر واپس اپنی سیٹ پر دور جا بیٹھے یہ تو جدید انداز ہے نا۔ اپنی توجہ جتائی۔ گڈ ٹائم کی خواہش کو

آنکھوں میں سجایا اور پھر ایز پودر ہو کر ایٹ ایز بیٹھ گئے۔ لیکن مسلسل آڑی ترچھی آنکھیں بنا کر بیٹھے رہنا۔ نان سنس۔ گلیڈ آئی تو گڈ ٹائم کی دعوت ہوتی ہے نا۔ ار آنکھیں بنا کر بیٹھے رہنا تو گویا اس بات کی رٹ لگائے رکھنا ہوا کہ دیکھ میں تیرے بنا کرنا دکھی ہوں۔ وہ مثبت بات اور خاص نیگیٹو۔

ہاں تو امجی ویسے تو بڑا آدمی کہاں آدمی نما لڑکا۔ اٹھنا بیٹھنا پھرنا بولنا سب کلچرڈ تھے بس اک ذرا آنکھیں بنائے لگی ہوتی تھی۔ سچی بات تو یہ ہے کہ نمی پہلے روز ہی امجی کو دیکھ کر بھونچکی سی رہ گئی۔ اسے یوں لگا جیسے اس کا آئیڈیل کپڑے پہن کر سامنے آکر کھڑا ہو گیا۔ اب اس اچنبھے کا اظہار خود کیسے کرتی جو دھرتی سے چاہت رکھتی تو محبت کی راہ پر گامزن ہو جاتی۔ اس کا انتظار کرتی۔ آہیں گنتی۔ اولڈ مینشن، غیر مہذب دقیانوسی باتیں۔

ایک پیاری اسمارٹ سی خوب صورت ماڈلز کی ماڈرن ہو کر دقیانوسی کیوں بنے۔ اس لئے نمی سب کچھ پی گئی اریوں تن کر بیٹھ گئی، کہ کچھ ہوا ہی نہ ہو۔ بہر طور امجی اپنا چکر چلا گیا تھا۔ اگر اس میں آنکھیں بنانے کی بوت ہوتی تو یقیناً افیر چل جاتا۔ افیر تو خیر اب بھی چل پڑا تھا۔ لیکن وہ خالصتا تفریحی نہ تھی۔ اگر خالص تفریحی نہ ہو تو افیر کیسا۔ اس کے بعد امجی نے ایک اور قیامت ڈھائی۔ فرسٹ فلور پر نمی کی کھڑکی کے عین سامنے کم بخت اپنی کرسی دروازے میں بچھا کر نمی کی کھڑکی پر نگاہوں کی چاندماری شروع کر دی۔ اس پر نمی اور بھی چڑ گئی۔ لو بھلا نگاہوں کی چاندماری کی ضرورت ہی کیا ہے۔ اور کیا۔ بھئی جو ناک کو ہاتھ لگانا ہو تو سیدھا ہاتھ لگاؤ۔ ہاتھ کو سر کے پیچھے سے گھما کر لانے کی کیا ضرورت ہے۔

دو ایک مرتبہ اس نے کھڑکی سے جھانکا اور ان جانے میں جھینپ گئی تو اسے غصہ آیا۔ بھلا جھینپنے کی کیا ضرورت۔ اس کو اتنا نہیں پتہ کہ یوں دیکھنے سے بات بنتی نہیں بگڑتی ہے۔ وہ اطمینان سے ٹیک لگا کر کتاب پڑھنے لگی۔ لیکن چند لمحوں کے بعد کتاب کے صفحے

سے دو آنکھیں ابھریں۔ پھر۔۔ پھر۔۔ کرنے لگتا اور وہ پھر سے جھینپ جاتی۔

پھر ایک روز امجی اسے فلم پر لے گیا۔ شاید وہ انکار کر دیتی لیکن نمی کا چھوٹا بھائی عمران ضد کرنے لگا۔ ممی ان کی طرف دار ہو گئی۔ آخر کیا حرج ہے۔ فلم دیکھنے میں واقعی کوئی حرج نہ تھا۔ سارا فساد تو نگاہوں کا تھا نا۔ سینما ہال کے اندھیرے میں نگاہیں تو چلتی ہیں نہیں۔ رہا قرب کا سوال تو قرب پر تو اسے کوئی اعتراض نہ تھا۔ جب امجی نے اندھیرے میں اس کا ہاتھ پکڑا تو نمی ذرا نہ جھینپی۔ یہ تو یو یو وال بات تھی۔ بار بار وہ اپنے بوائے فرینڈ کے ساتھ فلم دیکھنے گئی تھی۔ وہ اس خوشبو دار اندھیرے سے واقف تھی۔ اور اندھیرا اگر خوشبو دار ہو تو ہاتھ پکڑنا تو ہوتا ہی ہے۔ امجی نے پکڑا تو نمی نے حسب دستور بازو ڈھیلا کر دیا۔

جلدی اس نے محسوس کیا کہ امجی کا دباؤ یو یو وال نہیں ہے یو یوال دباؤ تو موقعہ کی مناسبت پر عمل میں آتا ہے نا۔ فلم میں اظہار محبت ہو تو گڈ ٹائم کا اشارہ ہو تو۔ لیکن یہ دباؤ تو مسلسل تھا۔ دباؤ ختم ہوتا تو امجی کی ہتھیلی نمی کے ہاتھ پر چلنے لگتی جیسے ہاتھ بند بند کا جائزہ لے رہی ہو۔ جیسے ہاتھ پر کوئی امریکہ دریافت کرنے میں لگا ہو۔ نمی کی ہتھیلی پر پسینہ آ گیا۔۔ ہاتھ کے اس لمس نے پتہ نہیں کیا کر دیا۔ اک ان یو یوال رابطہ قائم ہو گیا۔ دل سے رابطہ۔ دل پھر۔ کرنے لگا۔ یہ کیا مصیبت ہے اس نے ہاتھ چھڑا لیا۔ جب بھی دل پھر پھر کرنے لگتا وہ چھڑا لیتی لیکن کچھ دیر کے بعد انجانے میں اس کا بازو پھر ادھر ہو جاتا۔ ہاتھ کرسی کے بائیں ہتھے پر ٹک جاتا۔ اور پھر وہی دباؤ۔

بے چاری عجیب مشکل میں تھی۔ دباؤ ہوتا تو بھی چاہتا کہ یو یوال ہو جائے۔ نہ ہوتا تو جی چاہتا کہ ہو۔

گھر میں وہ روز ہی ملتے تھے۔ وہ روز آ جاتا تھا۔ نہ آتا تو عمران پکڑنے آتا۔ ممی آواز

دے کر بلا لیتی۔ ممی کے لئے تو وہ گھر کا فرد بن چکا تھا۔ ممی پہلے روز ہی سمجھ گئی تھی کہ وہ نمی میں انٹرسٹڈ تھا۔ نرا گڈ ٹائمز نہیں۔ وہ تو خوش تھی پڑھا لکھا لڑکا اور چھوٹتے ہی افسر، کیرئر بہت بالکل جدید طرز کی۔ اور پھر انڈر یپینڈنٹ۔ چچا کے گھر میں صرف الاٹ منٹ کے انتظار میں بیٹھا ہے پتہ نہیں کس روز مل جائے۔ آخر نمی کی شادی تو ہونی ہی تھی۔ ایم اے کر چکی تھی۔ رشتے تو آئے تھے لیکن وہ سبھی سوشل قسم کے تھے یہ تو جوڑ کا تھا۔

ڈیڈی بھی خوش تھے۔ انہوں نے پہلے روز ہی بھانپ لیا تھا کہ لڑکا سیریس ہے بیماری لگا بیٹھا ہے ان کی ساری ہمدردیاں امجی کے ساتھ تھیں۔ کیسے نہ ہوتیں۔ وہ خود سیریس کی بیماری میں مبتلا تھا۔ بہرطور وہ بے نیاز قسم کا آدمی تھا بات بن گئی تو اوکے نہیں تو کے۔ جی اویس تو ہے ہی، بڑا افسر ہے پیچھے مربعے ہیں۔ صرف یہی نا کہ ادھیڑ عمر کا ہے، بال جھڑ چکے ہیں لیکن نمی کو اپنانے کے لئے کتنا بے تاب ہے۔ حکومت کرے گی عیش کرے گی۔ بیاہ اس لئے تو کیا جاتا ہے۔

اس کے بعد امجی اور نمی کی بہت سی ملاقاتیں ہوئیں۔ ہوٹلوں میں پارکوں میں سنیما گھروں میں، انہوں نے شاپنگ کی، ڈرائیونگ پر گئے۔ پک نک اسپاٹ دیکھے ان ملاقاتوں میں امجی نے طرح طرح کے حربے آزمائے کہ نمی اس سے اظہار محبت کرے۔ نمی اس ضد پر اڑی رہی کہ امجی کے سر سے عشق کا بھوت اتر جائے۔ اور وہ سیدھا بوائے فرینڈ بن جائے۔

جب بھی وہ شاپنگ پر جاتے امجی کوئی نہ کوئی تحفہ نمی کے لئے خرید لیتا۔ ایک دن اس کی ممی نے کہا نمی تو نے اسے کوئی تحفہ نہیں دیا یہ کیا بات ہوئی بھلا۔ نمی نے سوچا کوئی ایسا تحفہ دوں کہ جل کر راکھ ہو جائے۔ مطلب جلانا نہیں تھا۔ بلکہ اشارتاً سمجھانا تھا کہ مرد بنو آہیں بھرنا چھوڑ دو۔ آنکھیں بنانا بے کار ہے۔ بھکاری نہ بنو۔ چھین کر لینا سیکھو۔ اس نے

سوچ سوچ کر ایک چارم خریدا، ایک روپیلا برسٹ جو کلائی پر چوڑی کی طرح پہنا جاتا ہے۔ امجی اس چارم کو دیکھ کر بہت خوش ہوا سمجھا شاید نمی کے دل میں اس کے لئے جذبہ پیدا ہو گیا ہے۔ اسے قطعاً خیال نہ آیا کہ کیپ سیک کے پردے میں نمی اسے چوڑی پہنا رہی تھی۔ بہر حال اس نے بڑی خوشی سے وہ چوڑی پہن لی۔

اسی شام وہ دونوں ڈرائیونگ کے لئے جا رہے تھے دفعتاً ایک ویران جگہ پر امجی نے گاڑی روک لی۔ نمی کا دل خوشی سے اچھلا۔ اس سے پہلے ڈرائیونگ کے دوران کئی بار اسے خیال آتا تھا کہ امجی گاری روک لے گا۔ ویران جگہ گاڑی روکنے کی بات تو فیشن تھی۔ کریز تھا۔ یو یوال تھا۔ اس یو وال سے وہ اچھی طرح واقف تھی۔ لیکن امجی نے کبھی گاڑی نہ روکی تھی۔ اس کی ساری توجہ نمی کے چہرے پر مرکوز رہتی یا وہ نمی کے ہاتھ کو تھامے رکھتا یوں جیسے بلور کا بنا ہو۔

اس روز گاڑی رکی تو نمی خوشی سے اچھل پڑی پھر آنکھیں بند کر کے خواب دیکھنے لگی۔ گہرے بھورے بال اس کی طرف لپکے اس کے منہ سے ٹکرائے پھر سارے چہرے کو ڈھانپ لیا۔ برسلیٹ والا بازو اس کی کمر میں حمائل ہو گیا۔ اس نے اطمینان کا سانس لیا آج سب نارمل ہو جائے گا۔ کبوتر سی آنکھیں بنائے اور خالی خولی ہاتھ تھامنے کی بیماری ختم ہو جائے گی۔ اور پھر وہی یو یوال گولڈن یو یو وال۔

دیر تک آنکھیں بند کر کے پڑی رہی۔ لیکن کچھ بھی نہ ہوا اس نے آنکھیں کھول دیں ساتھ والی سیٹ پر امجی بیٹھا دیوانہ وار اس کا ہاتھ چوم رہا تھا۔ ایڈیٹ وہ ملائی کی برف کی کلفی کی طرح جم کر رہ گئی۔ آخر امجی سیدھا ہو کر بولا۔ نمی آج مجھے تم سے ایک ضروری بات کرنا ہے۔ اچھا تو یہ بات کرنے کے لئے گاڑی روکی ہے۔ اسے غصہ آ گیا۔ ان حالات میں بھلا منہ زبانی بات کی کیا ضرورت ہے خواہ مخواہ باتوں کی جلیبیاں تلنا سلی فول۔

نمی امجی بولا کیا تمہارے دل میں میرے لئے کوئی محبت نہیں۔ محبت۔ محبت۔ محبت وہ چڑ کر بولی۔ ڈونٹ ٹاک لایک ان انکل امجی۔ بھئی ہم ریشنل دور میں رہتے ہیں بی ریزن ایبل۔ ذرا سوچو۔ لو کیا ہے ایک متھ۔ ویسے آئی لایک یو آل رائٹ۔ ٹھیک ہے اس نے جواب دیا۔ لیکن میں اپنے سوال کا ڈائرکٹ جواب مانگتا ہوں۔ ڈو یو لو می۔ وہاٹ از لو۔ وہ بولی ایک خود فریبی ایک خود پیدا کی ہوئی فرنزی، ہے نا۔ کیا تم لو کے جھوٹے سنہرے چال سے آزاد نہیں ہو سکتے۔ نہیں مجھے تم سے محبت ہے۔ آئی لو یو میڈ۔ اوہ اٹ از اے پٹی، نمی کے منہ سے نکل گیا۔ دیر تک وہ خاموش رہے پھر امجی بولا۔ نمی میں ایک ایسا جیون ساتھی تلاش کرنا چاہتا ہوں جو مجھ سے محبت کرتا ہو۔ وہ ہنسی۔ پھر تم اولڈ سٹی کا رخ کرو۔ یہاں کلچرڈ ماحول میں تمہیں کوئی سوہنی نہ ملے گی۔ یہ ان کی آخری گفتگو تھی۔

اگلے روز نمی کو پتہ چلا کہ امجی شفٹ کر گیا ہے گھر مل گیا ہے یہ جان کر نمی کا دل ڈوب گیا۔ لیکن خود کو سنبھالا۔ اچھا چلا گیا ہے۔ سو واٹ از آل رائیٹ۔

دل کو سمجھانے کے باوجود کئی ایک مہینے بار بار سوتے جاگتے ان جانے میں گھرے بھورے بال اڑتے اس کے چہرے پر ڈھیر ہو جاتے۔ پھر بریسلٹ والا ہاتھ بڑھ کر اسے تھام لیتا۔ بار بار وہ خود کو جھنجھوڑتی۔ چلا گیا ہے تو گیا۔ سو وہاٹ اٹ از آل رائٹ۔

ایک سال بعد نمی کی کے جی اویس سے شادی ہو گئی۔ اور اسے سب کچھ مل گیا۔ سجا سجایا گھر نوکر چاکر۔ ساز و سامان۔ کاریں۔ سب کچھ۔ اس کا خاوند اویس بڑا کلچرڈ آدمی تھا۔ اور چونکہ ادھیڑ عمر کا تھا اس کی زندگی کا تمام تر مقصد نوجوان بیوی کو خوش رکھنا تھا۔ بلکہ اسپائل کرنا تھا۔ اویس میں بڑی خوبیاں تھیں صرف عمر ڈھلی ہوئی تھی۔ بال گر چکے تھے۔ ٹانٹ نکل آئی تھی۔ بہر حال نمی خوش تھی بہت خوش۔

شادی کے دو سال بعد ایک روز اویس بر سبیل تذکرہ کہنے لگا۔ ڈارلنگ وہ تیری ایک

ڈاکٹر سہیلی تھی کیا نام تھا اس کا؟

صفو کی بات کر رہے ہو

کہاں ہوتی ہے وہ آج کل؟

پہلے تو پنڈی میں اس کا کلینک تھا اب پتہ نہیں دو سال سے نہیں ملی وہ۔

پنڈی میں کس جگہ کلینک تھا۔؟

شاید لال کرتی کے چوک میں۔ کیوں کوئی کام ہے صفو سے؟

نہیں تو اویس بولا۔ ویسے ہی پوچھ رہا تھا۔

دس پندرہ روز کے بعد اچانک صفو آگئی۔

ارے تو صفو۔ نمی خوشی سے چلائی۔

کیسی ہے تو۔ صفو نے پوچھا۔

فرسٹ ریٹ۔

آر یو ہپی۔

ہیپی از نو ورڈ فار اٹ نمی آنکھیں چمکا کر بولی۔

اچھا صفو سوچ میں پڑ گئی۔ بات کیا ہے؟ نمی نے پوچھا کیا اویس ملا تھا تجھے۔؟

ہاں ملا تھا۔ صفو نے تھوڑی سی ہچکچاہٹ کے بعد کہا۔

مذاق نہ کرو صفو۔

آئی ایم ڈیڈ سیریس۔ اویس کہتا ہے تمہیں ہیلوسی نیشن ہوتے ہیں۔ مجھے۔

ہاں۔

مثلاً۔

کہتا تھا جب اکیلے میں میرے ساتھ ہوتی ہے تو کہتی ہے ڈارلنگ تم بال کیوں نہیں

سنبھالتے میرے منہ پر پڑتے ہیں۔ اور صفو رک گئی۔

نمی چپ ہو گئی۔

اور جانو تم بریسلیٹ تو اتارو دیا کرو۔

نان سنس نمی چیخی۔ ایسی بے معنی باتیں میں کرتی ہوں کیا؟

کیا۔۔؟

کہ بال سنبھال لیا کرو میرے منہ پر پڑتے ہیں۔ اور۔۔۔

اور۔۔۔ اپنا بریسلیٹ تو اتار دیا کرو۔۔

مذاق نہ کر۔ نمی چلائی۔۔۔

تمہیں پتہ نہیں کیا۔۔ صفو سنجیدگی سے بولی۔۔ میری شادی ہو چکی ہے امجی سے۔

(۶) احسان علی

کیسی رنگیلی طبعیت تھی احسان علی کی، محلے میں کون تھا جو ان کی باتوں سے محفوظ نہ ہوتا تھا، اگر وہ محلے کی ڈیورھی میں جا پہنچے، جہاں بوڑھوں کی محفل لگی ہوتی تو کھانسی کے بجائے قہقہے گونجنے لگتے، چوگان میں بیٹھی عورتوں کے پاس سے گزرے تو دبی دبی کھی کھی کا شور بلند ہوتا محلے کے کنویں کے پاس جا کر کھڑے ہوتے تو لڑکوں کے کھیل میں نئ روح دور جاتی۔

جوان لڑکیاں انہیں دیکھ کر گھونگھٹ تلے آنکھوں ہی آنکھوں میں مسکراتیں، اور پھر ایک طرف سے نکل جانے کی کوشش کرتیں، مٹیار عورتیں دیکھ پاتیں تو ان کے گالوں میں گھڑے پڑ جاتے خواہ مخواہ جی چاہتا کہ کوئی بات کریں، بوڑھی عورتیں قہقہہ مار کر ہنس پڑتیں مثلاً اس روز احسان علی کو چوگان میں کھڑا دیکھ کر ایک بولی، یہاں کھڑے ہو کر کسے تاڑ رہے ہو، احسان علی، یہ سامنے عورتوں کا جو جھرمٹ لگا ہے، نہ جانے کس محلے سے آئی ہیں، دوسری نے دور کھڑی عورتوں کی طرف اشارہ کیا، اے ہے اب تو اپنے حمید کے لئے دیکھا کرو، بھابی کہنے لگی، اللہ رکھے جوان ہو گیا، اور تو کیا اپنے لئے دیکھ رہا ہوں، بھابھی احسان علی مسکرایا، اس بات پر ایک معنی خیز طنزیہ قہقہہ بلند ہوا، احسان علی ہنس کر بولا دنیا کسی صورت میں راضی نہیں ہوتی ہے چاچی اپنے لئے دیکھو تو لوگ گھورتے ہیں، کسی کے لئے دیکھو تو طعنہ دیتے ہیں مذاق اڑاتے ہیں، جواب دینے میں احسان علی کو کمال حاصل تھا، ایسا جواب دیتے کہ سن کر مزہ آجاتا، شادان نے یہ سن کر چاچی کو اشارہ کیا اور

مصنوعی سنجیدگی سے کہنے لگی، چاہے اس عمر میں اوروں کے لئے دیکھنا ہی رہ جاتا ہے، احسان علی نے آہ بھری بولے کاش تم ہی سمجھتیں شاداں، اتنی عمر ہو چکی ہے چچا پر تمہیں سمجھ نہ آئی، شاداں مسکرائی ابھی دیکھنے کی ہوس نہیں مٹی۔

اچھا شاداں ایمان سے کہنا سنجیدگی سے بولے کبھی تمہیں میلی آنکھ سے دیکھا ہے؟

بائیں چچا شاداں ہونٹ پر انگلی رکھ کر بیٹھ گئی، میں تو تمہاری بیٹی کی طرح ہوں، یہ بھی ٹھیک ہے وہ ہنسے جب جوانی ڈھل گئی تو چچا جی سلام کہتی ہوں، لیکن جب جوان تھی تو بہ جی پاس نہ بھٹکتی تھی کبھی کیوں بھابھی جھوٹ کہتا ہوں میں؟ اس بات پر سب ہنس پڑے اور احسان علی وہاں سے سرک گئے، ان کے جانے کے بعد بھابھی نے کہا، توبہ بہن شاداں نے مسکراتے ہوئے کہا اب کون سا حاجی بن گیا ہے، اب بھی تو عورت کو دیکھ کر منہ سے رال ٹپکتی ہے، لیکن شادان بھابھی نے کہا شاباش ہے اس کو کبھی محلے کی لڑکی کو میلی آنکھ سے نہیں دیکھا، یہ تو میں مانتی ہوں شاداں نے ان جانے میں آہ بھری، یہ صفت بھی کسی کسی میں ہوتی ہے، چاچی نے کہا، جب محلے والیوں کی یہ بات احسان علی نے پہلی بار سن پائی بولے اتنا بھروسہ بھی نہ کرو مجھ پر۔

کیوں چاچی نے ہنس کر کہا، یہ کیا جھوٹ ہے تمہاری یہ صفت واقعی خوب ہے تو منہ پر کہوں گی، احسان علی، لو چاچی یہ صفت نہ ہوتی ان میں تو ہمارے محلے میں رہنا مشکل ہو جاتا ہے، شاداں بولی۔

احسان علی کھکھلا کر ہنس پڑے بولے چاچی کہتے ہیں ایک دفعہ بلی کنویں میں گر گئی، باہر نکلنے کے لئے بہتر یہ ہاتھ پاؤں مارے پھر بولی آج رات یہیں بسر کریں گے، یہ بلی کا واقعہ کیا ہے چاچی نے مسکراتے ہوئے پوچھا، ہماری سمجھ میں تو نہیں آیا، شاداں بولی، بس تو چھوڑو اس بات کو، بھابھی نے کہا، احسان علی کی بات کریدنے سے نکلے گا کیا؟ احسان علی

اس دوران میں ہنستے رہے اور پھر بولے چاچی یہ میری صفت نہیں یہ تو محلے والیوں کی خوبی ہے، بے چاری ایسی بنی ہیں کہ خواہ مخواہ ماں بہن کہنے کو جی چاہتا ہے، کیوں شاداں؟

ہائے اللہ سنا تم نے چاچی شاداں چلائی، سمجھی بھی ہو اس کی بات بھابھی مسکرائی، سب سمجھتی ہوں، چچا اگر محلے میں کوئی ایسی ویسی ہوتی تو کیا واقعی ریجھی جاتے اس پر؟ تم اس کی بات سنو، بھابھی نے کہا، توبہ کیسی باتیں بناتا رہتا ہے، چاچی ہنسی، کسی محلے والی پر ریجھنے تو اک بار مزہ چکھا دیتی تمہیں چچا، شاداں آنکھیں چمکا کر بولی جوتا دکھا دیتی میاں کو، کیوں بھابھی، واہ احسان علی مسکرائے، شاداں جس نے جوتا دکھا دیا سمجھو بات پکی کر دی، ہائے مر گئی، شاداں نے دونوں ہاتھوں سے سینہ تھام لیا، احسان علی تجھ پر خدا کی سنوار، چاچی نے ہاتھ ہلایا، اور احسان علی ہنستے ہنستے آگے نکل گئے، ان کی عادت تھی کہ محفل پر اپنا رنگ جما کر چلے جایا کرتے، اگرچہ محلے والیاں اکیلے میں احسان علی کی گذشتہ زندگی پر ناک بھوں چڑھایا کرتیں اور ان کی فطری کمزوری پر مذاق اڑاتیں، لیکن جب وہ سامنے آجاتے تو نہ جانے کیوں ان کی آنکھوں میں چمک لہرا جاتی اور وہ خواہ مخواہ ہنس پڑتیں۔

جواں مٹیاریں تو اب بھی پلا بچا کر نکلنے کی کوشش کرتیں، جب احسان علی جوان تھے، ان دنوں تو کسی عورت کا ان کے قریب سے گذر جانا بے حد مشکل تھا، خواہ مخواہ دل دکھ دکھ کرنے لگتا، ماتھے پر پسینہ آجاتا، دونوں ہاتھوں سے سینہ تھام لیتی، ہائے میں مر گئی، یہ تو اپنا احسان علی ہے، ان دنوں بوڑھی عورتیں مخدوش نگاہوں سے گھورتی تھیں، محلے کے مرد تو اب ابھی انہیں دیکھ کر تیوری چڑھا لیتے البتہ جب وہ کوئی دلچسپ بات کرتے تو وہ ہنسنے لگتے، اور یوں ہم خیال ہوتے جیسے اپنی فراخدلی کی وجہ سے ان کے گزشتہ گناہ معاف کر دیئے ہوں، لیکن احسان علی کی غیر حاضری میں وہ اکثر کہا کرتے، بوڑھا ہو گیا ہے، لیکن ابھی ہدایت نہیں ہدایت تو اللہ میاں کی طرف سے ہوتی ہے، جنہیں نہ ہو

انہیں کبھی نہیں ہوتی، حرامکاری کی لت کبھی جاتی ہے بابا جی ہاں بھئی یہ تو سچ ہے، دیکھ لو اتنی عمر ہو چکی ہے، باتوں میں کوئی فرق نہیں آیا، وہی چھیڑ خانی لاحول ولا قوۃ، بات بھی سچی تھی اگرچہ احسان علی پچاس سے زیادہ ہو چکے تھے، لیکن وہی منڈی داڑھی متبسم آنکھیں اور چھیڑنے والی باتیں، ان کی روح ویسے ہی جوان تھی بچوں کو گلی ڈنڈا کھیلتے ہوئے دیکھتے تو وہیں کھڑے ہو کر واہ واہ کرنے لگتے کھلاڑی کو داد دینے لگتے یا امپائر بن کر کھڑے ہو جاتے، کڑکے انہیں کھیل میں حصہ لینے پر مجبور کرتے، تالیاں بجاتے شور مچاتے چچا جی ہمارے آڑی بنیں گے، نہیں ہمارے ایک ہنگامہ بپا ہو جاتا تھا، کھڑکیوں سے محلے والیاں جھانکیں لگتیں، لو دیکھ لو احسان علی گلی ڈنڈا کھیل رہے ہیں، چق کی اوت میں سے آواز آتی ہے، بھائی جی کیا پھر سے جوان ہونے کا ارادہ ہے؟ سبز جنگلے سے شاداں سر نکالتی، ابھی تو اللہ رکھے پہلی جوانی ختم نہیں ہوئی، شاہ نشین سے چاچی بولتی، توبہ شاداں تو بھی کس رخ سے چین لینے نہیں دیتی، شکر کر احسان کا دھیان کھیلوں سے ہٹا ہے، گلی ڈنڈا کھیلنے میں کیا عیب ہے، مسجد سے آتا جاتا کوئی محلے دار نہیں دیکھ کر ہنستا، کب تک اس لڑکیوں کے کھیل میں لگے رہے گے اب خدا کو بھی یاد کرو، احسان علی ہنس کر گنگناتے، وقت پیری گرگ ظالن میشور پرہیز گار، دوسرا آکر کہتا ہے، دنیا داری غلاظت سے اکتائے نہیں ابھی؟ صوم صلوۃ کی پاکیزگی کو کیا جانو، احسان کہتے، بابا جی غلاظت کا احساس ہو تو پاکیزگی کی آرزو پیدا ہوتی ہے، تم میں احساس نہیں کیا، بابا جی پوچھتے ہیں اور وہ جواب دیتے ہیں، احساس تو ہے پر غلاظت بھی ہو، اس بات پر کوئی لاحول پڑھ دیتا اور وہ ہنستے، لو بھائی جی ابن تو شیطان بھی آگیا اور وہ ہنس ہنس کر لوٹ پوٹ ہو جاتے۔

احسان علی کے آنے سے پہلے محلہ کیسا ویران دکھائی دیتا تھا، اگرچہ موسم سرما میں دوپہر کے قریب محلے والیاں چوگان میں اکٹھی ہو کر ازار بند بناتی تھی، دوپہر کے قریب

جب چوگان میں دھوپ آتی تو چوکیاں بچھ جاتیں مٹی کی ہنڈیاں رکھ دی جاتیں، جن تیلوں کے مٹھے بھرے ہوتے، بارہ بجے کھانے پینے سے فارغ ہو کر عورتیں وہاں جمع ہو جاتیں، ایک بجے تک اچھا خاصا میلا لگ جاتا، عجیب آوازیں پیدا کرتے تتلیاں ٹکراتیں ازار بند بنتے ہوئے کسی کی بات چھڑ جاتی گلے ہوتے شکایتیں ہوتیں، ایک دم دوسرے پر آواز کسے جاتے مگر قہقہے کی آواز نہ ہوتی، ادھر ڈیوڑھی میں مسئلے مسائل بات گرم رہتی، شریعت کے احکام بار بار دہرائے جاتے، حدیثوں کے حوالے دیئے جاتے، اولیا کرام کی حکایات سنائی جاتیں ہنگامہ تو مگر اس میں مزاج کی شیرنی نام کو نہ ہوتی، عورتوں کے مسلسل جھگڑوں اور مردوں کی خشک بحثوں کی وجہ سے وہ مسلسل شور محلہ اور بھی ویران کر دیتا، پھر احسان علی پینشن لے کے محلے میں آبسے ان کے آنے کے بعد محلے کا رنگ بدل گیا، جب عورتیں ایک دوسرے کے گلے شکوے کرنے میں مصروف ہوتیں تو احسان علی نکل آتے اور آتے ہی ایسی بات کرتے کہ سبھی ہنس پڑتیں، اور محفل کا رنگ ہی بدل جاتا طعنے اور تمسخر کی جگہ ہنسی مذاق شروع ہو جاتے، آپس میں جھگڑتی عورتیں مل کر احسان علی کے خلاف محاذ قایم کر لیتیں اور محلے کے چوگان میں قہقہے گونجنے لگتے محلے کے بزرگ خشک مسائل چھوڑ کر احسان علی کے چٹکلے سننے لگتے، بات بات پر لاحول ولا پڑھنے والے بڈھے لاحول پڑھنا بھول جاتے لیکن پھر بھی عادت سے مجبور ہر کر کوئی نہ کوئی لاحول پڑھ دیتا اس پر احسان علی کھلکھلا کر ہنس پڑتے، بھائی جان کیا آپ کو بات بات پر لاحول پڑھنے کی ضرورت پڑتی ہے ہم تو یہ جانتے ہیں کہ شیطان کا خطرہ لاحق نہ ہو لاحول کا سہار لینے کی ضرورت نہیں پڑتی، احسان علی کو لاحول سے چڑ تھی، ہاں تو واقعی احسان علی کے آنے پر محلے میں ایک نئی روح دوڑ گئی تھی۔

پھر ایک روز ایک انوکھا واقعہ ہوا، چوگان میں عورتیں حسب معمول جمع تھیں، نئی

روشنی کے نوجوانوں کی بات چل رہی تھی شاداں نے دور سے احسان علی کو آتے دیکھ لیا، چاچی کو اشارہ کر کے با آواز بولی چچی خدا جھوٹ نہ بلائے آج کل تو چھوٹے چھوٹے لڑکے بھی پچا احسان علی بنے ہوئے ہیں راہ چلتی لڑکی کو تاڑتے ہیں، ہائے ہائے چاچی نے شاداں کا اشارہ سمجھنے بغیر کہا تم تو خواہ مخواہ اس بے چارے، شاداں نے پھر سے اشارہ دہرایا، جسے دیکھ کر چچی کا غصہ مسکراہٹ میں بدل گیا، آج کل کے مردوں کی کیا پوچھتی ہو چچی، شاداں نے پھر سے بات شروع کی بال کھچڑی ہو جاتے ہیں، پر عورتوں کو تاڑنے کی لت نہیں جاتی، ہاں شاداں چچی نے منہ بنا کر کہا، زمانہ ہی ایسا آیا ہے، اس کے بعد مجمعے پر خاموشی چھا گئی، احسان کی بات سننے کی منتظر تھی اگرچہ وہ سب یوں بیٹھ گئیں تھیں جیسے انہیں احسان علی کے آنے کی خبر نہ ہو۔

احسان علی آئے اور چپ چاپ ان کے پاس سے گزر گئے انہوں نے ان کو جاتے ہوئے دیکھا اور حیران ہو گئیں، اللہ خیر کرے آج احسان علی کو کیا ہوا ہے، چاچی زیر لب بولی، میں تو آپ حیران ہوں، شاداں ہاتھ ملنے لگی اے ہے احسان علی اور چپ چاپ پاس سے گزر جائے، میں کہتی ہوں ضرور کوئی بات ہے، بھابھی نے انگلی ہلاتے ہوئے کہا کہیں گھر سے لڑ کر تو نہیں آئے تھے شاداں نے پوچھا، لو چاچی نے ہونٹ پر انگلی رکھ کر کہا جس روز نواب بیوی سے لڑا، اس روز تو اور بھی چمکا ہوا ہوتا ہے، کیوں بھابھی یاد ہے کل کیسے ہنس ہنس کر گھر کی لڑائی کی بات سنا رہا تھا، ہاں بھابھی مسکرائی جیسے لڑائی نہ ہوئی ہو تماشہ ہوا، اس کا کیا ہے چاچی بولیں، اس کے لئے تو ہر بات تماشہ ہے چاہے موت کی ہو یا بیاہ کی، ہائے چاچی کیسی اچھی طبعیت ہے احسان علی کی کبھی ماتھے پر تیوری نہیں دیکھی ایمان سے رنگیلا ہے رنگیلا، پر میں کہتی ہوں ضرور آج کوئی بات ہے، بھابھی ہونٹ پر ہاتھ رکھ کر سوچنے لگی، شاداں ازار بند لپیٹتے ہوئے بولی، چلو تو چل کر نواب بی بی سے پوچھیں، اے ہے

دو جوڑے تو چڑھا لینے دو بھابھی نے کہا، ہو نہ ہو دو جوڑے اتنا لوبھ بھی کیا، اس نے اٹھ کر بھابھی کے ازار بند کو زبردستی لپیٹ دیا، پہلے تو نواب سے ادھر ادھر کی باتیں کرتی رہیں، پھر چاچی نے بات چھیڑی کہنے لگی، احسان علی کو کیا ہوا ہے آج؟

ابھی اچھے بھلے باہر گئے تھے، نواب بی بی بے جواب دیا، وہ تو ہم نے بھی دیکھا تھا اسے باہر جاتے ہوئے، بھابھی نے جواب دیا، میں نے تو بلکہ انہیں چھیڑنے کی خاطر کچھ کہا بھی تھا، شاداں بولی، میں کہا چلو دو گھڑی کا مذاق ہی رہے گا، پر انہیں یوں چپ چاپ دیکھ کر میں تو حیران رہ گئی، کہیں میری بات کا برا تو نہ مان لیا، توبہ میں بات کیوں کی، انہوں نے نواب بی بی نے کہا، برا ماننے والا نہیں وہ، کسی فکر میں پڑا تھا جو یوں پاس سے گزر گیا، چاچی نے کہا، ہاں تو ٹھیک ہے، نواب بی بی نے کہا اپنے حمید کا خط آیا ہے آج، لڑکے نے اپنی شادی کے بارے میں لکھا ہے، ہائیں میں مر گئی شاداں چلائی، آپ اپنی شادی کے لئے لکھا ہے کیا توبہ کیا زمانہ آیا ہے، اس میں حرج کیا ہے، چاچی بولی، اللہ رکھے جوان لڑکا ہے، آپ کماتا ہے، لکھ دیا تو کون سی قیامت آ گئی، میں جانوں احسان علی کو دیر نہیں کرنی چاہیے اس بات میں انہوں نے انہیں خیال ہوتا اس بات کا تو یہاں تک نوبت نہ آتی میں تو کب سے کہہ رہی تھی کہ لڑکے کو نامرد کر دو لیکن ان کے اپنے چاؤ بھی ختم ہوں، اتنی عمر ہو چکی ہے لیکن ابھی ہوس نہیں گئی۔۔۔ نہ بہن چاچی بولیں مجھ سے تو آپ انہوں نے کئی بار کہا ہے چاچی چاچی جہاں لڑکا کہے گا اس کی شادی کر دیں گے، اللہ اللہ خیر سے سلا آج کل یہ لڑکے کی مرضی بغیر نہیں ہوتے، بات بھی سچی ہے۔

یہ بات ہے نواب بی بی تو اب کیوں سر پیٹ کر باہر نکل گیا، لڑکے نے اپنی بیوی تلاش کر لی، تو۔۔۔۔ اپنی بیوی تلاش کر لی ہے؟ شاداں بولی، سچ بھابھی ران پر ہاتھ مار کر بولی، ہاں بھابھی نواب بی بی بولی، پہلے تو اس اسے اپنی مرضی کی بیوی تلاش کرنے کی پٹی

پڑھاتے رہے اور اب اس نے اپنی بیوی کا چناؤ کر لیا ہے تو میاں گرم ہو رہے ہیں، کون ہے وہ؟ چاچی نے پوچھا، مجھے کیا معلوم اسکول میں استانی ہے لڑکے نے فوٹو بھیجی ہے اس کی، ہم بھی دیکھیں شادان نے منت کی، نواب بی بی اٹھ بیٹھی اور میز کی دراز میں سے فوٹو لے آئی، ہائے چاچی یہ تو میم ہے میم شاداں خوشی سے پھولی نہ سمائی اے ہے، چاچی بولی، ایسی ہی تو ہوتی ہیں یہ اسکول والیاں، توبہ کیسی بنی ٹھنی ہتھنی ہے، بھابھی ہنسی۔

کتنی خوبصورت ہے شاداں بولی، احسان علی کو ایسی خوبصورت بہو کہاں سے مل سکتی تھی، عین اس وقت احسان علی آ گئے شادان کی بات سن کر وہ گھبرا گئے، ٹھٹھک کر کھڑے پھر کمرے سے باہر جانے لگے لیکن شاداں کب چھوڑنے والی تھی انہیں، مبارک ہو چچا وہ بولی نئی بہو مبارک ہو، محلے کی لڑکیاں تو تمہیں پسند نہیں تھیں اللہ رکھے لڑکے نے یہ مشکل بھی آسان کر دی، ایک ساعت کے لئے احسان علی کا منہ فق ہو گیا، لیکن جلدی وہ سنبھل کر غصے میں بولے، وہ تو ہے بے وقوف، بے وقوف اتنا بھی نہیں سمجھتا خوبصورت لڑکیاں دیکھنے کے لئے ہوتی ہیں، بہانے کے لئے نہیں، بھلا دیکھو تو اس لڑکی کا اس گھر میں گزارا ہو سکتا ہے؟ کیوں اس کو کیا ہے، شاداں بولی دیکھو کتنی خوبصورت ہے، یہی تو مصیبت ہے، وہ سر کھجاتے ہوئے بولے۔

آپ جو ساری عمر خوبصورت لڑکیوں کے پیچھے پھرتے رہے ہو، احسان علی اب کیا لڑکے کا جی نہیں چاہتا، بھابھی بولی، پیچھے پیچھے پھرتا رہا ہوں نا، بیاہ کر تو نہیں لایا ہوں کسی کو، یہ دیکھ لو، یہ حمید کی ماں بیٹھی ہے، وہ جوش میں بولے، دیکھ لو کیا ناک نقشہ ہے، کیوں نواب بی بی کو کیا ہے؟ چاچی ہنسی میں کب کہتا ہوں کہ کچھ ہے اگر کچھ ہوتا تو کیا میرے چولہے پر بیٹھ کر برتن مانجھتی رہتی؟

آخر حمید کا بھی تو جی چاہتا ہے کہ خوبصورت لڑکی ہو، اس میں حرج ہی کیا

ہے، شاداں مسکرائی، میں کب کہتا ہوں کہ جی نہ چاہے لیکن چاہئیے یہ تیتریاں تو یارانہ لگانے کے لئے ہوتی ہیں، بیاہنے کے لئے نہیں، ہائیں شاداں نے ناک پر انگلی رکھ لی، احسان علی تم نے تو حد کر دی۔

کوئی محلے کی باہ لیتا پھر چاہے جہاں مرضی ہوتی یارانے لگاتا پھرتا، احسان علی اپنی ہی دہن میں کہے گئے، توبہ میری احسان علی تم تو بات کہتے ہوئے کسی کا لحاظ نہیں کرتے، چاچی بولیں، لو اسے دیکھو ذرا، احسان علی پھر تصویر ان کے سامنے رکھ دی، یہ آنکھیں، راہ چلتے کو روکتی ہیں یا نہیں، توبہ آنکھیں بھر نہیں جاتا، اے ہے دیکھا کیوں نہیں جاتا بھلی اچھی تو ہے، شاداں مسکرائی، مرد کی آنکھ سے دیکھو تو معلوم ہونا، احسان علی ٹکٹکی باندھ کر اسے دیکھنے لگے، اپنی بہو کے بارے میں کہہ رہے ہو، چاچی ہنسی، بہو تو جب بے گی تب دیکھا جائے گا، چاچی ویسے بات کر رہا ہوں، آجر مجھے بھی تو اس گھر میں رہنا ہے، وہ مسکرائے، اس بات پر تو نواب بی بی کی بھی ہنسی نکل گئی بولی، ان کی تو عادت ہی ایسی ہے، جو منہ میں آیا کہہ دیا۔

ان کے جانے کے بعد احسان علی پھر اسی طرح گم سم ہو گئے حمید کی ماں نے کئی بار بات چھیڑنے کی کوشش کی لیکن وہ اپنے خیالات میں گم تھے، دفعتاً وہ اٹھ بیٹھے، حمید کی ماں مجھے آپ جا کر اس سے ملنا چاہئیے ایسا نہ ہو کہ معاملہ ہاتھ سے نکل جائے، سوٹ کیس میں دو جوڑے رکھ دے صبح کی پہلی گاڑی سے ہی چلا جاؤں گا، حمید کے پاس پہنچ کر پہلے تو انہوں نے باتوں ہی باتوں میں اسے سمجھانے کی کوشش کی، چٹکلے سنائے، اپنے تجربہ اور مشاہدہ کو پیش کرنے کے لئے آپ بیتیاں بیاں کیں، لیکن حمید نے کس بات کا جواب نہ دیا تو وہ دلیلوں پر اتر آئے لیکن اس پر بھی حمید خاموش رہا تو انہوں نے اسے دھمکانا شروع کر دیا، جلدی ہی دھمکیوں نے منتوں کی شکل اختیار کر لی، اس پر حمید بولا، ابا جی میں مجبور

ہوں میں نسرین سے بیاہ کرنے پر مجبور ہوں، اس وقت احسان علی کو باتیں کرتے ہوئے دیکھ ایسا معمول ہوتا تھا، جیسے کوئی ڈوبتا سہارا لینے کے لئے ہاتھ پاؤں مار رہا ہو، دفعتاً وہ پھر کلا میں آ گئے بولے، اچھا بے شک بیاہ لاؤ اسے لیکن ہمارے پاس کبھی نہ آئے گی کبھی نہیں، ہم اس سے کبھی نہیں ملیں گے، اس پر حمید اٹھ بیٹھا بولا، آپ کی مرضی لیکن اس لڑکی کو بیاہنے پر تم اس قدر مصر کیوں ہوں؟ انہوں نے پوچھا میں مجبور ہوا باجی حمید نے کہا، ہماری شادی ہو چکی ہے، ہو چکی ہے؟ وہ دھڑام سے صوفے پر گر پڑے، یہ حقیقت ہے، حمید نے سنجیدگی سے کہا، اس بات کو ایک ہفتہ ہو چکا ہے، ایک ہفتہ انہوں نے پیشانی سے پسینہ پونچھا، یہ بات ہے تو پھر جھگڑا ہی کیا، وہ ہنس پڑے لیکن ان کی ہنسی بے حد کھسیانی تھی، حمید اٹھ بیٹھا اور ساتھ والے دروازے پر کھٹکھٹانے لگا، ایں احسان علی نے حیرانی سے اس طرف دیکھا تم تو کہتے تھے یہ کمرہ پڑوسیوں سے متعلق ہے اور کیا کہتا ہے ابا جی حمید مسکرایا اور پھر با آواز نسرین آ جاؤ، ابا تم سے ملنا چاہتے ہیں، وہ احسان علی کے پاؤں تلے سے زمین سرک گئی، تو یہ بات ہے۔

نسرین بڑے پر وقار انداز سے کمرے میں داخل ہوئی، سلام عرض کرتی ہوں، سریلی آواز کمرے میں گونجی دو ایک ساعت کے لئے وہ سامنے ٹنگی ہوئی تصوری کو گھورتے رہے، پھر دفعتاً انہیں احساس ہوا کہ انہیں جواب میں کچھ کہنا چاہئیے، بیٹھے تشریف رکھئے، وہ گھبرا کر بولے، انہوں نے محسوس کیا کہ وہ اسی صوفے کے دوسرے سرے پر بیٹھ گئی ہے، گھبرا کر اٹھ بیٹھے، اب کیا ہو سکتا ہے خیر کوئی بات نہیں جو ہونا تھا ہو چکا، فضول، ہاں بھئی، حمید سے مخاطب ہوئے، تم انہیں محلے میں لاؤ نا، تمہیں وہاں آنا ہی پڑے گا، تمہاری ماں تمہاری راہ دیکھتی رہی ہے، سچ کیا واقعی آپ چاہتے ہیں کہ ہم گھر آئیں؟ اور تو کیا مذاق کر رہا ہوں، تمہیں چھٹی لینی چاہئیے، ہاں چھٹی تو میں نے پہلے ہی لے

رکھی تھی، حمید مسکرایا، تو پھر یہاں کیا کر رہے ہو، کیا حماقت ہے، انہوں نے مسکرانے کی کوشش کی، کل ہی پہنچ جاؤں وہاں، اچھا تو اب میں جاتا ہوں، نسرین کو ساتھ لانا، سمجھے؟

جس وقت حمید اور نسرین محلے میں داخل ہوئے وہ سب چوگان میں تھیں، نسرین نے کالا ریشمیں برقعہ اتار، ایک ساعت کیلئے وہ جھجک گئیں، رسمی سلام ہوئے، دعائیں دی گئیں، سر پر ہاتھ پھیرے گئے، جب دلہن اپنے گھر چلی گئی تو نکتہ چینی ہونے لگی ایک بولی لے بہن دلہن کا ہمارے ساتھ کیا کام، شاداں بولی کیوں ہم کیا کم ہیں کسی سے، تیسری نے کہا منہ پر اللہ مارا پوڈر دو دو انگلی چڑھا ہوا ہے، چوتھی نے کہا ویسے تو چودویں کا چاند ہے، احسان علی کا گھر تو منور ہو گیا، ہاں بہن، شاداں نے آہ بھر کر کہا، اسے محلے والیاں پسند نہ تھیں، شادان نے سر اٹھایا تو سامنے احسان علی کھڑے تھے، بھابھی بولی، سنا احسان علی شاداں کیا کہہ رہی ہے، لاحول ولا قوۃ، احسان علی کے منہ سے، بے ساختہ نکل گیا، احسان علی کو اس کا احساس ہوا تو لگے سرکنے وہاں، شاداں نے بڑھ کر ہاتھ سے پکڑ لیا، بولی اب کہاں جاتے ہو میں تو گن گن کر بدلے لوں گی، چاچی ہنسی بولی کیسی مبارک دلہن آئی ہے احسان علی کے منہ سے عربی کے لفظ نکلے، پر چاچی شاداں چلائی، ان سے بھلا پوچھو تو آج لاحول پڑھنے کی کیا ضرورت پڑی ہے انہیں، ارے ہے شاداں بھابھی بولی کیا کہہ رہی ہے تو؟ ٹھیک کہہ رہی ہوں شاداں چمکی، اس روز میں نے لاحول پڑھا تو احسان علی نے کس قدر شرمندہ کیا تھا، مجھے کہنے لگے لاحول پڑھا جائے تو شیطان کچھ دور نہیں ہوتا۔۔۔ اب تو اسے جانے بھی دے گی یا نہیں، چاچی چڑ کر کہنے لگی، گھر بہو آئی ہے اور تو نے اسے یہاں پکڑ رکھا ہے۔

سی شام جب دلہن اپنے کمرے میں چلے گئے تو شاداں نے حسب معمول از مذاق سے کہا، خیر سے دلہن گھر میں آئی ہے تمہیں تو شکرانہ کے نفل ادا کرنے چاہیئے احسان

علی، جب کبھی شاداں انہیں مذاق میں نفل یا نماز کے لئے کہتی تو احسان علی، جواب میں کوئی نہ کوئی فقرہ چست کر دیا کرتے لیکن اس روز بولے سچ اچھا شاداں تو بھی کیا کہے گی، کہ چچانے میری بات نہیں مانی، آج تو تیری بات پوری نہیں کرتے ہیں یہ، کہہ کر وہ حمام کے پاس جا بیٹھے اور وضو کرنے لگے، پہلے تو سمجھ رہی تھی کہ مذاق کر رہے ہیں، لیکن وہ جب جائے نماز پر کھڑے ہو گئے تو شاداں حیران ہو گئی، اگلے روز تمام محلے میں بات مشہور ہو چکی تھی کہ احسان علی نے نفل پڑھے، سچ مچ بولی، کیا واقعی، بھابھی نے دونوں ہاتھوں سے سینہ سنبھال لیا، نہیں نہیں میں نہیں مانتی، تمہاری قسم شاداں نے ہاتھ چلا کر کہا، مبارک قدم ہے دلہن کا چاچی بولی، احسان علی مچلے پر کھڑے ہوئے، محلے کی ڈیوڑھی تک بات پہنچی تو اس پر بحث ہونے لگی، اجی ہر بات کے لئے وقت مقرر ہے، میں کہتا ہوں، شکر کرو کہ اس نٹ کھٹ نے سجدہ کیا، آخر کب تک نہ کرتا سجدہ، احسان علی کو آتے دیکھ کر ایک بولا، آخر آ گئے ناراہ راست پر، ہاں بھئی اب تو چھپ چھپ کر نفل پڑھے جاتے ہیں، احسان علی کو تو کہا کرتا تھا کہ جب غلاظت کا احساس ہو تو۔۔۔ آ گئے نا عورتوں کی باتوں میں۔۔۔ احسان علی ہنسنے کی کوشش کی کون ہے باباجی عورت کی بات میں نہیں آتا ہے سب مجھ سے ہیں لیکن، اس میں کیا برا ہے، باباجی نے کہا، ہمیں تو بلکہ خوشی ہے کہ تم نے سجدہ کیا۔

دو دن تو احسان علی کے گھر ہنگامہ رہا، عورتیں آتی جاتی رہیں محلے کے کمین میراثی ڈرم اور بھانڈ بدھائی دینے کے لئے آ موجود ہوئے، پھر تیسرے دن جب انہیں فراغت ہوئی تو نواب بی بی نے کہا، اب کیا دلہن کے لئے چار ایک جوڑوں کا انتظام بھی نہ کروں گے، اور محلے والے انہیں ولیمے کی دعوت دینی ہو گی، پہلے تو احسان علی شہر سے چیزیں خریدنے کے لئے تیار نہ تھے، پھر جب انہوں نے دیکھا کہ نواب بی بی کے ساتھ حمید

جانے کو تیار ہے تو حمید کا جانا ٹھیک نہیں دلہا دلہن کو علیحدہ کرنا مناسب نہیں ہے، تو پھر میرے ساتھ کون جائے گا، نواب بی بی نے چڑ کر پوچھا، تو میں ہی چلا جاتا ہوں، وہ بولے اس پر حمید کہنے لگا، میرے جانے میں کیا حرج ہے ابا جی آپ جو گھر ہیں نسرین اکیلی تو نہ رہے گی احسان علی نے اصرار کیا تو وہ بولا آپ جا کر نہ جانے کیا کیا اٹھالیں گے، اوہ ہوں تو یہ بات ہے، احسان علی نے اطمینان کا سانس لیا، تو دلہن کو بھی ساتھ لے جاؤ، اس بات پر نوب بی بی چلائی اے ہے نئی دلہن کو ساتھ لئے پھریں گے لوگ کیا کہیں گے، احسان علی خاموش ہو گئے اور حمید اپنی والدہ کو ساتھ لے کر دو روز کیلئے شہر چلا گیا۔

پہلے روز تو وہ باہر نکل گئے، چوگان میں بیٹھی عورتوں کے ساتھ باتیں کرتے رہے پھر ڈیونڈ میں جا بیٹھے، لیکن جلد ہی وہاں بھی دلہن اور ان کے نفلوں کی بات چھڑ گئی اور وہ بہانے بہانے وہاں سے سرک گئے بچوں نے انہیں گزرتے ہوئے دیکھا تو لگے شور مچانے، ایک ساعت کے لئے وہ حسب معمول وہاں کھڑے رہے پھر دفعتاً کوئی خیال آیا، اس کھڑکی کی طرف دیکھا نسرین کے کمرے اس طرف کھلتی تھی، اس خیال پر وہ پھر چوگان میں آکھڑے ہوئے، چوگان میں شاداں نے انہیں پکڑ لیا، اور لگی مذاق کرنے لیکن اس روز انہیں کوئی بات نہ سوجتی تھی، بار بار اوپر کھڑکی کی طرف دیکھتے اور پریشان ہو جاتے، شام کو جب وہ گھر پہنچے تو نسرین مسکراتی ہوئی انہیں ملی، رات کے لئے کیا بناؤں، جو تم چاہو، وہ گھبرا کر ادھر ادھر دیکھنے لگے، نسرین انہیں کی چارپائی پر بیٹھ گئی تو وہ گھبرا کر اٹھ بیٹھے اور ان کی منہ سے بے ساختہ نکل گیا، نسرین چونک پڑی، کیا چاہیئے آپ کو؟ میں تو بھول ہی گیا وہ اپنی دھن میں بولے کیا؟ نسرین نے پوچھا کچھ نہیں وہ بڑبڑائے میرا مطلب ہے انہیں خود سمجھ میں نہ آتا تھا، کہ ان کا مطلب کیا ہے، ان کی گھبرائی ہوئی نظریں جائے نماز پر پڑیں، اطمینان کا سانس لیا، جیسے ڈوبتے ہوئے کو سہارا مل گیا ہو، میرا مطلب

ہے وہ بولے مغرب کی نماز کا وقت تو جا رہا ہے، انہیں وضو کرتے دیکھ کر نسرین نے جائے نماز بچھا دی، اور آپ اس کے پاس ہی بیٹھ کر سوئیٹر بننے لگی، وضو سے فارغ ہو کر جائے نماز پر آ کھڑے ہوئے ابھی نیت باندھنے ہی لگے تھے کہ پیچھے سے خوشبو کا ایک لپٹا آیا مڑ کر دیکھا تو نسرین کچھ بن رہی تھی، وہ پھر بڑبڑانے لگے، میرا مطلب ہے یعنی ابھی وقت ہے کافی وقت ہے ابھی یہ پاس مسجد ہے، یہ کہہ کر انہوں نے جوتا پہنا اور پیشتر اس کے کہ نسرین کچھ کہے، باہر نکل گئے اس کے بعد انہیں پتہ نہیں کیا ہوا، وہ بھاگے بھاگے چوگان سے نکل گئے کھیلتے ہوئے بچوں کو دیکھے بغیر آگے چلے گئے، ڈیوڑھی خالی پڑی تھی، وہاں انہیں ہوش آیا، سوچنے لگے پھر نہ جانے مسجد کے دروازے پر کیسے پہنچ گئے، دروازے میں احسان علی کو دیکھ کر محلے والے ان کی طرف متوجہ ہو گئے، ایک بولا اس کی بھولا نہ جانئے جو صبح گیا گھر واپس آوے شام، دوسرا کہنے لگا آخر کبھی کبھی غلاظت کا احساس ہو ہی جاتا ہے، یہ سن کر معاً وہ مڑے جیسے وہاں سے بھاگ جانا چاہئیے، عین اسی وقت بابا جی آ گئے، احسان علی کو پکڑ لیا، آ کر واپس نہیں جایا کرتے احسان علی، انہیں گھسیٹ کر مسجد میں لے گئے اس بات پر انہیں اطمینان ہو گیا بولے، یہ دیکھو میں تو نہیں آیا مجھے لایا جا رہا ہے، چلو یونہی سہی، بابا جی نے کہا تیرا بولا آخر کوئی نہ کوئی بہانہ وسیلہ بن ہی جاتا ہے، نئی بہو کے قدم کو دعا دو بی بی۔

چوتھے نے کہا، ورنہ کہاں احسان علی کہاں مسجد، اگر مسجد کا امام وقت تنگ سمجھ کر کھڑا نہ ہوتا تو نہ جانے کیا کیا باتیں ہوتیں اس وقت۔

رات کو کھانے کے بعد نسرین نے انہیں کے کمرے میں اپنا بستر جما دیا اور پھر آپ چارپائی پر بیٹھ کر اطمینان سے سوئیٹر بننے لگی، حقہ پیتے ہوئے وہ کچھ سوچنے کی کوشش کر رہے تھے، لیکن بار بار نگاہیں ادھر ادھر بھٹکنے لگتیں، سامنے فرش پر نسرین کی خوبصورت

سرخ چیلی ان کی آنکھوں تلے ناچتی، کمرہ خوشبو سے بھرا ہوا تھا، اف وہ بار بار اپنی ناک سکڑاتے کیسی واہیات بو تھی، ہاں وہ میری کتاب، وہ آپ ہی گنگناتے، کتاب؟ نسرین کی آواز کمرے میں گونجی میں دیتی ہوں آپ کی کتاب، نہیں نہیں وہ چلائے میں خود لے لوں گا، وہ اٹھ بیٹھے لیکن نسرین پہلے ہی الماری تک جا پہنچی، لاحول والا قوتہ، بے اختیار ان کے منہ سے نکل گیا، دور ہی رک گئے جیسے آگے بڑھنے سے ڈرتے ہوں، وہ نیلی وہ بائیں، طرف والی وہ چلائے، وہاں رکھ دوں، انہوں نے دور سے چارپائی کی طرف اشارہ کیا وہاں، ان کی آنکھوں تلے کتاب کی لفظ ناچ لگے، حاشیہ سرک سرک کر دائیں سے بائیں طرف جا پہنچا اور پھر بائیں سے دائیں چلنا شروع کر دیتا، لفظوں کی قطاریں لگتیں اور پھر دفعتاً ایک جگہ ڈھیر جو جاتیں دور محلے والیاں ڈھولک بجا رہی تھی، سامنے نسرین کسی انداز میں بیٹھی تھی، کیا واہیات طریقے سے بیٹھی تھی، انہوں نے سوچا کیا نمائشی انداز ہیں، اور پھر چونکے، کیا پھتے نائی کی ماں نہیں آئی، وہ گویا کتاب سے پوچھنے لگے، کوئی کام نے نسرین نے پوچھا، نہیں نہیں وہ گھبرا گئے ویسے وہ سونے کو تو آئے گی، اس کی کیا ضرورت ہے، نسرین بولی۔

میں جو ہوں اور وہ از سر نو گھبرا گئے میں جوں ہوں میں جو ہوں دور محلے ڈھولک کے ساتھ گا رہی تھیں، وہ گیارہ بج گئے، انہوں نے گھڑی کی طرف دیکھا کر کہا، ابھی تو گیارہ ہی بجے ہیں، کمرے میں چھوٹی سے بتی جل رہی تھی چاروں طرف عجیب سی بو پھیلی ہوئی تھی، دو چھوٹے دو چھوٹے پاؤں رضائی سے باہر نکلے ہوئے تھے چینی چینی کسی نے تمسخر سے ان کے کام میں کہا، سرہانے پر کالے بالوں کا ڈھیر لگا تھا، سرہانے تلے پتلی پتلی انگلیاں پڑیں تھیں، جن پر روغن چمک رہا تھا، فضول انہوں نے منہ بنایا، اٹھ بیٹھے اور باہر صحن میں چاندنی چھٹکی ہوئی تھی، دور محلے والیاں گا رہی تھیں، بال گوری دے پیچھرے

کالے، نہ جانے کیوں انہوں نے محسوس کیا جیسے ان کی زندگی کی تمام تر رنگینی ختم ہو چکی تھی، اندر آکر وہ سوچنے لگے، ہوں تو دو بجے ہیں، وقت گزرتا ہی نہیں گھڑی چلانے لگی۔

جائے نماز کو دیکھ کر انہوں نے اطمینان کا سانس لیا جو ہونا تھا ہو گیا، انہوں نے سوچا حمید نے کس قدر فحش غلطی کی ہے بے وقوف انہوں نے نسرین کی طرف دیکھ کر سوچا اور پھر ان جانے میں جائے نماز پر کھڑے ہو گئے، اس وقت انہیں نماز گویا دہی نہ تھی میرے اللہ میرے دل سے آوازیں آرہی تھیں، جی چاہتا تھا، کہ چیخ چیخ کر روئیں، رکوع کے بغیر وہ سجدہ میں گر گئے، عین اس وقت شاداں چاچی کے ساتھ کوٹھے سے نیچے اتری، چپ شاداں زیر لب بولی، وہ سوچ رہے ہونگے، آج تو چچا احسان سے وہ مذاق کر کے رہوں گی، کہ یاد کریں گے، چاچی ہنس پڑی بولی، تجھے بھی تو ہر سمے شرارتیں ہی سوجھتی ہیں، اور وہ کیا لحاظ کرتے ہیں میرا، شاداں نے کہا، ہائیں انہیں سجدے میں دیکھ کر شاداں نے اپنا سینہ سنبھالا، میں مر گئی یہاں تو تہجد ادا کی جارہی ہے، نہ جانے بہو نے کیا جادو کیا ہے، سچ چاچی ہونٹ پر انگلی رکھ لی، اور یہ دیکھ لو دلہن سو رہی ہے جیسے کچھ خبر ہی نہ ہو۔

احسان علی چونک کر اٹھ بیٹھے ان کے گال آنسوؤں سے تر تھے ہائے میرے اللہ شادان نے پھر اپنے آپ کو سنبھالا، احسان علی نے انہیں دیکھا تو دفعتاً منہ ڈھیلا پڑ گیا، چہرے پر جھریاں چھا گئیں، جیسے ایک لخت وہ بوڑھے ہو گئے ہو، احسان علی شاداں نے چیخ سی ماری، احسان علی نے منہ پھیرا، ایک ہچکی نکل گئی اور وہ سجدے میں گر پڑے، انہوں نے محسوس کیا گویا چینی کا نازک کھلونا ریزہ ریزہ ہو کر ڈھیر ہو گیا ہو۔

(۷) آدھے چہرے

"میں سمجھتا ہوں کہ آج کی دنیا میں سب سے اہم مسئلہ ایموشنل سٹریس اور سٹرین کا ہے۔" اسلم نے کہا۔ "اگر ہم ایموشنل سٹریس کو کنٹرول کرنے میں کامیاب ہو جائیں تو بہت سی کمپلی کیشنز سے نجات مل سکتی ہے۔"

"آپ کا مطلب ہے ٹرانکولائزر قسم کی چیز۔" رشید نے پوچھا۔

"نہیں نہیں۔" اسلم نے کہا۔ "ٹرانکولائزر نے مزید پیچیدگیاں پیدا کر رکھی ہیں۔ ایلوپیتھی نے جو مرض کو دبا دینے کی رسم پیدا کی ہے، اس سے امراض میں اضافہ ہو گیا ہے اور صرف اضافہ ہی نہیں اس سپریشن کی وجہ سے مرض نے کیموفلاج کرنا سیکھ لیا ہے۔ لہذا مرض بھیس بدل بدل کر خود کو ظاہر کرتا ہے۔ اسی وجہ سے اس میں اسرار کا عنصر بڑھتا جا رہا ہے۔ تشخیص کرنا مشکل ہو گیا ہے۔ کیوں طاؤس۔ تمہارا کیا خیال ہے؟" اسلم نے پوچھا۔

"میں تو صرف ایک بات جانتا ہوں۔" طاؤس بولا۔ "ہمارا طریق علاج یعنی ہومیوپیتھی یقیناً روحانی طریقہ علاج ہے۔ ہماری ادویات مادے کی نہیں بلکہ انرجی کی صورت میں ہوتی ہیں۔ جتنی دوا کم ہو، اس میں اتنی ہی طاقت زیادہ ہوتی ہے۔ یہی اس بات کا منہ بولتا ثبوت ہے۔"

"وہ تو ہے۔" عظیم نے کہا۔ "یقیناً یہ طریق علاج اپنی نوعیت میں روحانی ہے لیکن ہمارے پریکٹنگ ہومیوپیتھس کا نقطہ نظر ابھی مادیت سے نہیں نکل سکا۔ کتنے افسوس کی

بات ہے۔"

"ڈاکٹر صاحبان۔" رشید ہنس کر بولا۔ "آپ لاکھ کوشش کریں لیکن ایلوپیتھی کو ریپلیس نہیں کر سکتے۔"

"وہ کیوں؟" حامد نے پوچھا

"سیدھی بات ہے۔ رشید نے جواب دیا۔ "آج کل مریض کیور نہیں چاہتا۔ وہ صرف ریلیف چاہتا ہے۔ کیور کے لئے صبر چاہئے۔ استقلال چاہئے۔ آج کل لوگوں کے پاس اتنا وقت نہیں کہ وہ کیور کا انتظار کریں۔ بس ایک گولی ہو، ایک ٹیکہ لگے اور شام کو انٹر کان کی محفل میں شو آف کا موقع ہاتھ سے نہ جائے۔"

"سچ کہتے ہو بھائی۔" حامد نے آہ بھری۔

"اسلم صاحب۔" طاؤس نے کہا۔ "میں سمجھتا ہوں کہ آج کے دور کا سب سے اہم مسئلہ یہ ہے کہ ہم اپنی آئیڈ نیٹٹی کھو چکے ہیں۔ ماڈرن اتج کی یہ ایک ڈیزیز ہے۔ کینٹجٹس ڈیزیز۔"

"میں سمجھا نہیں۔" حامد بولا۔

"میرا مطلب ہے آج کل کے نوجوانوں کو پتہ نہیں کہ وہ کون ہیں۔ پتہ نہیں، وہ چاہتے کیا ہیں۔ موومنٹ کے دیوانے تو ہیں۔ چلتے رہنے کا بھوت سوار ہے۔ لیکن انہیں پتہ نہیں کہ ہم کیوں چل رہے ہیں۔ ہمیں کہاں پہنچنا ہے۔ ہمارے نوجوان میڈ کراوڈ کی زندگی بسر کر رہے ہیں۔ انہوں نے اپنے اندر کے فرد کو دبا رکھا ہے۔ بالکل ایسے جیسے اینٹی بایوٹکس اندر کی بیماری کو دبا دیتے ہیں۔ وہ اکیلے ہونے سے ڈرتے ہیں۔" طاؤس نے ایک لمبی آہ بھری اور گویا اپنے آپ سے بولا۔ "کاش کہ میں کوئی ایسی دوا بنانے میں کامیاب ہو سکتا جو اندر کے فرد کو ریلیز کر سکتی۔ میڈ کراوڈ کی نفی کر سکتی۔"

"ہوں۔ دلچسپ بات ہے۔" عظیم نے سوچتے ہوئے کہا۔ "آپ کو اس کا خیال کیسے آیا؟" حامد نے طاؤس سے پوچھا۔

"دو سال ہوئے۔" طاؤس کہنے لگا۔ "جب میں نے پریکٹس شروع کی تو پہلا مریض جو میرے پاس آیا اس نے مجھ سے پوچھا تھا، ڈاکٹر صاحب یہ بتایئے کہ میں کون ہوں؟"

"عجیب بات ہے۔" رشید زیر لب بولا۔

"اور وہ مریض مکمل ہوش و حواس میں تھا کیا؟" اسلم نے پوچھا۔

"بالکل۔" طاؤس نے جواب دیا۔

"شاید ڈس بیلنسڈ ہو۔" عظیم نے گویا اپنے آپ سے پوچھا۔

"بظاہر تو نہیں لگتا تھا۔" طاؤس نے جواب دیا۔

"حیرت کی بات ہے۔" رشید نے دہرایا۔ اس وقت یہ سب لوگ رشید کے مکان سے ملحقہ لان میں بیٹھے تھے۔

دراصل رشید ہومیوپیتھی کا بہت دلدادہ تھا۔ ہومیوپیتھ ڈاکٹروں سے اس کے بڑے مراسم تھے۔

اس روز اس نے چار ہومیوپیتھ ڈاکٹروں کو اپنے گھر پر مدعو کر رکھا تھا۔ غالباً کوئی تقریب تھی یا ویسے ہی۔

رشید خود ہومیوپیتھ نہیں تھا لیکن اسے ہومیوپیتھی کے کیسز کا بڑا شوق تھا۔ بہرحال کھانا کھانے کے بعد وہ سب ڈرائنگ روم میں بیٹھے سبز چائے پی رہے تھے کہ دور حاضرہ کی بات چل نکل تھی۔

طاؤس کے اس کیس پر ڈاکٹر تو نہیں البتہ رشید بہت متاثر ہوا۔ اس کے اصرار پر طاؤس نے انہیں اس نوجوان کا واقعہ سنایا۔ طاؤس نے بات شروع کی۔

"ان دنوں نے میں نے نیانیا معمل کھولا تھا اور معمل بھی کیا۔ میں نے گھر کے ایک کمرے پر بورڈ لگایا تھا اور وہاں چند ایک ضروری کتابیں اور دوائیں رکھ لی تھیں۔

شام کا وقت تھا۔ میں اپنے معمل میں بیٹھا ایک رسالے کا مطالعہ کر رہا تھا کہ دروازے پر ٹک ٹک کی آواز آئی۔ دیکھا تو دروازے پر ایک خوش پوش نوجوان کھڑا ہے۔ "میں اندر آسکتا ہوں؟" اس نے پوچھا۔

"تشریف لائیے۔" میں نے رسالہ ایک طرف رکھا۔ "بیٹھئے۔"

"آپ ہومیو پیتھ ہیں کیا؟" اس نے پوچھا۔

"جی۔" میں نے اس کا جائزہ لیتے ہوئے کہا۔ اس کی شکل و شباہت ایک پریکٹیکل نوجوان جیسی تھی۔ سمارٹ، ذہین، مضطرب، شوخ، لا ابالی، چمکتی آنکھیں، چوڑا منہ، لٹکتی مونچھیں اور سر پر بالوں کا ٹوکرا۔

"دراصل میں آپ سے ایک بات پوچھنے آیا ہوں۔" نوجوان نے کہا۔

"پوچھئے۔" میں نے جواب دیا۔

وہ کچھ دیر سوچتا رہا۔ غالباً اسے سمجھ میں نہیں آرہا تھا کہ کیسے بات شروع کرے۔

پھر وہ ایک دم کہنے لگا۔ "میری ایک پرابلم ہے۔ جناب میں یہ جاننا چاہتا ہوں کہ آیا میں حمید ہوں یا اختر ہوں۔"

طاؤس رک گیا۔ حاضرین حیرت سے طاؤس کی طرف دیکھنے لگے۔

"ہاں ہاں" یہ کیا بات ہوئی۔ رشید بے صبرا ہو رہا تھا۔ "یہ کیا بات ہوئی بھلا میں حمید ہوں یا اختر۔"

طاؤس نے بات شروع کی۔ بولا "نوجوان کی بات سن کر میں گھبرا گیا۔ سمجھا شاید اس کا ذہن گڈمڈ ہے لیکن میں نے اپنے آپ کو قابو میں رکھا۔ پھر نوجوان خود ہی بولا۔

"آئی ایم ناٹ اے مینٹل کیس سر۔ میرا ذہن بالکل ٹھیک ہے۔ ڈاکٹر دراصل مجھے سمجھ میں نہیں آرہا کہ کیسے بات کروں۔؟"

"یہ بتایئے کہ حمید کون ہے، اختر کون ہے۔" میں نے پوچھا۔

"میں ہوں۔ میں حمید بھی ہوں اختر بھی۔ میرا نام حمید اختر ہے۔" اس نے کہا۔

"تو کیا حمید اختر ایک ہی فرد کا نام ہے؟" میں نے پوچھا۔

"جی۔ ایک ہی فرد کا۔" اس نے جواب دیا۔

"پھر آپ نے یہ کیوں پوچھا کہ میں حمید ہوں یا اختر؟"

"میں نے بالکل ٹھیک پوچھا۔ ڈاکٹر یہی میری پرابلم ہے۔ لیکن میں اپنی پرابلم کسی کو بھی نہیں سمجھا سکتا۔ میں اس امید پر یہاں آیا تھا کہ شاید ہومیو پیتھی میں کوئی ایسی دوا ہو جو میری پرابلم کو حل کر سکے۔ لیکن اٹس نو یوز۔" وہ جانے کے لئے مڑا۔ "معاف کیجئے۔ میں نے آپ کا وقت ضائع کیا۔"

"ذرا ٹھہریئے تو۔" میں نے اٹھ کر اس کا بازو پکڑ لیا۔

"فائدہ؟" وہ بولا۔

"جب میں اپنی پرابلم پیش ہی نہیں کر سکتا تو۔۔۔۔"

"گولی ماریئے پرابلم کو۔" میں نے کہا۔ "آیئے اکٹھے بیٹھ کر چائے کا پیالہ پیتے ہیں۔ دنیا میں سب سے عمدہ دوا اکٹھے بیٹھ کر باتیں کرنا ہے۔"

"لیکن آپ کا وقت۔" اس نے کہا۔

"بے فکر رہیئے۔ میں بالکل فارغ ہوں۔ احمد دین۔۔۔۔" میں نے باآواز بلند اپنے ملازم کو پکارا۔ "بھئی چائے لے آؤ۔" اس پر وہ نوجوان رک گیا۔

"بیٹھئے نا۔" میں نے نوجوان کو صوفے پر بٹھا دیا۔ "دیکھئے موسم کتنا خوشگوار ہے اور

یہاں سے پہاڑوں کا منظر کتنا اچھا لگتا ہے۔ " میں نے اس سے باتیں کرنی شروع کر دیں۔ دیر تک بیٹھے ہم دونوں چائے پیتے رہے۔ اس دوران میں دو ایک مرتبہ اس نے اپنی پرابلم کی بات شروع کرنے کی پھر سے کوشش کی۔ آخر میں نے اس سے کہا۔ "حمید صاحب۔ آپ اپنی پرابلم پیش نہ کریں بلکہ اپنی آپ بیتی سنائیں۔ آپ کی پرابلم آپ ہی آپ باہر نکل آئے گی۔ "

بات اس کی سمجھ میں آگئی اور اس نے مجھے اپنی کہانی سنانی شروع کر دی۔

کہنے لگا۔ "ڈاکٹر صاحب! میرا نام حمید اختر ہے لیکن گھر میں مجھے سب حمید کہتے ہیں۔ ہم شہر کے پرانے حصے کوچہ قاضیاں میں رہتے ہیں۔ میرے آباؤ اجداد نہ جانے کب سے اس محلے میں رہتے ہیں۔ یہ محلہ ایک کوچہ بند محلہ ہے۔ میرا مطلب ہے چاروں طرف سے بند ہے۔ اندر جانے کے لئے ایک بہت بڑی ڈیوڑھی بنی ہوئی ہے۔ جانے کا اور کوئی راستہ نہیں۔ محلے میں صرف قاضی آباد ہیں جو ایک دوسرے کے عزیز یا رشتہ دار ہیں۔ "

وہ رک گیا اور کچھ دیر توقف کے بعد بولا۔

"آپ چونکہ شہر کے جدید حصے میں رہتے ہیں، آپ نہیں سمجھ سکیں گے کہ محلے میں رہنے کا مطلب کیا ہے۔ محلے کا ہر شخص دوسرے شخص کو جانتا ہے۔ جونہی آپ محلے میں داخل ہوتے ہیں، لوگوں کی نظریں آپ پر مرکوز ہو جاتی ہیں۔ بولتا کس طرح ہے۔ سر اٹھا کر یا نیوا کر کے لڑکیوں کی طرف کن نگاہوں سے دیکھتا ہے۔

ہم لوگ جو پشتوں سے محلے میں رہتے آئے ہیں، محلہ ہماری ہڈیوں میں رچ بس گیا ہے۔ جونہی ہم محلے میں داخل ہوتے ہیں، اپنے آپ آنکھیں جھک جاتی ہیں۔ گفتگو میں شوخی ختم ہو جاتی ہے۔ اندر کا غنڈہ پن ڈھل جاتا ہے۔ لڑکیاں نگاہ میں لڑکیاں نہیں رہتیں۔ بڑوں کے لئے ادب و احترام کا ایک خول چڑھ جاتا ہے۔

اگرچہ اب محلے میں بڑی تبدیلیاں واقع ہو چکی ہیں۔ برقعے اتر گئے ہیں۔ لباس بدل گئے ہیں۔ کاریں آ گئی ہیں۔ ڈرائنگ روم سج گئے ہیں لیکن محلے والوں کا رخ نہیں بدلا۔ اگر بدلا بھی ہے تو یہ تبدیلی باہر تک محدود ہے۔ محلے میں داخل ہوتے ہی کایا پلٹ جاتی ہے۔ کسی مجبوری کی وجہ سے نہیں، ویسے ہی بے اختیاری طور پر۔

ہاں میں اس محلے میں پلا ہوں ڈاکٹر صاحب۔ سمجھے آپ اور مجھے اپنی ماں سے محبت ہے۔ نہیں محبت نہیں۔ عشق ہے عشق۔ میری ماں نے جتنی محبت مجھے دی ہے، اس کی مثال مشکل ہی سے ملے گی۔ میں اپنی ماں کے لئے بڑی سے بڑی قربانی دے سکتا ہوں ڈاکٹر۔"

ماں کا تذکرہ کرتے ہوئے وہ جذباتی ہو گیا۔ طاؤس ایک ساعت کے لئے رک گیا۔ پھر بولا۔

"آپ کا باپ؟" میں نے اس سے پوچھا۔

"اب تو میرا باپ ایک اچھی خاصی نوکری پر ہے۔ پہلے وہ ایک معمولی عہدے پر کام کرتے تھے۔ آج کل تو ہمارا گھر ایک اچھا خاصا مڈل کلاس گھرانا ہے۔ اچھا گزارہ ہو رہا ہے۔ پہلے یہ بات نہ تھی۔ بہت مشکل سے پورا ہوتا تھا۔

پھر ہم پر ایک مصیبت نازل ہو گئی۔ ابا بیمار پڑ گئے۔ وہ ایک عجیب سی بیماری تھی۔ انہیں ریڑھ کی ہڈی میں شدت کا درد اٹھتا تھا۔ ہم نے انہیں ہسپتال میں داخل کرا دیا۔ ہسپتال والوں نے انہیں درد سے بچانے کے لئے نشے والے ٹیکے لگانے شروع کر دیئے۔ دو سال بعد وہ صحت مند ہو کر گھر آئے تو ان ٹیکوں کے عادی ہو چکے تھے۔ ایڈکٹ ہونے کی وجہ سے ان کی نوکری چھوٹ گئی۔ بد مزاجی حد سے بڑھ گئی۔ جیسے کہ ہر اس ڈرگ ایڈکٹ کی ہوتی ہے جس کے پاس نشہ پورا کرنے کے لئے پیسے نہیں ہوتے۔

اف۔ وہ چال سال ہم پر ایک قیامت ٹوٹ پڑی۔ ہماری ہڈیاں توڑ دیں۔ امی، چھوٹی بہن اور میں پس کر رہ گئے۔ ہم تینوں نے مزدوروں کی طرح کام کیا۔ ریڈی میڈ کپڑے سیئے۔ بیچے۔ دیسی نائیوں کی سپلائی کرنے کے لئے فیس کریمیں بنائیں۔ تھیلے سیئے۔ سیلوفین کے لفافے بنائے۔ ان دنوں ہمیں کئی کئی روز فاقے آئے لیکن امی نے ابا کے علاج اور ہماری تعلیم کو ہر قیمت پر جاری رکھا۔ اگر امی نہ ہوتیں تو گھر کے پرخچے اڑ جاتے۔ امی ایک بہت بڑی عورت ہے۔ ڈاکٹر صاحب۔۔۔ اس نے ہم سب کا حوصلہ بندھائے رکھا۔ ہم میں مصیبتیں سہنے کی ہمت پیدا کی۔ ابا کی دیوانگی برداشت کی۔ خیر وہ دن بیت گئے۔ ابا کی وہ عادت چھوٹ گئی اور پھر انہیں پہلے سے بہتر ملازمت مل گئی۔ اسی لئے ہم خاصے خوشحال ہو گئے ہیں۔

گھر میں مجھے سب حمید کہتے ہیں ڈاکٹر صاحب۔ کبھی کسی نے اختر کہہ کر نہیں بلایا۔ محلے میں سب حمید کے نام سے بلاتے ہیں۔ جب کوئی حمید کے نام سے بلاتا ہے تو آواز میرے کانوں میں داخل ہو کر سیدھی دل میں پہنچ جاتی ہے اور میرے دل میں گھر اور محلے کی یادیں یوں جھن جھن کرنے لگتی ہیں جیسے ساز کی تاریں۔ گھر سے وابستہ جذبات ابھرتے ہیں۔ ادب، احترام، خدمت، برداشت، ایک مٹھاس سی پیدا ہو جاتی ہے۔ میری گردن جھک جاتی ہے۔ نگاہیں بھیگ جاتی ہیں۔ منہ سے جی ہاں جی ہاں نکلتا ہے۔ ایک عجیب سا سرور، عجیب سا سکون، میں بیان نہیں کر سکتا ڈاکٹر صاحب۔ "نوجوان نے جھرجھری لے کر کہا۔

"میں سمجھتا ہوں آپ کی بات کو۔ "میں نے اسے یقین دلانے کی کوشش کی۔

"اسے صرف وہی سمجھ سکتا ہے جو پشت در پشت محلے میں رہتا آیا ہو۔ ڈاکٹر۔ " نوجوان نے پھر بات شروع کی۔ "جب میں کالج میں داخل ہوا، ان دونوں ہماری گھریلو

مصیبت نئی نئی ختم ہوئی تھی۔ محنت و مشقت اور غربت کا دور دور ہوا تھا۔ کالج میں میرا جی چاہتا تھا کہ الٹی چھلانگیں لگاؤں، ہنسوں، کھیلوں، قہقہے لگاؤں اور اس کو چھیڑوں اس سے الجھوں۔ پھر وہاں محلے کی بندشیں بھی تو نہ تھیں۔ ایک عجیب سی آزادی کا احساس ہوا مجھے۔مادر پدر آزاد۔ پھر یہ بھی تھا کہ وہاں مجھے کوئی حمید کے نام سے پکارنے والا نہ تھا۔ پتہ نہیں کیسے وہاں کالج میں سبھی مجھے اختر کہہ کر بلاتے تھے۔ شاید اسی وجہ سے میں محسوس کرنے لگا تھا کہ میں ایک نیا نکور نوجوان ہوں جسے حمید سے دور کا تعلق نہیں۔ یعنی یوں سمجھ لیجئے کہ کالج میں یوں تھا جیسے بوتل سے نکلا ہوا جن۔

میں نے بال بڑھائے۔ مونچھیں لٹکائیں۔ جیکٹ اور جین پہن لئے۔ میرا بولنے کا انداز بدل گیا۔ سوچنے کا انداز بدل گیا۔ جینے کا انداز یوں بدل گیا جیسے کوئی چٹ سے پٹ ہو جائے۔

ایک سال، میں کالج کی ہر ایکٹویٹی میں پیش پیش ہو گیا۔ آزادی کے نعرے لگانے میں، پروفیسروں کا مذاق اڑانے میں، گرل اسٹوڈنٹس کو چھیڑنے میں، گلیڈ آئی چمکانے میں، چمکیلی باتیں کر کے اپنی دھاک جمانے میں، سٹرائیک کرنے میں، جلسہ جلوس آرگنائز کرنے میں، ہاتھ پائی کرنے میں، لڑکیوں سے رومان لڑانے میں۔ میں ڈیبیٹ کلب کا سیکرٹری بن گیا۔ سپورٹس میں کھلاڑی تو نہ بن سکا لیکن پنڈال میں کھڑا ہو کر جس کو چاہتا، سپورٹ کر کے ہیرو بنا دیا۔ جس لڑکی پر توجہ دیتا، وہ ابھر کی کالج کی فضا پر چھا جاتی۔ جس پارٹی کو چاہتا، اسے کامیاب بنا دیتا۔ جسے نہ چاہتا، اسے یوں توڑ کر رکھ دیتا جیسے ہاتھ کا کھلونا ہو۔

یعنی تین سال میں اختر کالج کی آنکھ کا تارا بن گیا۔ سب سے بڑا ابلی بن گیا۔ ڈینڈی بن گیا۔

اب پروفیسر اس سے دبتے ہیں۔ لڑکے اس کے پیچھے چلنے میں فخر محسوس کرتے ہیں۔ لڑکیاں اس سے خائف ہیں۔ ساتھ ہی اس کی طرف کھنچی چلی آتی ہیں۔" بولتے بولتے نوجوان رک گیا۔

"اور۔۔۔ حمید؟" میں نے اس سے پوچھا۔

"حمید۔" وہ مسکرایا۔ "حمید اپنی جگہ جوں کا توں قائم ہے۔ جب بھی اختر محلے میں داخل ہوتا ہے تو اس کی کایا پلٹ ہو جاتی ہے۔ اوپر سے اختر کا چھلکا اتر جاتا ہے اور نیچے سے حمید نکل آتا ہے۔ گردن جھک جاتی ہے۔ تنے ہوئے سینے میں لچک پیدا ہو جاتی ہے۔ نگاہوں میں ادب اور لحاظ کا لگاؤ ابھر آتا ہے۔ لڑکی کو دیکھ کر وہ مہتابی نہیں چھوٹتی جس سے کالج کی فضا تارے تارے ہوئی ہے۔ الٹا لڑکیاں ماں بہنوں کا روپ دھار لیتی ہیں۔ بڑے بوڑھوں کے لئے وہ تحقیر نہیں رہتی بلکہ اس کی جگہ احترام اور ادب کا جذبہ ابھرتا ہے اور جب وہ گھر میں داخل ہوتا ہے تو ماں نظر آتی ہے جیسے دیوی ہو اور اس کا جی چاہتا ہے کہ ساری دنیا کو اٹھا کر دیوی کے قدموں کی بھینٹ کر دے۔" نوجوان خاموش ہو گیا۔ اس کی آنکھوں سے پیار بھری پھوار نکل رہی تھی۔

دیر تک کمرے میں خاموشی طاری رہی۔ آخر میں نے اپنے آپ کو سنبھالا۔ طاؤس نے کہا اور بن سوچے سمجھے ایک ایسا سوال کر دیا کہ میں خود حیران رہ گیا۔ میں نے کہا۔

"آپ کو کیا یہ احساس شروع سے ہی تھا کہ حمید اور اختر دو مختلف افراد ہیں یا۔۔۔"

"نہیں۔ نہیں" نوجوان نے بڑی شدت سے نفی میں سر ہلا دیا۔ "مجھے اس کا قطعی احساس نہیں تھا۔ اگر کل وہ واقعہ نہ ہوتا تو شاید میں بے خبری ہی میں رہتا۔

کل دوپہر کے وقت کالج کے کھلے میدان میں ہم ایک بڑے فنکشن کا انتظام کر رہے تھے اختر اس فنکشن کا ناظم بھی تھا اور روح رواں تھی۔ اس وقت وہ لڑکیوں کو

ہدایات دے رہا تھا کہ محلے کا چچا غفور وہاں آ گیا۔ اس نے آوازیں دینی شروع کر دیں۔ "حمید۔ حمید۔" اختر نے وہ آواز سنی بھی لیکن اس وقت اس کے لئے حمید کا کوئی مفہوم نہ تھا۔ پتہ نہیں حمید کون تھا۔

پھر لڑکوں نے شور مچا دیا۔ "بھئی اختر یہ صاحب کسی حمید کا پوچھ رہے ہیں۔"

"یہ تو اپنا حمید ہے۔" چاچا نے میری طرف اشارہ کر کے کہا۔

دفعتاً میں نے مڑ کر دیکھا۔ سامنے چچا غفور کھڑا تھا۔ اسے دیکھ کر اختر کا ذہن گڈ مڈ ہو گیا۔ شدید دھچکا لگا۔ جب چچا نے بتایا کہ ماں بیمار ہے تو اختر کی نگاہ میں وہ میدان، وہ کالج اور وہ لڑکے سب دھندلا گئے۔ ایک خلا نے اسے چاروں طرف سے گھیر لیا۔ پھر حمید جاگ اٹھا۔ یوں جیسے بٹن دبانے سے بتی جل اٹھتی ہے۔

نوجوان خاموش ہو گیا۔ کافی دیر خاموش رہا پھر گویا اپنے آپ سے کہنے لگا۔ "آج سارا دن میرے ذہن میں یہی سوال گھومتا رہا کہ میں کون ہوں۔ اختر یا حمید۔" پھر میری ہومیوپیتھک کتابوں کی طرف دیکھ کر بولا۔ "میری ماں ہومیوپیتھی کی بڑی قائل ہے۔ یہاں سے گزر رہا تھا کہ آپ کا بورڈ دیکھ کر خیال آیا۔ کیوں نہ آپ سے پوچھوں۔ کیا آپ کے ہاں کوئی ایسی دوا ہے جو میری اصلیت کو ظاہر کر دے۔ سامنے لے آئے تاکہ پتہ چلے کہ مجھے حمید بن کر زندگی گزارنی ہے یا اختر بن کر۔ یہ میری پرابلم ہے ڈاکٹر صاحب۔ کیا آپ میری مدد کر سکتے ہیں؟"

نوجوان نے جلتی نگاہوں سے میری طرف دیکھا۔ طاؤس رک گیا اور ارد گرد کا جائزہ لینے لگا۔

اسلم چھت کی طرف گھور رہا تھا۔ حامد ہاتھوں کے پیالے میں ٹھوڑی ٹیکے بیٹھا سوچ رہا تھا۔

عظیم بظاہر پھٹی پھٹی آنکھوں سے طاؤس کی طرف دیکھ رہا تھا لیکن اس کی سوچ نہ جانے کن خلاؤں میں بھٹک رہی تھی۔ رشید منہ میں پنسل ڈالے بیٹھا تھا۔

"بڑا دلچسپ کیس ہے۔" اسلم نے چھائی ہوئی خاموشی کو توڑتے ہوئے کہا۔

"اسے صرف سپلٹ پرسنلیٹی تو نہیں کہہ سکتے۔ عظیم بولا ڈیول پرسنیلٹی بھی نہیں۔"

"کیا یہ صرف حمید اختر کا خصوصی کیس ہے یا ہر ماڈرن نوجوان کالجیٹ کا جو پشتوں سے محلے میں رہتا آیا ہے۔" حامد نے پوچھا۔

"کچھ نہیں کہا جا سکتا۔" طاؤس نے جواب دیا۔

"چھوڑو یار ان باتوں کو۔" رشید بولا۔ "یہ بتاؤ کہ تم نے حمید اختر کو کیا جواب دیا؟"

"وہی جو معالج دیا کرتے ہیں۔" طاؤس نے جواب دیا۔ میں نے کہا "میں آپ کا کیس سٹڈی کروں گا۔ مجھے ایک دن کی مہلت دیجئے۔" اس پر نوجوان اٹھ بیٹھا۔ میں پھر آؤں گا۔ شاید اتوار کے دن۔ امید تو ہے اب مجھے اجازت دیجئے۔" یہ کہہ کر اس نے مجھ سے ہاتھ ملایا اور رخصت ہو گیا۔

"کیا وہ اگلی اتوار کو آیا؟' رشید نے پوچھا۔

طاؤس نے نفی میں سر ہلا دیا۔

"یعنی بات ختم ہو گئی۔"

"نہیں۔" طاؤس بولا۔ بلکہ بات شروع ہو گئی۔

"کیا مطلب؟" عظیم نے پوچھا۔

"میرے دل میں ایک سوال کھڑا ہو گیا۔" طاؤس بولا۔ "کہ اگر اس کیس کو ہومیو پیتھی حل نہیں کر سکتی تو ہومیو پیتھی کے قیام کا کوئی جواز نہیں۔"

"بالکل۔" اسلم بولا۔ "ایسے کیس کو صرف ہومیو پیتھی ہی حل کر سکتی ہے۔"

"اگر ہومیو پیتھی سپر سلف کو باہر نہیں لا سکتی تو یہ ہمارا قصور ہے۔ سسٹم کا نہیں۔" طاؤس نے کہا۔ "اگر ہومیو پیتھی ہپوکریسی کی عادت کو توڑ نہیں سکتی تو یہ افسوس ناک بات ہے۔ قصور ہمارا ہے کہ ہم نے ہومیو پیتھی کو اس زاویئے سے دیکھنے کی کوشش نہیں کی حالانکہ مٹیریا میڈیکا میں زیادہ تر سمپٹمز ایسے درج ہیں جو جسم نہیں، شخصیت کی مد میں آتے ہیں۔" طاؤس جوش میں آ گیا۔

"وہ تو سب ٹھیک ہے۔" حامد نے کہا۔ "لیکن یہ بتایئے کہ کیا مریض پھر کبھی آپ سے ملا؟"

"ہاں ملا۔" طاؤس نے بات شروع کی۔ "مگر اتفاقاً تقریباً چھ مہینے بعد۔ اس روز میں اتفاقاً میونسپل پارک میں جا نکلا تھا۔ وہاں گھومتے پھرتے دفعتاً میں نے دیکھا کہ وہ اکیلا ایک بینچ پر بیٹھا گہری سوچ میں کھویا ہوا ہے۔"

"ہیلو" میں نے کہا۔ وہ مجھے دیکھ کر چونکا۔ "شاید آپ کو یاد نہ رہا ہو۔ میں طاؤس ہومیو پیتھ ہوں۔"

"اوہ۔" وہ اٹھ بیٹھا۔

"کہیئے۔ آپ وعدہ کے مطابق تشریف نہ لائے؟" میں نے پوچھا۔

"امی کی بیماری کی وجہ سے میں سب کچھ بھول گیا ڈاکٹر۔" وہ بولا۔

"اب کیا حال ہے ان کا؟" میں نے پوچھا۔

"ٹھیک ہو گئی ہیں لیکن ڈاکٹر میں ایک نئی مصیبت میں گرفتار ہو گیا ہوں۔" اس نے آہ بھر کر کہا۔

"کیا ہوا؟" میں نے پوچھا۔

"مجھے کالج کی ایک لڑکی سے محبت ہو گئی ہے ڈاکٹر۔" اس نے جواب دیا۔

"آپ کا مطلب ہے۔ اختر کو محبت ہو گئی ہے یا حمید کو؟"

"ہاں اختر کو۔" وہ ہنسنے لگا۔

"لیکن اختر اور محبت بے جوڑ بات ہے۔"

"ہاں۔ ہاں۔" وہ چلایا۔ "اختر تو خود ایک بگڑا ہوا محبوب ہے۔ اسے محبت نہیں ہو سکتی تھی۔ لیکن ہو گئی۔ ڈاکٹر۔ ہو گئی۔ پتہ نہیں کیسے۔ پہلے تو اختر یہ سمجھتا رہا کہ محض دل لگی ہے۔ اپنے آپ کو دھوکا دیتا رہا بہلاتا رہا پھر۔۔۔۔"

"لیکن وہ لڑکی کون ہے؟" میں نے اس کی بات کاٹ کر پوچھا۔

کہنے لگا۔ "تھرڈ ایئر کی لڑکی ہے۔ اس کا نام سنبل ہے۔ یہ بڑی عجیب و غریب لڑکی ہے ڈاکٹر۔ بڑی عجیب و غریب۔ جب وہ نئی نئی کالج میں داخل ہوئی تو سب نے سمجھا کہ وہ بہت ہی معصوم ہے۔ بات بات پر شرما جاتی تھی۔ اس کی شرماہٹ بہت جاذب نظر تھی۔ وہ ایک چھوٹی سی پتلی، دبلی، سمارٹ لڑکی ہے، تیز بہت تیز، گندمی رنگ، خدوخال تیکھے، سوئی کی طرح چبھ جانے والی لڑکی ہے وہ۔"

"خیر صاحب۔" نوجوان نے بات جاری رکھی۔ چند ہی مہینوں میں سنبل نے پر پرزے نکال لئے اور لڑکیوں کو پتہ چل گیا کہ وہ لجاتی شرماتی نہیں بلکہ شرماہٹ کو استعمال کرتی ہے اور ڈاکٹر اسے شرماہٹ کو استعمال کرنا آتا ہے۔ لجا لجا کر توجہ جذب کرتی ہے۔ ایسے کہ میک اپ کرے گی۔ جب شرماتی ہے، اس وقت اس کی پلکیں اڑتی تیتری کے پروں کی طرح پنکھی جھلتی ہیں۔ گال سرخ ہو جاتے ہیں۔ آنکھیں غروب ہو کر طلوع ہوتی ہیں۔ پھر غروب ہو جاتی ہیں۔ باقی لڑکیوں کا انداز تو دھویا دھایا ہوتا ہے۔ میٹر آف فیکٹ قسم کا۔ چونکہ وہ رومانٹک انداز کو رجعت پسندی کا نشان سمجھتی ہیں اور شرمانے کو

نفرت کی آنکھ سے دیکھتی ہیں۔ اسی وجہ سے سنبل کی اپیل انوکھی تھی۔ سبھی اس کی طرف متوجہ ہو گئے۔ پھر پتہ چلا کہ سنبل بڑی حرام زادی ہے۔ وہ لڑکوں سے کھیلتی ہے۔ کھیلنے کا گر جانتی ہے۔ آج آپ کی طرف متوجہ ہوئی۔ شرما شرما کر آپ کا برا حال کر دیا۔ کل آپ کو یوں نظر انداز کر دے گی جیسے جانتی ہی نہ ہو۔

اس کا انداز کچھ ایسا ہے ڈاکٹر کہ جس کی طرف متوجہ ہو جائے وہ سمجھنے لگتا ہے کہ میرے قابو میں ہے۔ قابو میں لانے کی کوشش کروں تو یوں انگلیوں سے پھسل جاتی ہے جیسے جیتی مچھلی ہو۔ ایک نگاہ ڈالئے تو اتنی قریب آ جاتی ہے کہ بس ہاتھ بڑھانے کی بات معلوم ہوتی ہے۔ دوسری نگاہ ڈالتے ہیں تو کوسوں دور چلی جاتی ہے۔ بڑی چالاک ہے وہ ڈاکٹر۔ لیکن ہے جادوگرنی۔" نوجوان ہنسنے لگا۔

اس وقت اس کی آنکھوں سے پھوار سی نکل رہی تھی۔ یوں جیسے پھلجھڑیاں چل رہی ہوں۔ ایک ساعت کے لئے وہ رکا۔ پھر از خود بات شروع کر دی۔

"قصہ مختصر یہ کہ چھ سات مہینے میں سنبل نے سب لڑکوں کو گھائل کر کے رکھ دیا لیکن کسی کے ہاتھ نہ آئی۔ اس پر اختر کی انا جاگی۔ وہ سنبل کے قریب ہو گیا۔ اسے جیتنے کے لئے نہیں بلکہ قابو میں لا کر دکھانے کے لئے۔ خیر دو چار روز سنبل نے وہ وہ نگاہ ڈالی کہ اختر پگھل کر رہ گیا۔ چھینٹے اڑنے لگے۔ پھر سنبل میں بڑی لڑائی ہوئی۔ گھمسان کا رن پڑا۔ اختر بری طرح گھائل ہوا۔ اپاہج بن کر رہ گیا۔"

میں نے اس کی بات کو ٹوک کر کہا۔ "آپ تو کہتے ہیں، وہ بڑی مکار ہے، چالاک ہے، حرام زادی ہے، پھر آپ کو اس سے محبت کیسے ہو گئی؟"

"اسی لئے ہوئی ڈاکٹر۔ وہ مکار ہے۔ چالاک ہے۔ حرام زادی ہے۔ گر وہ سیدھی سادی معصوم لڑکی ہوتی تو میں اس سے کھیلتا اور پھر یوں پھینک دیتا جیسے کھلونا ہو۔"

"اوہ یہ بات ہے۔" میں نے مسکرا کر کہا۔ "اچھا تو کیا آپ نے اظہار محبت کیا؟"

"پیشتر اس کے کہ اظہار کرتا۔" نوجوان نے جواب دیا۔ "ایک مشکل پڑ گئی۔ ویسے اظہار کرنے کی ضرورت ہی کیا تھی۔ اسے سب پتہ تھا۔ وہ جانتی تھی کہ میری کیا کیفیت ہے اور یہ بھی کہ میں نے واپسی کی سب کشتیاں اپنے ہاتھ سے جلا دی ہیں۔" وہ رک گیا۔

"ہاں تو وہ مشکل کیا تھی؟" میں نے پوچھا۔

"ایک دن امی نے مجھے بلایا۔ کہنے لگی۔ حمید تو نوشابہ کو جانتا ہی ہے۔"

نوشابہ امی کی واحد سہیلی تھی۔ جس زمانے میں ہم پر مصیبت پڑی تھی، اس بھری دنیا میں نوشابہ ہماری واحد ہمدرد تھی۔ اس نے ہم پر بڑے احسان کئے تھے۔ میں ان احسانات کو اچھی طرح جانتا تھا۔

"ہاں امی۔ میں نوشابہ کو اچھی طرح جانتا ہوں۔" میں نے امی سے کہا۔ امی بولی "نوشابہ کے میاں فوت ہو چکے ہیں۔ اس کی اکلوتی بچہ صفیہ اب جوان ہے۔ کالج میں پڑھتی ہے۔ خوش شکل ہے۔ سمارٹ ہے۔ ماڈرن بھی ہے لیکن سگھڑ اتنی، اتنی سلیقے والی، اتنی خدمت گزار کہ یوں لگتا ہے جیسے اسے زمانے کی ہوا بھی نہیں لگی۔ میں چاہتی ہوں، بیٹے کے کہ اسے بہو بنا کر گھر لے آؤ۔ ارے تو تو گھبرا گیا۔" امی نے غالباً میری حالت بھانپ کر کہا۔ "نہیں نہیں۔ کوئی زبردستی نہیں، اگر تیرا جی نہیں چاہتا تو نہ سہی۔ یہ تو میری آرزو ہے۔ اگر تو مان جائے تو میری زندگی سپھل ہو جائے گی۔ سوچ لے۔ کوئی جلدی نہیں، سوچ کر مجھے بتا دینا۔"

"پھر آپ نے کیا فیصلہ کیا؟" میں نے پوچھا۔

"فیصلہ ۔۔۔۔" نوجوان ہنسنے لگا۔ اس کی ہنسی کی آواز ٹوٹی ہوئی تھی۔ "جس وقت سے امی نے شادی کی بات کی ہے۔ سنبل کے لئے میرا جذبہ یوں ابھر آیا ہے جیسے دودھ

کی کڑاہی پر ملائی آجاتی ہے۔ اب مجھے پتہ چلا کہ سنبل سے مجھے لگاؤ ہی نہیں، عشق ہے۔ عشق ہے۔ اس کے بغیر زندگی بے مصرف نظر آتی ہے۔ ڈاکٹر صاحب! پھانسی پر لٹکا ہوا ہوں۔ پہلے میرا خیال تھا کہ امی کی خواہش پر میں اپنی ہر خواہش قربان کر سکتا ہوں لیکن اب۔۔۔" نوجوان نے بے بسی سے دونوں ہاتھ اٹھائے اور پھر چپ ہو گیا۔

طاؤس نے چاروں طرف دیکھا۔

"کتنی انوکھی بات ہے۔" رشید بولا۔

"انوکھی نہیں۔" اسلم نے کہا۔ "عام سی بات ہے۔ ایسے واقعات روز ہوتے ہیں۔"

"ہاں تو پھر نوجوان نے کیا فیصلہ کیا؟" عظیم نے پوچھا۔

"ہماری وہ مختصر سی ملاقات تھی۔" طاؤس نے بات جاری رکھتے ہوئے کہا۔ "ہم دونوں بنچ پر بیٹھے تقریباً ایک گھنٹہ سے باتیں کر رہے تھے۔ وہ سخت کشمکش میں مبتلا تھا۔ ابھی وہ کوئی فیصلہ نہ کر پایا تھا۔ اس کے ذہنی کرب کو محسوس کر کے میں سخت گھبرا گیا اور اسے چھوڑ کر چلا آیا۔؟"

"ہاں۔" اسلم بولا۔ "ذہنی کرب متعدی ہوتا ہے۔"

"اس کے بعد وہ نوجوان آپ سے ملا کیا؟" حامد نے پوچھا۔

"ہاں۔ چھ مہینے بعد۔" طاؤس نے جواب دیا۔

"تو کیا اس نے آپ کو بتایا۔۔۔" رشید نے بے تابی سے پوچھا۔

"ہاں۔" طاؤس نے پھر سے بات شروع کی۔ "اس روز سینما کا سپیشل شو دیکھنے گیا تھا۔ بڑی آوٹ سٹینڈنگ پکچر لگی تھی۔

ہال میں خاصا لیٹ پہنچا۔ سیٹ پر بیٹھ کر میں نے گردوپیش کا جائزہ لیا۔ کیا دیکھتا ہوں کہ حمید اختر مجھ سے اگلی رو میں بیٹھا ہے۔ اس کے ساتھ ایک لڑکی ہے۔ صاف ظاہر تھا کہ

وہ نئی بیاہی ہوئی دلہن ہے۔ یعنی اس کی شادی ہو چکی تھی۔ میرے دل میں کھسر پھسر ہونے لگی کہ وہ لڑکی کون ہے۔ سنبل یا صفیہ۔ سچی بات یہ ہے کہ فلم پر میری توجہ نہ جمی۔ بس یہی سوچتا رہا۔

پھر جب انٹرول ہوا اور حمید باہر نکلا تو میں بھی پیچھے پیچھے باہر نکل گیا۔ اس نے جلد ہی مجھے دیکھ لیا۔ "ہیلو ڈاکٹر۔" وہ چلایا۔

"کہیئے۔" میں نے انجان بن کر پوچھا۔ "آپ نے کوئی فیصلہ؟"

"میری تو شادی بھی ہو گئی ڈاکٹر صاحب۔" وہ چلایا۔

"سنبل سے یا صفیہ سے؟" میں نے پوچھا۔ "مجھے ساری بات بتایئے۔"

اس نے ایک بھرپور قہقہہ لگایا۔ "ڈاکٹر صاحب امی کی خواہش کو رد کرنا میرے لئے ممکن نہ تھا۔ میں نے دل پر پتھر رکھ لیا اور امی سے کہہ دیا۔ امی میں وہاں بیاہ کروں گا جہاں آپ چاہتی ہیں۔ بس یہی میرا فیصلہ ہے۔"

"پھر کیا تھا ڈاکٹر، امی نے جھٹ منگی پٹ بیاہ کرنے والی بات کی۔ اور اس طرح صفیہ سے میری شادی ہو گئی۔ پھر سہاگ کی رات جب میں نے صفیہ کا گھونگھٹ اٹھایا تو کیا دیکھتا ہوں کہ میرے سامنے سنبل بیٹھی ہوئی ہے۔"

"ارے۔" میرے منہ سے چیخ سی نکلی۔ طاؤس رک گیا۔

" سبھی لوگ حیرت سے طاؤس کی طرف دیکھ رہے تھے۔

"صفیہ۔۔۔۔ سنبل نکلی، مطلب کیا ہوا؟" رشید چلایا۔

"مجھے تو ساری بات ہی گپ نظر آتی ہے۔" اسلم نے کہا۔

"آپ نے حمید اختر سے نہیں پوچھا کہ اس کا مطلب کیا ہوا؟" عظیم بولا۔

"ہاں پوچھا تھا۔" طاؤس نے کہا

"تو پھر کیا بتایا اس نے؟" رشید نے پوچھا۔

پوچھا تو حمید اختر نے کہا۔ "ڈاکٹر صاحب وہ بھی میری طرح حمید اختر تھی۔"

"کیا مطلب؟"

"وہ صفیہ سنبل تھی۔"

(۸) وقار محل کا سایہ

وقار محل کی چھتیں گر چکی ہیں لیکن دیواریں جوں کی توں کھڑی ہیں۔ جنہیں توڑنے کے لئے بیسیوں جوان مزدور کئی ایک سال سے کدال چلانے میں مصروف ہیں۔

وقار محل نیو کالونی کے مرکز میں واقع ہے نیو کالونی کے کسی حصے سے دیکھئے۔ کھڑکی سے سر نکالئے، روشن دان سے جھانکئے۔ ٹیرس سے نظر دوڑایئے۔ ہر صورت میں وقار محل سامنے آ کھڑا ہوتا ہے۔ مضبوط، ویران، بوجھل، رعب دار، ڈراؤنا سربلند، کھوکھلا۔ عظیم۔

ایسا معلوم ہوتا ہے کہ ساری نیو کالونی آسیب زدہ ہو اور وقار محل آسیب ہو۔

نوجوان دیکھتے ہیں تو دلوں میں غصہ ابھرتا ہے۔ نیو کالونی کے چہرے کا پھوڑا۔ رستی بستی کالونی میں آثار قدیمہ۔ چہرے نفرت سے بگڑ جاتے ہیں، ہٹاؤ اسے۔ لیکن وہ محل سے اپنی نگاہیں ہٹا نہیں سکتے۔

بچے دیکھتے ہیں تو حیرت سے پوچھتے ہیں۔ "ڈیڈی! یہ کیسی بلڈنگ ہے؟ بھدی، بے ڈھب، موٹی موٹی دیواریں، اونچی اونچی چھتیں، تنگ تنگ کھڑکیاں اور ڈیڈی کیا لوہے کی بنی ہوئی ہے۔ اتنے سارے مزدوروں سے بھی نہیں ٹوٹ رہی۔"

بڑے بوڑھے محل کی طرف دیکھتے ہیں تو۔۔۔ لیکن بڑے بوڑھے تو اس طرف دیکھتے ہی نہیں۔ انہیں دیکھنے کی کیا ضرورت ہے۔ وہ تو رہتے ہی محل میں ہیں چوری چھپے۔ وہ ڈرتے ہیں کہ کسی پر بھید کھل نہ جائے۔

کالج کے لڑکے جو اس کھوکھلے محل کے زیر سایہ پل کر جوان ہوئے ہیں، وقار محل کا مذاق اڑاتے ہیں۔ اب تو خالی دیواریں رہ گئی ہیں۔ کچھ دنوں کی بات اور ہے۔ لیکن ان کے دلوں سے آواز ابھرتی ہے اور وہ تالیاں پیٹنے لگتے ہیں۔ قہقہے لگانے لگتے ہیں تا کہ وہ آواز ان میں دب کر رہ جائے۔ بہر حال نیو کالونی کا ہر نوجوان وقار محل سے ایک پراسرار لگاؤ محسوس کرتا ہے۔ اگرچہ وہ سمجھتا ہے کہ یہ لگاؤ نہیں لاگ ہے۔ لیکن اسے پتہ نہیں ہے کہ لاگ کا ایک روپ ہے۔ ڈھکا چھپا، شدت سے بھرا لگاؤ۔

وقار محل صدیوں سے وہاں کھڑا ہے۔ کوئی نہیں جانتا کہ وہ کب تعمیر ہوا تھا۔ جب سے لوگوں نے ہوش سنبھالا تھا، اسے وہیں کھڑے دیکھا تھا۔

پہلے تو لوگ وقار محل پر فخر کیا کرتے تھے، پھر نئی پود نے مذاق اڑانا شروع کر دیا۔ پھر کسی منچلے نے بات اڑادی کہ محل کی دیواروں میں دراڑیں پڑ چکی ہیں۔ چھتیں بیٹھ رہی ہیں۔ وہ نیو کالونی کے لئے خطرہ ہے۔ اس پر کمیٹی والے آ گئے۔ انہوں نے چاروں طرف سے محل کی ناکہ بندی کر دی اور جگہ جگہ بورڈ لگا دیئے۔ "خبردار۔۔۔۔ دور رہیئے۔ عمارت گرنے کا خطرہ ہے۔" پھر بیسیوں مزدور کدال پکڑے آ پہنچے اور محل چھتوں اور دیواروں کو توڑ توڑ کر گرانے لگے۔

پتہ نہیں بات کیا ہے کہ سالہا سال سے اتنے سارے مزدور لوگ کدال چلا رہے ہیں۔ اسے توڑنے میں لگے ہوئے ہیں لیکن پھر بھی محل کا کچھ نہیں بگڑا۔ وہ جوں کا توں کھڑا ہے۔ پتہ نہیں کس مصالحے سے بنا ہوا ہے کہ اسے منہدم کرنا آسان نہیں۔

بہر حال۔ سارا دن مزدور کدال چلاتے رہتے ہیں۔ نیو کالونی میں آوازیں گونجتی رہتی ہیں۔ ٹھکا ٹھک، ٹھک، ٹھکا ٹھک ٹھک۔

یہ ٹھک ٹھک جفی کی رانوں میں گونجتی ہے۔ اس کی لرزش سے کوئی پوشیدہ سپرنگ

کھلتا ہے۔ کوئی پراسرار گھڑی چلنے لگتی ہے۔ اس کی ٹک ٹک دل میں پہنچتی ہے۔ دل میں لگا ہوا ایمپلی فائر اسے سارے جسم میں اچھال دیتا ہے۔ ایک بھونچال آ جاتا ہے۔ چھاتیوں سے کچا دودھ رسنے لگتا ہے۔ ہونٹ لمس کی آرزو سے بوجھل ہو کر لٹک جاتے ہیں۔ نسیں تن جاتی ہیں اور سارا جسم یوں بجنے لگتا ہے جیسے سارنگی ہو۔

اس پر جفی دیوانہ وار کھڑکی کی طرف بھاگتی ہے اور وقار محل کی طرف یوں دیکھنے لگتی ہے جیسے اس سے پوچھ رہی ہو، اب میں کیا کروں؟

والدین نے جفی کا نام یاسمین رکھا تھا۔ بچپن میں سب اسے یاسمین کہتے تھے پھر جب وہ ہائی سکول میں پہنچی تو اس نے محسوس کیا کہ یاسمین دقیانوسی نام ہے۔ اس سے پرانے نام کی بو آتی ہے۔ یہ نام ہے بھی تو سلو ٹمپو۔ ڈھیلا ڈھیلا جیسے چولیں ڈھیلی ہوں۔ لہٰذا اس نے یاسمین کی چولیں ٹھونک کر اسے جس من کر دیا۔ پھر جب وہ کالج میں پہنچی تو اسے پھر سے اپنے نام پر غصہ آنے لگا۔ لو میں کیا پھول ہوں کہ جس من کہلاؤں۔ میں کیا آرائش کی چیز ہوں۔ میں تو ایک ماڈرن گرل ہوں اور ماڈرن گرل پھول نہیں ہوتی، آرائش نہیں ہوتی، خوشبو نہیں ہوتی۔ یہ سب تو دقیانوسی چیزیں ہیں۔ ماڈرن گرل تو ایکٹو ہوتی ہے، سمارٹ ہوتی ہے۔ جیتی جاگتی، چلتی پھرتی۔ جس پر زندگی بیتتی نہیں بلکہ جو خود زندگی بیتتی ہے۔ لہٰذا اس نے اپنا نام جس من سے جفی کر لیا۔ جفی، فٹ، فٹافٹ فوراً۔ یہ نام کتنا فعال تھا۔ کتنا سمارٹ۔ اس میں زندگی کی تڑپ تھی، پھر اس نام کے زیر اثر جلد ہی اس میں یہ خواہش ابھری کہ کچھ ہو جائے۔ ابھی ہو جائے۔ ابھی ہو جائے فوراً تو ابتدا تھی۔ بالآخر جفی چاہنے لگی کہ کوئی ایسی بات نہ ہو جو ہونے سے رہ جائے۔

لیکن اس روز جب کہ کچھ بلکہ بہت کچھ ہو گیا تھا۔ یہاں تک ہو گیا تھا جس کی اسے توقع نہ تھی۔ لیکن وہ خوشی محسوس نہیں کر رہی تھی۔ الٹا وہ تو ہاتھ مل رہی تھی کہ کیا ہو

گیا۔ پتہ نہیں اس روز جفی کو کیا ہو گیا تھا۔ اس کی آنکھیں پر نم تھیں۔ وہ حسرت آلودہ نگاہوں سے وقار محل کی طرف دیکھ رہی تھی۔ اس کا جی چاہتا تھا کہ دوڑ کر وقار محل میں جا پناہ لے۔ اس روز جیسے جفی پھر سے یاسمین بن گئی تھی۔

اگرچہ شعوری طور پر جفی کو وقار محل سے سخت چڑ تھی اور وہ اسے اپنے راستے کی رکاوٹ سمجھتی تھی لیکن دل کی گہرائیوں میں وقار محل اس کے بنیادی جذبات پر مسلط تھا۔ ان جانے میں وہ اس کی زندگی پر یوں سایہ کئے ہوئے تھا جیسے بڑ کا بوڑھا درخت کسی گلاب کی جھاڑی پر سایہ کئے ہوئے ہو۔

جفی وقار محل کے زیر سایہ پیدا ہوئی تھی۔ وہیں کھیل کھیل کر جوان ہوئی تھی۔ اس کی کوٹھی ایور گرین وقار محل کے عقب میں تھی۔ اس کی تمام کھڑکیاں محل کی طرف کھلتی تھیں۔ دونوں ٹیر بسیں ادھر کو نکلی ہوئی تھیں۔ بچپن میں جب وہ یاسمین تھی تو وقار محل اس کے لئے جاذب نظر اور قابل فخر چیز تھی۔ پھر جوں جوں وہ جوانی ہوتی گئی، وقار محل اسے بوسیدہ عمارت نظر آنے لگی جو نیو کالونی کے راستے کی رکاوٹ تھی۔ اس کے دل میں یہ گمان بڑھتا گیا کہ وقار محل نوجوانوں کی آزادی کچلنے کے لئے تعمیر ہوا تھا۔ وہ اس بات سے بے خبر تھی کہ گرتے ہوئے وقار محل کا سایہ اس کے دل کی گہرائیوں پر چھایا ہوا ہے اور اس کی زندگی کے ہر اہم واقعے میں وقار محل کا حصہ تھا۔

مثلاً جب اس میں جوانی کی اولیں بیداری جاگی تھی تو گرتے ہوئے وقار محل کی ٹھک ٹھک نے ہی تو اسے جھنجھوڑ کر جگایا تھا۔ اسے وہ دن اچھی طرح یاد تھا۔

یہ ان دنوں کی بات ہے جب وہ ابھی جس من تھی، جفی نہیں بنی تھی۔ اگرچہ اس کی باجی عفت مدت سے عفت سے اف اور پھر اف سے افعی بن چکی تھی، چونکہ اف بٹ کا امکان خارج ہو چکا تھا۔

ان دنوں باجی سارا سارا دن اپنے بیڈ پر اوندھے منہ پڑی رہتی تھی۔ پتہ نہیں اسے کیا ہو گیا تھا۔ افعی باجی تو بیڈ پر ڈھیر ہونے والی نہ تھی۔ اس کی تو بوٹی بوٹی تھرکتی تھی۔ ابھی یہاں کھڑی ہے، ابھی باغیچے میں جا پہنچی۔ لو وہ ٹیرس پر ٹہل رہی ہے۔ ہائیں وہ تو چلی بھی گئی۔ کسی گٹ ٹوگیدر میں، کسی فنکشن میں، کسی پارٹی میں، ایک جگہ ٹک کر بیٹھنا افعی باجی کا شیوہ نہ تھا۔ پھر پتہ نہیں، ان دنوں اسے کیا ہو گیا تھا کہ پلنگ پر گٹھڑی بن کر پڑی رہتی تھی۔ جس من سمجھتی تھی کہ افعی باجی میں واسکوڈے گاما کی روح ہے۔ اسے خبر نہ تھی کہ واسکوڈی گامانے امریکہ دریافت کرلی ہے اور اب تھک ہار کر پڑ گئی ہے۔

ان دنوں ممی بار بار افعی کے بیڈ روم کے دروازے سے چھپ چھپ کر جھانکتی اور حیرت سے باجی کی طرف دیکھتی رہتی۔ وہ باجی سے پوچھ نہیں سکتی تھی۔ پوچھنا الگ رہا، ممی تو باجی سے بات نہیں کر سکتی تھی۔ کیسے کرتی بات، بات کرتی تو باجی تنک کر کہتی۔ "ممی ڈارلنگ، آپ نہیں سمجھتیں، آپ نہ بولیں۔" واقعی ممی نہیں سمجھتی تھی۔ کیسے وہ تو بے چاری سیدھی سادی امی تھی۔ جسے حالات نے زبردستی ممی بنا دیا تھا۔

جب فاطمہ بیگم کی شادی محمد عثمان سے ہوئی تھی تو وہ اسسٹنٹ تھے، پھر حالات نے سرعت سے پلٹا کھایا اور وہ مینجر ہو گئے اور اب جنرل مینجر تھے۔ اس کے ساتھ ہی وہ محمد عثمان سے ایم او ثمان ہو گئے تھے۔ لیکن فاطمہ بیگم ہی رہی تھی۔ وہ فاطمہ زیادہ تھی اور بیگم کم کم۔ تعلیم سرسری تھی۔ سوشل سٹیٹس کی بھاری بھرکم گٹھڑی سر پر آپڑی۔ پھر بھی جوں توں کر کے اس نے رہن سہن میں تبدیلی کے مطابق اپنے آپ کو ڈھال لیا تھا۔ لیکن وہ اپنی شخصیت کو بیگم کا رنگ نہ دے سکی تھی۔

اس پر ایم او ثمان اگر بیگم سے مایوس ہو گئے تھے تو اس میں ان کا کوئی قصور نہ تھا۔ پھر جو انہوں نے گھر سے ناطہ توڑ لیا اور کلب میں وقت بسر کرنے لگے تو یہ ایک قدرتی امر

تھا۔ اس کے علاوہ کلب میں بہت سی بیگمات آتی تھیں۔ جن پر چوکھا رنگ چڑھا ہوا تھا۔ اس کے بعد فاطمہ بیگم گھر میں یوں کونے سے لگ گئی جیسے نیو کالونی کا رابنس کروسو ہو۔ پھر لڑکیاں جوان ہوئیں تو انہوں نے اسے بالکل ہی بے زبان کر دیا۔

لڑکیوں نے زبردستی اسے ممی بنا لیا۔ ممی کے لفظ سے فاطمہ کو بڑی چڑ تھی۔ کتنا ننگا لفظ تھا۔ اس لفظ سے ننگے پنڈے کی بھڑاس آتی تھی لیکن وہ احتجاج نہیں کر سکتی تھی۔ جب اپنی جائیاں بار بار کہیں۔ "ممی ڈارلنگ، آپ کو پتہ نہیں، آپ نہ بولیں۔ پلیز" تو ماں کی زبان پر مہر نہ لگے تو کیا ہو۔ پہلے تو فاطمہ کو شک پڑنے لگا کہ شاید واقعی اسے پتہ نہیں۔ پھر اسے یقین آ گیا کہ اسے پتہ نہیں۔ وہ جانتی، کبھی کبھار اس کے دل میں خواہش پیدا ہوتی کہ جانے سمجھے، بولے یا نہ بولے پر کم از کم جان تو لے۔

ان دنوں اسی خواہش کے زیر اثر فاطمہ افعی کے کمرے کے دروازے سے کان لگا کر کھڑی رہتی تھی۔ اسے سمجھ میں نہیں آتا تھا کہ یہ کیسے ہو سکتا ہے افعی اوندھے منہ بستر پر پڑی رہے۔ یوں پڑی رہے جیسے مصالحے کے بنے ہوئے منے کے اعضاء کو جوڑنے والا دھاگا ٹوٹ گیا ہو۔

پھر پتہ نہیں کیا ہوا۔ شاید فاطمہ کو بات سمجھ میں آ گئی۔ وہ دیوانہ وار بھاگی۔ غیر از معمولی وہ سیدھی افعی کے ڈیڈی کے پاس پہنچی۔ پھر غیر از معمول میاں بیوی آپس میں سرگوشیاں کرتے رہے۔ ان سرگوشیوں کے دوران میں میاں اہم اہم کرتے سنے گئے۔ اتنا اہم اہم کرنا تو انہوں نے مدت سے چھوڑ رکھا تھا۔ ان کے اہم اہم کرنے سے معلوم ہوتا تھا جیسے گھر میں پھر سے محمد عثمان آ گیا ہو۔

کچھ دیر بعد کمرے کا دروازہ کھلا۔ محمد عثمان باہر نکلے۔ ان کے سر پر ٹوپی تھی اور ہاتھ میں چھڑی۔ پیچھے پیچھے فاطمہ تھی۔ وہ بڑے وقار سے قدم اٹھاتے ہوئے سیڑھیاں چڑھنے

لگے۔ افعی کے بیڈ روم میں داخل ہو کر انہوں نے اندر سے کنڈی چڑھا دی۔

جس من یہ سب تفصیلات کانی آنکھ سے دیکھ رہی تھی۔ اسے سمجھ میں نہیں آ رہا تھا کہ یہ کیا ہو رہا ہے۔ ڈیڈی اور اہم اہم کر کے بات کریں۔ پھر انہوں نے ٹوپی کیوں پہن رکھی تھی اور ان کے ہاتھ میں چھڑی کیوں تھی۔

پھر باجی کے کمرے سے محمد عثمان کی آوازیں سنائی دے رہی تھیں۔ ان کی آواز میں بڑا تحکم تھا یا شاید منت تھی۔

پھر باجی کی غصے بھری آواز سارے گھر میں گونجی۔ "بچہ میرا ہے۔ میں اسے اپناؤں گی۔ دیکھوں گی مجھے کون روکتا ہے۔"

جس من سوچنے لگی۔ "یا اللہ باجی کس بچے کی بات کر رہی ہے۔ کمرے میں تو صرف باجی، ممی اور ڈیڈی تھے۔ بچہ کہاں تھا۔"

پھر اوپر کوئی کسی کو زدوکوب کر رہا تھا۔ چھڑی چلنے کی آواز آ رہی تھی۔ ساتھ ہی باجی چیخ رہی تھی۔ رو رہی تھی۔ کراہ رہی تھی۔

ہئے بچاری باجی۔ جس من کے دل میں ڈیڈی کے خلاف غصہ کھولنے لگا۔

پھر پٹاخ سے دروازہ کھلا اور ڈیڈی اور امی سیڑھیاں اتر رہے تھے۔ لیکن وہ اس قدر گھبرائے ہوئے کیوں تھے۔۔۔۔ افوہ۔۔۔۔ ڈیدی کا چہرہ لہولہان ہو رہا تھا۔ ارے ڈیڈی نے سٹک سے پیٹا تو باجی کو تھا پھر ڈیڈی کا اپنا چہرہ کیوں سوجا ہوا تھا۔ جگہ جگہ سے خون رس رہا تھا اور وہ اس قدر کھوئے ہوئے کیوں تھے کہ کمرے میں داخل ہونے کی بجائے سیدھے کوٹھی سے باہر نکل گئے تھے۔ جس من ان کے پیچھے پیچھے گئی تھی۔

دھڑ ادڑاڑام۔۔۔۔

ایک زبردست دھماکہ ہوا۔

چاروں طرف سے شور اٹھا۔

"وقار محل کی چھت گر گئی۔ وقار محل کی چھت گر گئی۔"

گرد و غبار کا ایک بادل اٹھا اور اس نے نیو کالونی کو اپنی لپیٹ میں لے لیا۔

اسی شام کو باجی ہمیشہ کے لئے گھر چھوڑ کر چلی گئی۔

ہاں جس من کو وہ دن اچھی طرح یاد تھا۔

اس حادثہ کے بعد وہ روز کھڑکی میں کھڑی ہو کر سوچتی رہی کہ باجی گھر چھوڑ کر کیوں چلی گئی تھی اور اس روز وہ کس بچے کی بات کر رہی تھی اور ڈیڈی کا منہ لہولہان کیوں تھا وقار محل کی چھت کیوں گری تھی۔ وہ وقار محل کی طرف دیکھتی رہتی اور سوچتی رہتی۔ دیکھتی اور سوچتی رہتی۔ غالباً وہ محسوس کرتی تھی کہ وقار محل اس راز سے واقف تھا۔

پھر ایک روز جب وہ کھڑکی میں کھڑی تھی تو کسی نے چلا کر کہا۔ "ہائی" وہ ڈر کر پیچھے ہٹ گئی۔

اگلے دن پھر "ہائی" کی آواز آئی۔ اس نے اپنے آپ کو سنبھالا۔ پھر چاروں طرف دیکھا لیکن کوئی نظر نہ آیا۔

تیسرے دن وہ ہائی اس کے سامنے آ کھڑی ہوئی۔ دو چھوٹی چھوٹی مونچھیں نیچے کو لٹک رہی تھیں جس میں سے چٹے سفید دانت چمک رہے تھے۔ اوپر دو چندھیائی سی آنکھوں میں سے گلیڈ آئی چاند ماری کر رہی تھی اور اس کے اوپر بال ہی بال، بال ہی بال۔

پہلی مرتبہ ہائی کو دیکھ کر وہ سخت گھبرا گئی۔ اس کا جی چاہا کہ شرما کر منہ موڑ لے۔ جس طرح وہ ماہ رو شرما کر منہ موڑ لیا کرتی تھی۔

ماہ رو گوری چٹی پٹھانی تھی جو اپنے باپ کے ساتھ وقار محل سے ملحقہ آؤٹ ہاؤس

میں رہتی تھی۔ اس کا باپ وقار محل کا چوکیدار تھا اور اب محل کے ملبے کی روٹی ہانڈی کیا کرتا تھا۔ ماں مر چکی تھی۔ صرف ایک چھوٹا بھائی تھا۔ سارا دن ماہ رو اتنی گوری تھی۔ اتنی گوری تھی کہ ہر راہرو اسے دیکھ کر رک جاتا۔ جب وہ محسوس کرتی کہ کوئی اسے دیکھ رہا ہے تو اس کا سارا چہرہ اس قدر گلابی ہو جاتا۔ جیسے کسی نے رنگ کی پچکاری چلا دی ہو۔ پتہ نہیں، حیا اس قدر گلابی کیوں ہوتی ہے۔ جس من نے کئی مرتبہ ماہ رو کو شرماتے دیکھا تھا۔ اس کا جی چاہتا تھا کہ وہ بھی حیا کے غازے کو اپنا لے۔ لیکن مشکل یہ تھی کہ وہ ایک ماڈرن لڑکی تھی۔ ماہ رو کی طرح گنوار نہ تھی اور ماڈرن گرل کو یہ زیب نہیں دیتا کہ شرما کر منہ موڑ لے۔ الٹا اسے تو ہائی کے جواب میں ہائی کہنا چاہئے۔

جب پہلی مرتبہ ہائی جس من کے سامنے آئی تو اس نے بڑی جرات سے کام لیا اور شرما کر منہ موڑا۔ لیکن اس میں اتنی جرات پیدا نہ ہو سکی کہ جواب میں ہائی کہتی۔

دراصل جس من بڑی مخلص، سچی اور شرمیلی لڑکی تھی۔ جس طرح ساری ماڈرن گرلز ہوتی ہیں، لیکن اس کا کیا کیا جائے کہ اس کے دل میں کئی ایک خوش فہمیاں رچی بسی ہوئی تھیں۔ جس طرح ماڈرن گرلز کے دلوں میں خوش فہمی رچی بسی ہوتی ہے۔ مثلاً اسے کچھ پتہ نہ تھا لیکن وہ سمجھتی تھی کہ اسے سب پتہ ہے۔ چونکہ ماڈرن گرل کو سب پتہ ہونا چاہئے۔ چاہنے اور ہے میں جو فرق ہے اسے اس کا احساس نہ تھا۔ شعور نہ تھا۔

اس کا دل بہت سے بندھنوں میں جکڑا ہوا تھا۔ مگر وہ سمجھتی تھی کہ وہ آزاد ہے۔ چونکہ ماڈرن گرل پر لازم ہے کہ وہ آزاد ہو۔ بعضوں سے آزاد۔ لگاؤ سے آزاد، رسمی قیدو بند سے آزاد۔

اگرچہ ذہنی طور پر اسے رجعت پسندوں کے خلاف زبردست چڑ تھی جیسے کہ ماڈرن گرل کو ہونی چاہئے لیکن دلی طور پر اسے اپنے ماں باپ سے لگاؤ تھا۔ اگرچہ اسے اس کا

شعور نہ تھا۔ شعور کیسے ہوتا۔ جب بھی ایسی صورت حال پیدا ہوتی کہ شعور ہونے کا خطرہ لاحق ہو تو وہ اپنی توجہ کسی دوسری بات میں مبذول کر دیتی۔ چونکہ سب سے اہم بات یہ تھی کہ اسے یہ شبہ نہ پڑ جائے کہ اس کے برتاؤ کی کوئی تفصیل ایسی بھی ہے جو ماڈرن گرل کے شایان شان نہیں۔

ان دنوں اسے یہی فکر دامن گیر تھا کہ وہ کوئی ایسی بات نہ کرے جو ماڈرن گرل کی شان کے منافی ہو۔ اس ہائی نے اسے خاصا درہم برہم کر دیا تھا۔ لیکن وہ یہ بات تسلیم کرنے کے لئے تیار نہ تھی کہ وہ درہم برہم ہے۔ اتنی چھوٹی سی بات ماڈرن گرل کو بھلا کیسے درہم برہم کر سکتی ہے۔ لہٰذا وہ درہم برہم نہیں تھی، بالکل نہیں تھی۔

پہلی مرتبہ تو اس ہائی نے وقار محل سے سر نکالا تھا۔ پھر وہ جگہ جگہ سے سر نکالنے لگی۔ جب وہ کالج بس میں سوار ہوتی تو وہ بس سٹینڈ سے سر نکالتی۔ جب جس من کالج کی گراؤنڈ میں ٹہل لگاتی تو وہ پردہ دیوار سے جھانکتی۔ جب وہ مارکیٹ جاتی تو وہ اس کا پیچھا کرتی۔

ہاں صورت حال بہت ہی خراب ہوئی جا رہی تھی۔ پھر اس کے اپنے جسم نے بغاوت کر دی۔

ان دنوں وقار محل میں مزدوروں نے دیواریں توڑنے کا کام شروع کر رکھا تھا۔ ان کی ٹھک ٹھک ساری نیو کالونی میں گونجتی رہتی تھی۔

ایک دن جب جس من کی طبیعت ناساز تھی اور وہ بیڈ پر لیٹی ہوئی اس ہائی کے متعلق سوچ رہی تھی تو دفعتاً وہ حادثہ عمل میں آگیا۔

ساری شرارت مزدوروں کی اس ٹھک ٹھک کی تھی۔ روز تو وہ ٹھک ٹھک جس من کے کمرے کی دیواروں سے ٹکرا کر گونجتی تھی، اس روز نہ جانے کیا ہوا۔ وہ ٹھک ٹھک

سیدھی جس من کی رانوں سے آ ٹکرائی اور اس کے جسم میں گونجنے لگی۔

جس من کے جسم میں ایک عجیب سی لرزش جاگی۔ کسی پوشیدہ سپرنگ میں حرکت ہوئی۔ ایک تناؤ سا اٹھا اس نے دل پر دباؤ ڈالا۔ دل کے ایمپلی فائر نے اسے اچھالا۔ سارے جسم میں ایک بھونچال سا آگیا۔ نسیں تن گئیں۔ چھاتیوں سے کچا دودھ رسنے لگا۔ ہونٹ لمس کی آرزو سے بے حال ہو کر لٹک گئے۔ سارا جسم سارنگی کی طرح بجنے لگا۔

اس لمحے میں اسے سب پتہ چل گیا۔ سب کچھ کہ باجی گھر چھوڑ کر کیوں چلی گئی تھی کہ وہ کس بچے کی بات کر رہی تھی کہ بچہ کہاں تھا۔ سب کچھ، اس روز وہ جس من سے جفی بن گئی تھی۔ اس کے دل میں شدت سے آرزو پیدا ہوئی۔ ابھی اسی وقت، فٹافٹ، جلدی کچھ ہو جائے اور وہ واقعی کچھ ہو گیا۔

اس رات جفی کے بیڈ روم کا وہ دروازہ آہستہ سے کھلا جو کوٹھی کے احاطے میں کھلتا تھا اور زیر لبی آواز آئی۔۔۔۔ "ہائی۔"

جفی تڑپ کر مڑی۔

دو لٹکتی ہوئی مونچھوں میں چٹے سفید دانت چمک رہے تھے۔

اگلے روز گینی لٹکتی ہوئی مونچھوں میں چٹے سفید دانت نکالے۔ چندھیائی ہوئی مگر چڑھ جانے والی سرخ چیونٹیوں جیسی آنکھیں لئے سر پر کالے بالوں کا ٹوکرا اٹھائے صدر دروازے کے راستے سے ایور گرین میں آ داخل ہوا۔

جب گینی پیدا ہوا تو وہ لڑکا تھا۔ اس کی پیدائش پر ماں باپ نے بڑی خوشیاں منائی تھیں۔

انہوں نے اس کا نام غنی رکھا تھا۔ لیکن جب وہ نوجوانی اور دور جدید میں داخل ہوا تو بہت سی تبدیلیاں عمل میں آ گئیں۔ بال بڑھ کر ٹوکرا بن گئے۔ مونچھیں لٹک گئیں۔ منہ

پر پاؤڈر سرخی کی تہہ چڑھ گئی۔ رنگ دار قمیض، چمکیلی صدریاں، منکوں کی مالائیں اور جانے کیا کیا۔ یوں وہ غنی سے گینی بن گیا تھا۔

ایور گرین میں گینی کی آمد سے کوئی ہلچل پیدا نہ ہوئی۔ پہلے ہی اس سلسلے میں افعی نے بڑی کارکردگی دکھائی تھی۔ اس کے بوائے فرینڈز ایور گرین میں اکثر آیا کرتے تھے اور وہ بڑے شوق سے ان کا ڈیڈی سے تعارف کراتی تھی۔ ممی سے نہیں چونکہ ممی ڈارلنگ تو سمجھتی نہیں تھی اور اسے سمجھانا بہت مشکل تھا۔

فاطمہ نے گینی کو دیکھا تو سینہ تھام کر رہ گئی۔ افعی کے متعلقہ پرانے زخم پھر سے ہرے بھرے ہو گئے۔ اس کے دل میں از سر نو خدشات نے سر اٹھایا۔ لیکن وہ بولی نہیں۔ کیسے بولتی۔ رہے ڈیڈی۔ ڈیڈی کی سب سے بڑی مشکل یہ تھی کہ فیصلہ نہیں کر پائے تھے کہ انہیں ایم او ثمان بن کر جینا ہے یا محمد عثمان بن کر۔

ان کی تعلیم، سٹیٹس اور پوزیشن اس بات کے متقاضی تھے کہ وہ ایم او ثمان بن کر زندگی گزاریں۔ اسی وجہ سے خاصی محنت کر کے وہ ایم او ثمان بنے تھے لیکن کئی بار بیٹھے بٹھائے محمد عثمان ان کے دل میں یوں گھر آتا جیسے ہاتھی چینی کی دکان میں آگھسا ہو۔

محمد عثمان بڑا اصدی تھا۔ غصیل تھا، منہ پھٹ تھا، کٹر تھا، ایم او ثمان اسے سمجھاتے۔ دلیلیں دیتے۔ بھئی زمانہ دیکھو، زمانے کا رنگ دیکھو۔ آج کے تقاضوں پر غور کرو۔ اب یہ پرانی باتیں نہیں چلیں گی لیکن محمد عثمان اپنی بات پر اڑا رہتا۔ اس لحاظ سے ایم او ثمان بھی گویا ماڈرن گرل تھے۔ ان کی شخصیت کی اوپرلی سطح پر او ثمان کی جھال تھی لیکن دل کی گہرائیوں میں محمد عثمان براجمان تھا۔

جب گینی کا تعارف ایم عثمان سے کرایا گیا تو محمد عثمان نے ان کے کان میں کہا۔

"دھیان کرنا، کہیں پھر سے تمہیں سر پر ٹوپی رکھ، ہاتھ میں چھڑی پکڑ بیٹی کے کمرے میں جانا نہ پڑے۔" ایم او ثمان کو اس بات پر غصہ آیا۔ "ہٹ جاؤ۔" اس نے چلا کر کہا۔ "میرا دل پراگندہ نہ کرو۔"

پھر وہ گینی سے مخاطب ہو کر کہنے لگے۔ "آپ سے مل کر بہت خوشی ہوئی۔ آیا کرو۔ مسٹر گینی جب بھی فرصت ملے، آجایا کرو۔"

گینی ایور گرین میں کبھی دروازے سے داخل نہ ہوتا۔ اس کے لئے تو صرف عقبی دروازہ ہی موزوں تھا۔ لیکن جفی کو یہ گوارا نہیں تھا۔ وہ ایک ماڈرن گرل تھی اور ماڈرن گرل "سلائی" تعلق رکھنے سے نفرت کرتی ہے۔ اس سے اس کی آزاد طبیعت پر حرف آتا ہے۔ اس کی انا مجروح ہوتی ہے۔ ڈھکے چھپے تعلق تو وہ پیدا کرتی ہیں جن پر بندشیں عائد کی جاتی ہیں۔ جو پابندیوں میں جیتی ہیں۔ جفی کو اپنا جیون ساتھی بھی تو تلاش کرنا تھا۔ جفی کو اس بات کا علم نہ تھا کہ گینی نے جیون ساتھی بننے یا تلاش کرنے کے متعلق نہیں سوچا۔

گینی تو گڈ ٹائم اور اڈونچر کا متلاشی تھا۔ جب وہ جفی کے مجبور کرنے پر ایور گرین کے صدر دروازے سے داخل ہوا تو ایڈونچر کا عنصر ہی ختم ہو گیا۔ ایڈونچر تو ہمیشہ عقبی دروازے سے متعلق ہوتا ہے۔ باقی رہا گڈ ٹائم تو آپ جانتے ہیں۔ گڈ ٹائم میں تنوع کا ہونا ضروری ہے۔ ایک ہی سر دبائے رکھنے سے نغمہ نہیں بنتا۔

اس لئے جوں جوں دن گزرتے گئے۔ ٹائم میں گڈ کا عنصر بتدریج کم ہوتا گیا۔ حتیٰ کہ صرف ٹائم ہی ٹائم رہ گیا اور اس خالی خولی ٹائم سے اکتا کر گینی ہمیشہ کے لئے روپوش ہو گیا۔

گینی کی روپوشی پر جفی ساری کی ساری الٹ پلٹ ہو کر رہ گئی۔ چونکہ وہ گڈ ٹائم کی قائل نہ تھی۔ اسے سمجھ میں نہیں آرہا تھا کہ کیا کرے، کیا نہ کرے۔ اسے پتہ نہ تھا کہ ان

حالات میں ماڈرن گرل کو کیا کرنا چاہیئے۔ لہٰذا وہ ہکی بکی اپنے کمرے میں پڑی رہتی۔

پھر وقار محل کی ٹھکاٹھک نے اسے گھیر لیا۔ وہ ٹھک ٹھک اس کے جسم میں دھنس گئی۔ اندر جاکر تالیاں بجانے لگی۔ اسے اکسانے لگی۔ اٹھو، کرو، اٹھو کچھ کرو۔ اٹھو کرو۔ ٹھک ٹھک، اٹھو کرو، ٹھک ٹھک۔

ماڈرن گرل ہونے کے باوجود جفی کو جسم کے تقاضوں کے متعلق کچھ پتہ نہ تھا۔ جب وہ گینی سے ملا کرتی تھی تو اسے یہ احساس نہ تھا کہ جسم کا تقاضا پورا کر رہی ہے۔ اس نے تو ان جانے میں گینی کو جیون ساتھی بنالیا تھا۔ اسے گینی سے محبت ہو چکی تھی۔

جب گینی چلا گیا تو بات ہی ختم ہو گئی۔ پھر محل کی کھٹ کھٹ اس کی رانوں میں کیوں گونجتی تھی۔ گھڑی کیوں چلتی تھی۔ جبھی تو وہ پریشان تھی۔ کئی ایک دن وہ پریشان رہی۔

پھر ان کے گھر میں حسنی آگیا اور مزید پیچیدگیاں پیدا ہو گئیں۔

حسنی ان کا نیا بوائے سرونٹ تھا۔ چھٹپنے ہی سے وہ کوٹھیوں میں کام کرتا رہا تھا۔ وہیں جوان ہوا تھا۔ ماڈرن بیگمات کے اندر دیکھ دیکھ کر وہ وقت سے پہلے جوان ہو گیا تھا۔ حسنی خاصا اپ ٹوڈیٹ تھا۔ کلین شیو، سمارٹ لک، لمبے بال۔

جفی نے حسنی کی آمد کا کوئی نوٹس نہ لیا۔

نوکر تو گھر میں آتے جاتے ہی رہتے تھے۔ کبھی خانساماں چلا گیا۔ کبھی بوائے سرونٹ آگیا۔ گینی کی روپوشی کے بعد ان دنوں جفی کی طبیعت ناساز رہتی تھی۔ اس روز اس نے چائے اپنے کمرے میں منگوالی۔

حسنی پیالی بنا کر کمرے میں لے گیا۔ جب وہ جفی کو پیالی دینے کے لئے جھکا تو اتفاقاً جفی نے غور سے اس کے چہرے کی طرف دیکھا۔ پتہ نہیں کیا ہوا۔ حسنی کے کلین چہرے پر دو موچھیں ابھر آئیں۔ وہ لٹکنے لگیں۔ گھبراہٹ میں جفی کے منہ سے نہ جانے کیا نکلا۔

حسنی اسے سمجھ نہ سکا۔ "جی؟" جفی کو ایسے محسوس ہوا جیسے کسی نے "ہائی" کہا ہو۔ اس کا سر سرہانے پر گر پڑا۔ حسنی کے ہاتھ سے پیالی چھوٹ گئی۔ لیکن چائے تو بستر پر گری تھی۔ فی کیوں شرابور ہو گئی تھی۔

پھر یہ مشکل روز کی مشکل بن گئی۔

جب بھی حسنی جفی کے کمرے کا دروازہ کھول کر آہستہ سے کہتا۔ "جی" تو اسے محسوس ہوتا جیسے کسی نے "ہائی" کہا ہو۔ وہ چونک کر مڑ کر دیکھتی۔ اس وقت حسنی کے کلین شیو چہرے پر مونچھیں لٹک جاتیں اور چٹے سفید دانت چمکتے۔ صورت حال یہاں تک آ پہنچی کہ جفی حسنی سے ڈرنے لگی۔

اول تو جفی اپنے آپ سے بھی تسلیم نہیں کرتی تھی کہ وہ حسنی سے ڈرتی ہے۔ اسے علم نہ تھا کہ وہ خود سے ڈر رہی ہے۔ حسنی کو اچھی طرح علم تھا کہ وہ ڈرتی ہے۔ حسنی کوٹھیوں میں کام کرتے کرتے جوان ہوا تھا۔ وہ ماڈرن گرل سے اچھی طرح واقف تھا۔ وہ انہیں سمجھتا نہیں تھا لیکن جانتا تھا اور سمجھے بغیر جاننا۔ جانے بغیر سمجھنے سے کہیں بہتر ہوتا ہے۔ بہر حال حسنی کو پتہ تھا کہ جب مس صاحبہ ڈرنے لگے تو وہ صرف سٹیٹس کا ڈر ہوتا ہے اور سٹیٹس کا ڈر ایسی بیل ہوتی ہے جس کی جڑ نہیں ہوتی۔ اس لئے وہ انتظار کرتا رہا۔ حسنی بار بار بہانے بہانے جفی کے کمرے کا دروازہ آہستہ سے کھولتا اور پھر مدھم مگر پر لے آواز میں کہتا "جی۔۔۔۔ آپ نے بلایا مس صاحبہ۔"

ایک روز جب جفی آئینے کے سامنے کھڑی تھی تو حسنی نے وہی حرکت دہرائی۔ جفی گھبرا کر پیچھے ہٹی۔ اس کے قدم لڑکھڑائے۔ وہ گری۔ دو مضبوط بانہوں نے اسے سنبھال لیا۔ جفی نے اوپر کی طرف دیکھا۔ دو لٹکی ہوئی مونچھوں میں چٹے سفید دانت چمک رہے تھے۔ جفی نے آنکھیں بند کر لیں۔ اس ڈر کے مارے کہ کہیں مونچھیں اڑ نہ جائیں۔ نیچے

سے کلین شیو چہرہ نہ نکل آئے۔ پھر۔۔۔۔ پھر اسے یاد نہیں۔

ٹھک ٹھک ٹھک ٹھک۔۔۔۔ وقار محل کی دیواریں ٹوٹ رہی تھیں۔ سنہرا گرد و غبار اڑ رہا تھا۔

اگرچہ جفی نے اپنی عزت کا تحفظ کرنے کے لئے کلین شیو چہرے پر مونچھیں لگا لی تھیں اور یوں اپنے ذہن کو مطمئن کر لیا تھا لیکن جسم کو کیسے سمجھاتی۔ جسم تو ایک بے سمجھ کہہ کر دینے والا دہقان ہے۔ وہ ذہن کی سیاست دانیوں کو نہیں سمجھتا۔ جھوٹے رکھ رکھاؤ کی ہیرا پھیریوں کو نہیں جانتا۔ عذاب اور ثواب کے فلسفے کو نہیں جانتا۔ وہ قدیم اور جدید کے امتیازات کو تسلیم نہیں کرتا۔ جسم غلیظ سہی لیکن مکار نہیں۔ وہ صاف بات کرتا ہے۔ دوٹوک بات۔ سیدھی بات۔

جسم نے جفی کے کان میں بات کہہ دی کہ تھرل صرف گینی سے وابستہ نہیں۔ مونچھیں لگانے کی تکلف کے بغیر بھی تھرل حاصل ہو سکتی ہے۔ جسم کی یہ زیر لبی جفی کو بہت ناگوار گزری۔

اگلی صبح جب دھندلکا دور ہوا اور اسٹیٹس کی دنیا پھر سے آباد ہوئی تو جفی کی انا کو بڑا صدمہ ہوا۔ یہ میں نے کیا کر دیا۔ یہ کیسے ہو گیا۔ ایک معمولی نوکر۔

سارا دن وہ اپنی نظر میں گرتی رہی۔ گرتی ہی چلی گئی۔ سارا دن وہ کوشش کرتی رہی کہ اپنے آپ کو سنبھالے۔ لیکن اس روز گویا یاسمین اس کے دل میں آ گھسی تھی۔ جفی اور یاسمین برسر تکرار تھیں۔

جفی بار بار کہتی۔ "چلو ہو گیا ہے تو پھر کیا ہوا۔ اتنی چھوٹی سی بات پلے نہ باندھو۔"

یاسمین کہتی۔ "اونہوں۔ بات پلے باندھی نہیں جاتی، وہ تو بن پوچھے، بن سوچے سمجھے آپ ہی آپ پلے بندھ جاتی ہے۔"

جفی کہتی۔ "دل میلا نہ کرو۔ تم تو ایک ماڈرن گرل ہو۔ جنس تو ایک ذاتی معاملہ ہے۔ اسے روگ نہ بناؤ۔"

یاسمین کہتی۔ "تم ماڈرن گرل نہیں ہو۔ کوئی بھی ماڈرن گرل نہیں ہے۔ سبھی ماڈرن گرل بننا چاہتی ہیں۔ چاہنے اور ہونے میں بڑا فرق ہے۔"

اس روز سارا دن جفی اور یاسمین میں کشمکش ہوتی رہی۔ سارا دن اس کے دل کی ہنڈیا میں جفی اور یاسمین کی کھچڑی پکتی رہی۔

جفی اور یاسمین کے جھگڑے کو سن سن کر اس کے کان پک گئے۔ وہ محسوس کرتی تھی۔ جیسے وہ ان دونوں سے الگ تھلگ ہو۔

دفعتاً اس کے ذہن میں خیال ابھرا۔ پھر میں کون ہوں؟ کیا میں یاسمین ہوں؟ نہیں میں یاسمین نہیں۔ کیا میں جفی ہوں؟ نہیں میں جفی بھی نہیں۔ تو پھر میں کون ہوں؟

صرف میں ہی نہیں ڈیڈی بھی تو ہیں۔ کیا ڈیڈی محمد عثمان نہیں، کیا وہ ایم او ثمان ہیں؟ نہیں تو پھر ڈیڈی کون ہیں؟

اس گھر میں صرف ایک فرد ممی تھیں جو فاطمہ بیگم تھیں۔ خالی فاطمہ بیگم جنہیں سب ممی کہتے تھے۔ نہ جانے کب سے کہہ رہے تھے۔ جنہیں برسوں سے ممی بنانے کی کوششیں کی جا رہی تھیں۔ لیکن وہ امی تھیں اور امی ہی رہی تھیں۔ گھر میں صرف وہی تھیں جنہیں علم تھا کہ وہ کون ہیں۔

میں کون ہوں؟ یہ ایک ٹیڑھا سوال تھا۔ پندرہ برس تک وہ سمجھتی رہی تھی کہ وہ یاسمین ہے۔ دو سال تک وہ سمجھتی رہی تھی کہ جس من ہے اور گزشتہ چار سال سے وہ سمجھ رہی تھی کہ وہ جفی ہے لیکن آج وہ اپنے آپ سے پوچھ رہی تھی کہ میں کون ہوں۔

آج اس کے دل میں جفی اور یاسمین کی کھچڑی پک رہی تھی۔

کیا میں جفی اور یاسمین کی کھچڑی ہوں۔ نہیں نہیں۔ یہ نہیں ہو سکتا۔ میں کھچڑی نہیں ہوں۔ میں کبھی کھچڑی نہیں بنوں گی۔ میری ایک شخصیت ہے۔ میرا ایک سلف ہے۔ میں یاسمین بن سکتی ہوں۔ جفی بن سکتی ہوں لیکن کھچڑی نہیں۔ کبھی نہیں، کبھی نہیں۔

اس کے سامنے افعی آ کھڑی ہوئی۔ میں افعی ہوں۔ وہ سینہ ابھار کر بولی۔ خالص افعی۔ نہیں یہ جھوٹ بولتی ہے۔ یاسمین نے کہا، اگر یہ افعی ہوتی تو کبھی گھر چھوڑ کر نہ جاتی۔

اس چیخ سے گھبرا کر جفی اٹھ بیٹھی اور کھڑکی میں جا کھڑی ہوئی۔ سامنے وقار محل کھڑا مسکرا رہا تھا۔ اس کی مسکراہٹ حسرت آلودہ تھی۔

جفی نے محسوس کیا جیسے محل سب کچھ جانتا ہو۔ ٹھک ٹھک کھچ۔ڑی ٹھک ٹھک۔ کھچ ڑی محل کی دیواریں چلا رہی تھیں۔

"نہیں نہیں۔" یاسمین بولی۔ "بھولنا کافی نہیں۔ تمہیں اس داغ کو اپنے دامن سے دھونا ہو گا۔"

ٹھک ٹھک ٹھک۔۔۔۔ ٹوٹتے ہوئے محل کی آوازیں جفی کے کمرے میں گونج رہی تھیں۔ ٹک ٹک ٹک ٹک۔۔۔۔ ایک لرزش اس کے اندر رینگ رہی تھی۔

"نہیں نہیں۔" جفی گھبرا کر بولی۔ "تم ایک ماڈرن گرل ہو۔ نہیں نہیں" یاسمین چلائی۔ "تم وقار محل کے سائے میں پل کر جوان ہوئی ہو۔"

ٹھک ٹھک ٹھک۔۔۔۔ ٹوٹتا ہوا محل کراہ رہا تھا۔ دفعتاً اس کا منہ سرخ ہو گیا۔

"حسنی۔۔۔۔!" اس نے یوں آواز دی جیسے ڈوبتی ہوئی کشتی میں سے کوئی مدد کے لئے چلا رہا ہو۔

"حسنی۔۔۔!"

جفی اور یاسمین دونوں ششدر رہ گئیں۔ "یہ آواز کس نے دی؟ کس نے؟"

"حسنی۔۔۔!" وہ پھر چلائی۔

وہ آواز منہ سے نہیں بلکہ جسم سے نکل رہی تھی۔

(۹) دومونہی

سوچتی ہوں کہ میں تیاگ کلینک میں گئی ہی کیوں؟ کیا فائدہ ہوا بھلا؟ اپنی بیماری دور کرانے کے لئے گئی تھی، ساری مخلوق کو بیمار کر کے آ گئی۔ وہی بات ہوئی نا۔ بڑھیا بڑھیا تیرا کبڑ دور ہو جائے یا ساری دنیا کبڑی ہو جائے۔

لیکن تیاگ بیتی سنانے سے پہلے میں اپنا تعارف تو کرا لوں۔ میں سانوری ہوں۔ تیس سال کی۔ سلمان سے میرج ہوئے دو سال ہوئے ہیں۔ لو میرج تھی۔ میرے خدوخال عام سے ہیں یعنی ایورج سے کچھ بہتر۔ ہاں ذہن کی تیکھی ہوں۔ کاٹھی مضبوط ہے جسم تنا تنا۔۔۔ لیکن نہیں میں غلط بیانی کر رہی ہوں۔ کسر نفسی سے کام لے رہی ہوں۔ میرے خدوخال ایورج سہی لیکن مجھ میں بڑا چارم ہے۔ راہ چلتے سر اٹھا کر، گردن موڑ موڑ کر دیکھتے ہیں تو یوں دیکھتے ہیں جیسے سر سے پاؤں تک الو کے پٹھے بن گئے ہوں۔ بس میں نہیں رہتے، کنٹرولز ہاتھ سے چھوٹ جاتے ہیں۔ ڈولتے ہیں، پتوار چھوٹ جائے تو کشتی ڈولتی ہے نا۔

میں لڑکی پن سے نکل آئی ہوں۔ لیکن ابھی لڑکی ہی ہوں۔ عورت نہیں بنی۔ اللہ نہ کرے کہ بنوں۔

عجیب سا عالم ہے۔ جیسے شام کو ڈسک ہوتی ہے، رات نہیں پڑی۔ دن بھی نہیں رہا لیکن دن دن سا لگتا ہے۔

اور ایک بات تو میں بھول ہی گئی۔ مجھ میں ایک عجیب سی بات ہے۔ جیتی ہوں۔

بھرپور جیتی ہوں۔ تھری ڈائمنشنل زندگی سے عشق ہے۔ ساتھ ہی ساتھ خود کو جیتے ہوئے دیکھتی بھی ہوں۔ پرکھتی ہوں۔ سیانے کہتے ہیں، دونوں باتیں ایک ساتھ نہیں ہوتیں۔ نہیں ہوسکتی۔ یا تو جیو یا خود کو جیتے رکھو۔ وہی ایٹ دی کیک اینڈ ہیو اٹ والی بات ہے۔ پتا نہیں میری بات کیوں الگ ہے۔ کیک کھاتی ہوں، پاس بھی رکھے رہتا ہے۔

ہیئے۔ مصیبت ہے۔ بڑی مصیبت ہے۔ اپنے برتاؤ کی تفصیلات پر نظر رکھنا بہت تکلیف دہ ہوتا ہے۔ مثلاً میں جھوٹ بولتی ہوں۔ ساری دنیا بولتی ہے۔ میں کس شمار قطار میں ہوں بھلا۔ لوگوں کے لئے جھوٹ ایک معصوم سی چمکیلی سی آرام دہ بات ہے۔ ہیئے ایسا ہے مجھے تو پتا نہ تھا۔۔۔ لو میں نے خط لکھا تھا۔ پتہ نہیں کیوں نہیں ملا۔ مجھے تو اس لڑکے سے جذباتی لگاؤ نہیں۔ ایسے ایسے آرام دہ جھوٹ۔ لیکن ایسے جھوٹ میرے لئے آرام دہ نہیں ہوتے۔ کانفلکٹ کا باعث بن جاتے ہیں۔ ادھر جھوٹ بولا، ادھر اندر سے آوازے اٹھے۔ جھوٹ، جھوٹ، جھوٹ۔

نہیں، یہ مثال غلط ہے۔ مجھے یہ مثال نہیں دینی چاہئے تھی۔ میں نے تو کبھی جھوٹ بولا ہی نہیں۔ کیوں بولوں؟ جھوٹ وہ بولتے ہیں جنہیں ڈر ہوتا ہے کہ سننے والے کو سچ کڑوا لگے گا اور وہ تھو تھو کرے گا۔ میں تو ان لڑکیوں میں سے ہوں جن کے منہ سے کڑوا سچ سن کر بھی سننے والا بدمزہ نہیں ہوتا۔ پھر جھوٹ بولنے کا فائدہ؟ ہاں تو میں کہہ رہی تھی کہ مجھ میں بڑا چارم ہے۔ راہ چلتے کوئی بانکا اچھا لگے تو ایسی چھلکی چھلکی بھرپور نگاہ ڈالتی ہوں کہ اس کا سارا کلف اتر جاتا ہے۔ "گفیا" ہو کر گر پڑتا ہے۔ پھر میرے اندر سے آواز آتی ہے۔ "تت تت۔ بے چارہ، اپنے آپ سے بھی گیا۔"

مجھے پتہ ہے کہ میں بڑی طاقت ور نگاہ رکھتی ہوں۔ اتنی سادگی سے تجزیہ کرتی ہوں کہ کوئی اسے نخرہ مان ہی نہیں سکتا۔ سمجھتا ہے انوسنس ہی انوسنس ہوں۔ میک اپ کرتی

ہوں لیکن کیا مجال کوئی سمجھے کہ میک اپ ہے۔ سمجھتے ہیں، میک اپ سے بے نیاز ہوں۔ لو، وہ میک اپ ہی کیا جو میک اپ نظر آئے۔ پھٹے منہ ایسے میک اپ کا۔

بس میری طرح ہی مشکل ہے۔ میرے اندر کچھ ہے پتہ نہیں کیا ہے۔ پر ہے۔ جس طرح مدفون خزانے پر سانپ ہوتا ہے۔ جس طرح اہرام مصر کے اندر جادو ٹونا کیلا ہوا ہے۔ ویسا ہی کچھ ہے۔

اونہہ، غلط کہہ گئی۔ میرے اندر ایک نہیں دو ہیں۔ دو روحیں ہیں۔ کبھی ایک کنٹرول پر بیٹھ جاتی ہے کبھی دوسری۔ میں دو مونہی سانپ کی طرح ہوں۔ کبھی دو مونہی دیکھی ہے؟ اس کے دو سر ہوتے ہیں۔ ایک سر کی جانب، دوسرا دم کی جانب۔ سر اٹھایا، چل پڑی، پھر رک گئی۔ سر زمین پر رکھ دیا۔ پھر دم والا سر اٹھایا اور اس جانب چلنے لگی۔ اس جانب، کبھی اس جانب، پتہ نہیں چلتا کہ کب کسی جانب چلنے لگوں گی۔ پیش خبری سے عاری ہوں۔ مطلب ہے Unpredictable ہوں۔ بس یہی میری مشکل ہے۔ یہی میری بیماری ہے۔

لیکن ٹھہریئے۔ شروع شروع میں مجھے پتہ نہ تھا کہ Unpredictability بری چیز ہے۔ الٹا میں تو سمجھتی تھی کہ یہ بڑی پیاری خصوصیات ہے۔ آپ کو کیا پتا، جوان لڑکی ہو۔ چھیڑ دینے والی نگاہ ہو۔ بے نیازی سے مخمور ہو، اوپر سے برتاؤ Unpredictable ہو۔ پھر تو وہ تلوار بن جاتی ہے۔

بچپن سے ہی دو دلی تھی۔ کبھی تو اپنی مس اتنی اچھی لگتی۔ اتنی اچھی لگتی کہ میں اس کے وارے نیارے جاتی۔ کبھی آنکھ اٹھا کر دیکھتی تو ایسے دکھتی جیسے اکتائی تھکی ہاری بے جان عورت ہو۔ کبھی ماں باپ بڑے پیارے لگتے۔ کبھی ایسا لگتا جیسے قصائی ہوں۔

دو ایک محبتیں بھی ہوئیں۔ کبھی محبت کے جذبات سے چھلکتی، چھلکے جاتی۔ کبھی

سوکھی کاٹھ ہو کر رہ جاتی۔

یہ دودھاری پن بچپن ہی سے موجود تھا۔ دوسوادی تھی۔ کھٹ میٹھی، گنگا جمنی، گرم ٹھنڈی، الٹی سیدھی، سبھی کچھ تھی لیکن ان دنوں میں اس بات کو اہمیت نہ دیتی تھی۔ جوان ہوئی تو دومونہی ابھرتی آئی۔ ابھرتی آئی۔۔۔۔ چھاگئی۔ پھر دفعتاً مجھے احساس ہوا۔ ڈر گئی، بری طرح سے ڈر گئی۔

ان دنوں میں سلمان کی محبت میں چور تھی۔ اتنی لت پت تھی کہ دوسرا سرا اٹھانے کا خیال ہی نہیں آیا تھا۔ اس دیوانگی میں ڈیڑھ سال گزر گیا۔ پھر ایک روز میں نے جو سر اٹھا کر دیکھا تو سامنے سلمان نہ تھا۔ پتا نہیں کون تھا۔ نہ وہ رنگ، نہ وہ روپ، بے جان، جس سے مشک کافور کی بو آتی تھی۔ میں ڈر گئی۔ اپنی دنیا تباہ ہونے کے خوف سے ڈر گئی۔ خود کو بچانے کے لئے میں نے جھٹ پٹ سلمان سے شادی کرلی۔ شادی کی ہماہمی میں بات پھر چل نکلی۔

بہر حال مجھے احساس ہو گیا کہ یہ ایک بیماری ہے۔ میں مینٹل ہوں۔ میں نے اس احساس کو بہت دبایا۔ جتنا دباتی، اتنا ابھرتا۔ میں نے بڑے جتن کئے۔ ڈاکٹروں سے ملی، ہسپتالوں میں اس قدر گھومی پھری کہ لوگ مجھے ہاسپٹل ورکر سمجھنے لگے۔ سپیشلسٹ کیا دوا دیتے، انہوں نے میری بیماری کو سمجھا ہی نہیں۔ میں نے بہت سمجھایا لیکن سمجھانا آسان ہوتا ہے، سمجھنا بہت مشکل، ڈاکٹروں سے مایوس ہو گئی۔

شادی سے پہلے تو سلمان میری Unpredictable پر اس قدر مسحور کن ہوتا تھا جیسے سانپ بین پر ہوتا ہے۔ میں سمجھتی تھی کہ شادی کے بعد بھی یوں ہی پھن پھیلا کر میرے ہیرے پھیرے لیتا رہے گا۔ لیکن جوں جوں وقت گزرتا گیا، اس کا پیش خبری کا مطالبہ بڑھتا گیا۔ اسے میرے دومونہی پر غصہ آنے لگا۔ میں گھبرا گئی، سوچتی رہی، سوچتی

رہی۔ ادھر میں بھی تو ایک نہ تھی۔ میرے اندر کی دوسری میرے کان میں سرگوشی کرنے لگی۔ ہٹاؤ سلمان کو، کوئی اور سہی جو تیرے دومونہی پن پر مسحور ہو جائے۔ اپنے گرد کوئی اور پھن پھلا دیکھو۔ دنیا میں نوجوان سبھی اولتی بدلتیوں پر جان چھڑکتے ہیں۔ یہ سر زمین پر رکھ دو، دوسرا اٹھاؤ۔

دوسرا سر اٹھا کر سلمان کی طرف دیکھتی تو وہ سپاٹ نظر آتا۔ روکھا پھیکا۔ ہیئے۔۔۔ کیا میں اس پر جان دیتی رہی؟

پھر وہ واقعہ پیش آ گیا اور میں لرز کر رہ گئی۔

ایک روز سلمان کا ایک نیا دوست گھر آ گیا۔ اس وقت سلمان موجود نہ تھا۔ میں تو اسے دیکھ کر ششدر رہ گئی۔ وہی۔۔۔ وہی دو سال پہلے کا سلمان جسے دیکھ کر خود کو میں نے اس کے قدموں میں ڈال دیا تھا۔ وہی رنگ، وہی روپ، وہی شوخی، وہی تازگی۔ میں نے انجانے میں ایک بھرپور چھیڑنے والی نگاہ ڈال دی۔ اس نے پھن پھیلایا اور بین کے ہیرے پھیرے لینے لگا۔ عین اس وقت سلمان آ گیا۔ میں جاگ پڑی، ہوش میں آئی تو دیکھا کہ میری "میں" الٹ پلٹ ہو رہی ہے۔ ڈر گئی۔ بری طرح سے ڈر گئی۔ اس روز میں نے فیصلہ کر لیا کہ تیاگ کلینک جاؤں گی۔ ضرور جاؤں گی، چاہے کچھ ہو جائے۔

چھ مہینے تیاگ کلینک کے متعلق میری ایک سہیلی نے مجھے بتایا تھا۔ وہ خود ذہنی بیماری میں مبتلا تھی۔ ایک مہینہ تیاگ کلینک میں زیر علاج رہی۔ صحت مند ہو کر لوٹی۔

دو پہاڑیوں میں تیاگ ایک قصبہ تھا۔ وہاں ڈاکٹر داؤد نے ذہنی بیماروں کے لئے ایک ہسپتال کھول رکھا ہے۔ ڈاکٹر داؤد ایک زمیندار ہے۔ ولایت سے ایم ڈی کر کے آیا ہے۔ مقصد پریکٹس کرنا نہیں بلکہ علاقے کے لوگوں کی خدمت کرنا ہے۔ عمر بھر کے تجربے اور تحقیق کے بعد اس نے اپنا طریق علاج ڈسکور کیا ہے۔ جڑی بوٹیوں اور مشق رومز سے

علاج کرتا ہے۔ اس کی شہرت دور دور تک پھیل گئی۔ دور دور سے مریض آتے ہیں۔ ان کی رہائش کے لئے ڈاکٹر نے ایک ہوسٹل تعمیر کیا ہے۔

یہاں تک تو بات ٹھیک تھی لیکن میری سہیلی نے بتایا ہے کہ علاج شروع کرنے سے پہلے وہ مریضوں سے زبانی اور تحریری حلف لیتا ہے کہ علاج کے دوران میں بغیر چون وچرا ڈاکٹر کی ہدایت پر عمل کروں گا۔ اس دوران میں ذاتی سوچ وبچار کو عمل میں نہیں لاؤں گا۔ میں سچے دل سے اپنی ول سرنڈر کرتا ہوں۔ یہ سن کر میں ڈر گئی۔ نہیں، یہ مجھ سے نہیں ہوگا۔ میں سبھی کچھ تیاگ سکتی ہوں، اپنی ول نہیں تیاگ سکتی۔ میرے پاس لے دے کر اک "میں" ہی تو ہے۔ اسے میں کیسے تیاگ دوں؟ کیسے کسی دوسرے شخص کے تابع کر دوں؟ نہیں نہیں، یہ نہیں ہو سکتا۔ میری سہیلی نے مجھے بہت سمجھایا کہ ذہنی بیماری کے علاج میں سب سے بڑی رکاوٹ "میں" ہی تو ہوتی ہے۔ اس نے بڑی دلیلیں دیں لیکن میں نہ مانی۔

اس سے کچھ دیر پہلے میرے چچا نے مجھے ایک بزرگ کی خدمت میں بھیجا تھا۔ انہوں نے کہا کہ سانوری بیٹی ساری مشکلات دور ہو جائیں گی۔

بزرگ کی خدمت میں پہنچی۔ انہیں تفصیل سے اپنی ذہنی کیفیت سنائی۔ سن کر بولے۔ "بیٹی، سب ٹھیک ہو جائے گا۔ ہماری بیعت کر لو۔"

"بیعت کیا ہوتی ہے؟" میں نے پوچھا۔

بولے "بیعت کا مطلب ہے۔ حوالگی، سپردگی، خود کو ہمارے سپرد کر دو۔"

"کیسے سپرد کر دوں؟" میں نے پوچھا۔

"بولے۔ "اپنی میں تیاگ دو۔ سارا شہر تمہاری میں کا ہے۔ وہ خود سر ہو گئی ہے۔ بٹ کر دو ہو گئی ہے۔ جیسے سانپ کی زبان بٹ کر دو ہو جاتی ہے۔"

غصے میں، میں کھولنے لگی اور جواب دیئے بغیر بھاگ آئی۔

ہاں تو اس روز میں نے فیصلہ کر لیا کہ تیاگ کلینک جاؤں گی۔ لیکن حلف نہیں اٹھاؤ گی۔

اس رات میں نے سلمان سے کہا۔ "سلمان میں ایک مہینے کے لئے ہل سٹیشن جانا چاہتی ہوں۔ میرا جی چاہتا ہے کہ کچھ دیر کے لئے اکیلی رہوں۔ کسی ایسے پہاڑی مقام پر جہاں بھیڑ بھڑکا نہ ہو، کراؤڈ نہ ہو۔"

اس نے حیرت سے میری طرف دیکھا۔ دیر تک چپ چاپ بیٹھا رہا۔ پھر بولا کہ دیکھو اگر واقعی تم تنہا تنہا رہنا چاہتی ہو تو ٹھیک ہے۔ مجھے کیا اعتراض ہو سکتا ہے۔

تیاگ کا سفر خاصا دشوار تھا۔ پہلے تو گلیات کی طرف جانا پڑا۔ رات وہاں ٹھہری۔ پھر پھول گلی سے تیاگ جانے والی سوزو کی مل گئی۔ سڑک بہت تنگ اور نیم پختہ تھی۔ ساٹھ میل کا سفر سات گھنٹو میں طے ہوا۔ شکر ہے کلینک سے ملحقہ ہوسٹل میں جگہ مل گئی۔ رات گویا گھوڑے بیچ کر سوئی۔ اگلے دن نو بجے کے قریب کلینک پہنچی۔ ایک گھنٹہ ریسپشن میں انتظار کرنا پڑا۔ پھر ڈاکٹر نے اندر بلا لیا۔

اپنے روبرو ایک نوجوان ڈاکٹر کو دیکھ میں حیران ہوئی۔ سہیلی کی باتیں سن کر میں سمجھی تھی کہ ڈاکٹر داؤد معمر آدمی ہو گا۔

"آپ ڈاکٹر داؤد ہیں؟" میں نے پوچھا۔

"میں ان کا بیٹا ڈاکٹر خالد ہوں۔" وہ بولا۔ "والد صاحب انتقال کر گئے ہیں۔ اب میں ان کی جگہ کام کر رہا ہوں۔" یہ کہتے ہوئے خالد نے ایک لمبا سا کاغذ اٹھا لیا۔ بولا۔ "سب سے پہلے اپنی کیس ہسٹری لکھوا دیجئے۔ ہر وہ تفصیل بتایئے جسے آپ اہم سمجھتی ہیں۔"

پتا نہیں اس وقت میرے ذہن میں یہ بات کیسے آئی۔ میں نے کہا کہ میں آپ سے ایک سوال پوچھنا چاہتی ہوں۔ یہ بتایئے مجھے کہ اس گاؤں کا نام تیاگ کیوں ہے؟

وہ مسکرایا، کہنے لگا۔ "بس نام ہے۔ جس طرح آپ کا نام سانوری ہے حالانکہ آپ گوری ہیں۔" تھوڑے سے وقفے کے بعد اس نے پھر سے بات شروع کی۔ کہنے لگا۔ "والد صاحب کا اس کے متعلق ایک نظریہ تھا۔ مفروضہ کہہ لیجئے۔"

میں پھر سے بیٹھ گئی۔ ڈاکٹر خالد میں مجھے ایک بے نام سی کشش محسوس ہونے لگی تھی۔

"بتایئے نا!" میں نے کہا۔ "وہ مفروضہ کیا تھا؟" لیکن پہلے تو یہ بتایئے کہ تیاگ کا مطلب کیا ہے؟"

کہنے لگا۔ "تیاگ ہندی کا لفظ ہے۔ مطلب ہے چھوڑ دینا، ترک کر دینا۔ یہ قصبہ ہندوؤں نے آباد کیا۔ اوپر ٹیلے پر ایک مندر بنا ہوا تھا۔ مندر کے ساتھ ایک عمارت ہے۔ غالباً اس عمارت کا نام تیاگ بھون تھا۔" وہ رک گیا۔

"والد صاحب کا نظریہ بھی تو بتایئے نا۔" میں نے پوچھا۔

مسکرا کر بولا۔ "والد صاحب کا کہنا تھا کہ پہاڑوں کی بلندی کا انسانی جذبات سے گہرا تعلق ہے۔ جوں جوں نیچے اترو۔ جذبات کی شدت بڑھتی جاتی ہے۔ وہ گاڑھے ہو جاتے ہیں۔ بوجھل بھاری، جوں جوں اوپر جاؤ، جذبات میں لطافت پیدا ہوتی ہے۔ مٹھاس پیدا ہوتی ہے۔ نیچے لاگ لگاؤ بڑھتے ہیں۔ اوپر بے نیازی کا سماں پیدا ہوتا ہے۔

والد صاحب کہا کرتے تھے، دس ہزار کی بلندی پر بھور سمے کا عالم ہوتا ہے۔"

"بھور سمے کیا؟"

"جس طرح صبح سویرے ڈان کے وقت سپیدی سی ہوتی ہے۔ ایک عجیب سا سکون،

اطمینان، نروان۔ دس ہزار کی بلندی پر جذبات کی ایسی کیفیت ہوتی ہے۔ نیچے کے لوگ تالاب میں ڈوبے ہوئے ہوتے ہیں۔ اوپر خواہش تو ہوتی ہے۔ پر اس میں ڈنک نہیں ہوتا۔ نیچے انسان کی "میں" میں اتنا ملبہ ہوتا ہے کہ وہ پتھر بن جاتی ہے۔ اوپر روئی کے گالے جیسی ہلکی پھلکی رہتی ہے۔ نیچے محبت و نفرت دونوں میں دھار ہوتی ہے۔ اوپر نفرت بھی ہوتی ہے، محبت بھی۔ لیکن دھار نہیں ہوتی۔

"اوپر سے آپ کی کیا مراد ہے؟" میں نے پوچھا۔

"آٹھ دس ہزار کی بلندی۔" اس نے جواب دیا۔ "آپ کو حیرت ہو گی کہ یہاں تیاگ میں کوئی ذہنی بیماری نہیں ہوتی۔ ذہنی بیماریاں نیچے جنم لیتی ہیں۔ وادیوں میں، میدانوں میں۔ ایک بات یقینی ہے ذہنی بیماری "میں" سے پھوٹتی ہے۔ "میں" میں گرہیں لگ جاتی ہیں۔ آپ ایک سال یہاں قیام کریں۔ ساری گرہیں کھل جائیں گی۔ آپ ہی آپ ڈنک نکل جائیں گے۔ دھاریں کند ہو جائیں گی۔"

میں خالد کی طرف حیرت سے دیکھ رہی تھی۔ اس میں سے ایک عجیب سا اطمینان چھن چھن کر کمرے کی فضا کو منور کئے جا رہا تھا۔ اس کی باتیں میرے لئے بہت انوکھی تھیں۔ میری "میں" پلپلی ہوئی جا رہی تھی۔ میں نے ایک شدید کوشش کی۔ اٹھ بیٹھی۔

"تھینک یو۔"

اس رات میں اپنے کمرے کی ٹیرس پر بیٹھی رہی۔ بیٹھی رہی۔ پتا نہیں کب تک بیٹھی رہی۔ میں محسوس کر رہی تھی جیسے میرا وزن کم ہوتا جا رہا ہو۔ میرا تعلق دھرتی سے کٹتا جا رہا ہو۔

اگلے روز ڈاکٹر خالد نے کہا۔ "میں نے آپ کا کیس سٹڈی کر لیا ہے۔ میرا خیال ہے کہ آپ دو ہفتے میں ٹھیک ہو جائیں گی۔ آج سے آپ کا علاج شروع ہو جائے گا۔ علاج

شروع کرنے سے پہلے آپ کو ایک فارمیلٹی ادا کرنی ہو گی۔ یہ ایک حلف ہے۔" اس نے ایک چھپا ہوا کاغذ اٹھا کر میری طرف بڑھاتے ہوئے کہا۔ ایک تو ہاتھ اٹھا کر حلف پڑھیئے اور دوسرے اس فارم پر دستخط کر دیجیئے۔

"نہیں ڈاکٹر صاحب۔" میں نے کہا۔ "میں اپنی "میں" کسی کے حوالے نہیں کر سکتی۔"

اس نے حیرت سے میری طرف دیکھا۔ اس حیرت میں ستائش بھی شامل تھی۔ میں نے جواب میں ایک بھرپور نگاہ چھلکائی لیکن خالد پر کلف تھا ہی نہیں جو ٹوٹتا۔ ہاں ذرا سا لڑکھڑایا ضرور تھا۔

کہنے لگا۔ "مسز سلمان۔ تمام ذہنی بیماریاں "میں" سے پھوٹتی ہیں۔ یا تو "میں" میں گرہیں لگ جاتی ہیں یا دراڑیں پڑ جاتی ہیں۔ یا کانٹے اگ آتے ہیں اس لئے "میں" کو تیاگے بغیر شفا نہیں ہوتی۔"

"نہ ہو شفا۔" میں نے جواب دیا۔

وہ مجھے سمجھانے لگا۔ بولا: "سائیکی ایڑی میں بھی ڈاکٹر مریض کی توجہ ذات کی جانب سے ہٹا کر اپنی جانب مبذول کر لیتا ہے۔ یہی وجہ ہے کہ بیشتر مریض لڑکیوں کو ڈاکٹر سے محبت ہو جاتی ہے۔"

مجھے اس پر غصہ آ گیا۔ میں نے کہا۔ "ڈاکٹر خالد، میں اتنی دور چل کر آپ سے محبت رچانے نہیں آئی۔" پھر میں نے ایک ایسی نظر اس پر ڈالی جس کا مطلب تھا۔ "آپ بے شک مجھ سے محبت رچائیں۔"

وہ گھبرا گیا۔ کہنے لگا۔ "اچھا آپ یوں کریں کہ آٹھ دس روز یہاں قیام کریں اور اس مسئلہ پر سوچیں۔ شاید۔۔۔۔" وہ رک گیا۔

"کیا آپ حلف لئے بغیر علاج شروع نہیں کرسکتے؟" میں نے پوچھا۔

"حلف علاج کا ایک حصہ ہے۔ اہم ترین حصہ۔" وہ چڑ کر بولا۔

"خدا حافظ۔" میں اٹھ بیٹھی۔

شام کے وقت جب میں کمرے میں اکیلی بیٹھی تھی تو دروازہ بجا۔ میں نے بن سوچے سمجھے کہہ دیا۔ "کم ان" میرے سامنے ڈاکٹر خالد کھڑا تھا۔

"بیٹھئے۔" میں نے کہا۔ میرا خیال تھا کہ وہ پوچھے گا کہ آپ نے کیا فیصلہ کیا۔ لیکن اس نے آتے ہی کھڑکی کی طرف اشارہ کیا۔ بولا۔ "وہ سامنے ٹیلے پر جو جنگل ہے، اس جنگل میں عجیب و غریب قسم کے مشروم اگتے ہیں۔ مثلاً ایک مشروم ہے جو ٹہلتا ہے۔"

"کیا مطلب" میں نے پوچھا۔

"ایک فٹ کے دائرے میں ٹہلتا ہے۔ صبح یہاں ہے، دوپہر کو آدھ فٹ سرکا ہوا۔ شام کو پورا ایک فٹ۔"

میں ہنسی۔ "اب مجھے الف لیلیٰ کہانیاں نہ سنائیے۔"

وہ مسکرایا۔ بولا۔ "حقیقت، رئیلٹی آدھی سے زیادہ الف لیلیٰ ہے۔ آپ خود الف لیلیٰ برتاؤ بیت رہی ہیں۔"

"دورخی برتاؤ۔" اس نے جواب دیا۔ اس کے بعد دیر تک ہم خاموش بیٹھے رہے۔ پھر وہ مجھے عجیب و غریب قسم کے مشرومز کے متعلق بتاتا رہا۔

جب وہ جانے لگا تو میں نے پوچھا۔ "آپ مش رومز سے علاج کرتے ہیں؟"

کہنے لگا۔ "ہاں! بیشتر۔"

میں نے پوچھا۔ "مشروم کیسا اثر رکھتا ہے؟"

کہنے لگا۔ "سب سے پہلے مریض کو ہم وہ مشروم دیتے ہیں جو مریض کی "میں" سے

پھونک نکال دے۔" یہ کہتے ہوئے وہ کمرے سے باہر نکل گیا۔

اسی رات خانساماں کھانا لے کر آیا تو کہنے لگا۔ "بیگم صاحبہ ڈاکٹر خالد کبھی ہوسٹل میں نہیں آئے تھے۔ آج پہلی مرتبہ انہیں ہوسٹل میں دیکھ کر میں تو حیران رہ گیا۔" خانساماں کی بات سن کر میری "میں" میں پھونک اور بڑھ گئی۔

اگلے روز شام کو وہ پھر آگیا۔

میں نے پوچھا۔ "ڈاکٹر آپ شادی شدہ ہیں کیا؟"

اس نے نفی میں سر ہلا دیا۔ کہنے لگا۔ "میں لیڈی ڈاکٹر سے شادی کروں گا۔ ہمارے طریق علاج کو اپنا لے۔"

میں نے اسے چھیڑا۔ "اور اپنی "میں" چاندی کی پلیٹ میں رکھ کر آپ کو بھینٹ کر دے۔''

"نہیں۔" وہ مسکرایا۔ "میں اپنی "میں" چاندی کی پلیٹ میں رکھ کر اسے پیش کروں۔ وہ اسے قبول کر لے محترمہ۔" وہ بولا۔ "محبت کیا ہے؟ اپنی دل سرنڈر کر دینا۔ اپنی "میں" دوسرے کے تابع کر دینا۔"

"ساری دنیا محبت کرتی ہے۔" میں نے طنزاً کہا۔ "لیکن۔۔۔۔"

"اونہوں۔ وہ محبت نہیں ہوتی۔ خواہش ہوتی ہے۔ حرص ہوتی ہے اور زیادہ تر محبوب سے نہیں بلکہ اپنی انا سے محبت ہوتی ہے۔ محبوب تو ایک بہانہ ہوتا ہے ایک پردہ ہوتا ہے۔ ایک ڈیلوژن۔ آپ سمجھتی ہیں کہ آپ نے سلمان سے محبت کی ہے۔ اگر آپ سچے دل سے سلمان سے محبت کرتیں تو دورخی مدت سے ختم ہو چکی ہوتی۔ آپ کو تیاگ میں آنے کی زحمت نہ کرنا پڑتی۔"

پھر دفعتاً اس نے موضوع بدلا۔ کہنے لگا۔ "صبح کے وقت آپ کیا کرتی ہیں؟" کلینک

میں آجایا کیجئے۔ مریضوں کی کیس ہسٹریاں بڑی دلچسپ ہوتی ہیں۔ دلچسپ اور بصیرت افروز۔"

اگلے روز میں کلینک میں جا بیٹھی۔ ڈاکٹر خالد مجھے دیکھ کر بہت خوش ہوا لیکن اس نے اظہار نہ کیا۔ کہنے لگا۔ "آج ایک ہی مریض ہے۔ بہت دور سے آیا ہے۔ بہت بڑا عابد ہے۔"

"کیا تکلیف ہے اسے؟" میں نے پوچھا۔

"پتا نہیں۔" بولا۔ "ابھی آکر آپ کے سامنے بیان کرے گا۔"

عین اسی وقت ایک باریش نورانی شخص کمرے میں داخل ہوا۔ "اسلام علیکم۔"

"وعلیکم السلام!" ڈاکٹر نے جواب دیا۔ "تشریف رکھئے۔ فرمایئے آپ کس طرح تشریف لائے ہیں؟"

بوڑھے نے بامعنی نگاہوں سے میری جانب دیکھا۔

"یہ میری اسسٹنٹ ہیں۔" ڈاکٹر خالد نے کہا۔

یہ سن کر بوڑھا مطمئن ہو گیا۔

"فرمایئے؟" ڈاکٹر نے کہا۔

بوڑھے نے اپنی بھاری بھر کم آواز میں کہا۔ "میری آپ بیتی بہت مختصر ہے۔"

"جی فرمایئے۔" خالد نے کہا۔

"میں نے گزشتہ بیس سال تخلئے میں بیٹھ کر اللہ کی عبادت کی ہے۔ بیس سال۔" اس کی آواز جذبات کی شدت سے کانپی۔ وہ رک گیا۔ کمرے میں گہری بوجھل خاموشی چھا گئی۔ "صدیاں گزر گئیں۔۔۔۔ لیکن۔۔۔۔" اس کی آواز پھر گونجی۔

"لیکن۔۔۔۔ میں آج تک اللہ کو نہیں مان پایا۔ کوشش کے باوجود نہیں مان پایا۔

میں اس کے وجود کو دل سے قبول نہیں کر سکا۔" کمرے میں پھر سے بوجھل خاموشی چھا گئی۔

مجھے ایسا لگا جیسے کسی نے میرے سر پر پتھر مارا ہو۔ میری آنکھوں میں تارے ناچے اور پھر گھپ اندھیرا چھا گیا۔ جب مجھے ہوش آیا تو دیکھا کہ بوڑھا ہو چکا تھا اور خالد سر جھکائے بیٹھا ہے۔

"ڈاکٹر خالد۔" میں نے کہا۔

وہ چونکا۔ بولا۔ "فرمایئے۔"

"میں نے فیصلہ کر لیا ہے۔" میں نے جواب دیا۔

"کیا؟" وہ بولا۔

"میں کل صبح واپس جا رہی ہوں۔"

"میں نے بھی فیصلہ کر لیا ہے۔" ڈاکٹر خالد نے کہا۔

"کیا؟" میں نے پوچھا۔

"ہم حلف لئے بغیر آپ کا علاج کریں گے۔"

میں اٹھ بیٹھی۔ "شکریہ۔ ڈاکٹر، اب اس کی ضرورت نہیں رہی۔"

"تو کیا آپ علاج نہیں کرائیں گی؟"

"نہیں۔" میں دروازے کی طرف بڑھتی ہوئی بولی۔ "اگر اپنی ول ہی سرنڈر کرنا ہے تو میں اسکی بھینٹ کیوں نہ کروں جس کے پردے میں، میں نے دو سال ٹوٹ کر اپنی انا سے محبت کی ہے۔ خدا حافظ ڈاکٹر۔"

(۱۰) روغنی پتلے

شہر کا ایلیٹ شاپنگ سنٹر۔۔۔ جس کی دیواریں، شلف، الماریاں بلور کی بنی ہوئی ہیں۔ جس کا بنا سجا فیکیڈ جلتے بجھتے رنگ دار سائز سے مزین ہے۔ جس کے کاؤنٹرز مختلف رنگوں کے گلو کلرز پینٹس کی دھاریوں سے سجے ہوئے ہیں اور شلف دیدہ زیب سامان سے لدے ہیں جس کے کاؤنٹروں پر سمارٹ متبسم لڑکیاں اور لڑکے یوں ایستادہ ہیں جیسے وہ بھی پلاسٹک کے پتلے ہوں۔ جو ان کے ارد گرد یہاں وہاں سارے ہال میں جگہ جگہ رنگا رنگ لباس پہنے کھڑے ہیں۔۔۔ ہال فیشن آرکیڈ سے کون واقف نہیں۔

چاہے انہیں کچھ نہ خریدنا ہو، لوگ کسی نہ کسی بہانے فیشن آرکیڈ کا پھیرا ضرور لگاتے ہیں۔ وہاں گھومتے پھرتے نظر آنا ایک حیثیت پیدا کر دیتا ہے۔ کچھ پاش چیزوں اور نئے ڈیزائنوں کو دیکھنے آتے ہیں تاکہ محفلوں میں لیٹسٹ فیشن کی بات کر کے اپ ٹو ڈیٹ ہونے کا رعب جما سکیں۔ نوجوان آرکیڈ میں گھومنے پھرنے والیوں کو نگاہوں سے ٹٹولنے آتے ہیں۔ غنڈے سیل گرلز سے اٹا سٹا لگانے کی کوشش کرتے ہیں۔ لڑکیاں اپنی نمائش کے لئے آتی ہیں۔ بوڑھے خالی آنکھیں سینکتے ہیں۔ کھاگ بیگمات گرین یوتھ کی ٹوہ میں آتی ہیں۔ وہ صرف فیشن آرکیڈ ہی نہیں، رومان آرکیڈ بھی ہے کیوں نہ ہو۔ آج محبت بھی تو فیشن ہی ہے۔

کون سی چیز ہے جو فیشن آرکیڈ مہیا نہیں کرتا۔ زربفت سے گاڑھے تک۔ موسٹ ماڈرن گیجٹس سے سوئی سلائی تک سی تھرو سے رنگین مالاؤں تک۔ سب کچھ وہاں موجود

ہے۔ لوگ گھوم گھام کر تھک جاتے ہیں تو آرکیڈ کے ریستوران میں کافی کا پیالہ لے کر بیٹھ جاتے ہیں۔

فیشن آرکیڈ کی اہمیت کا یہ عالم ہے کہ فارن ڈگنیٹریز نے خرید و فروخت کرنی ہو تو انہیں خاص انتظامات کے تحت آرکیڈ میں لایا جاتا ہے۔

آرکیڈ ہال میں جگہ جگہ روغنی پتلے طرح طرح کا لباس پہنے کھڑے ہیں۔ چہروں پر جوانی کی سرخی جھلملا رہی ہے۔ آنکھوں میں دعوت بھری چمک ہے۔ ہونٹوں پر رضامندی بھرا تبسم کھدا ہے۔ جسم کے پیچ و خم ہر لحظہ یوں ابھرتے سمٹتے محسوس ہوتے ہیں جیسے سپردگی کے لئے بے تاب ہوں۔

اگر ڈمی پتلے پلاسٹک کے جمود میں مقید ہیں مگر صناع نے انہیں ایسی کاریگری سے بنایا ہے کہ ان کے بند بند میں حرکت کی الیوژن لہریں لے رہی ہیں۔ یوں لگتا ہے جیسے وہ رواں دواں ہوں۔

سی تھرو لباس والی پتلی کو دیکھو تو ایسے لگتا ہے جیسے وہ ابھی اپنی برہنہ ٹانگ اٹھا کر کہے گی۔ "ہئے مجھے سنبھالو۔ میں گری جا رہی ہوں۔" اور جیکٹ والا اپنی عینک اتار کر مونچھوں کو لٹکاتے ہوئے چل پڑے گا۔ "ہولڈ آن ڈارلنگ میری گود میں گرنا۔"

آرکیڈ میں بہت سی پتلیاں پوز بنائے کھڑی ہیں۔ منی سکرٹ والی، ساڑھی والی، بیدنگ کاسٹیوم والی، میکسی والی، سی تھرو لباس والی، لٹکتے بالوں والی، پتلون والی ننگے پاؤں والی، ہپن، ٹوکرا بالوں والی، انگلی سے لگے بچے والی۔

ان کے ساتھ ساتھ پتلے کھڑے ہیں۔ شکاری جیکٹ والا، دانشور، موٹر سائیکل والا، بلیک سوٹ، اچکن، ہپی، کرتے پاجامے والا، سٹوڈنٹ، ڈینڈی، مصور۔

آرکیڈ ہال کے اوپر دیوار کے ساتھ ساتھ ایک گیلری چل گئی ہے۔ جہاں نظروں سے اوجھل دکان کا کاٹھ کباڑ پڑا ہے۔ پرانی میزیں کرسیاں، شلف اور پتلے جن کا رنگ و روغن اکھڑ چکا ہے۔

رات کا وقت ہے۔ آرکیڈ بند ہو چکا ہے۔ ہال میں سات آٹھ بتیاں روشن ہیں، شیشے کی دیواروں کی وجہ سے ہال جگمگ کر رہا ہے۔

گھڑی نے دو بجائے۔ سارے ہال میں حرکت کی ایک لہر دوڑ گئی۔ پتلیوں نے آنکھیں کھول دیں۔ پتلیوں کی لمبی لمبی پلکیں یوں چلنے لگیں جیسے پنکھیاں چل رہی ہوں۔

سی تھرو نے انگڑائی لی۔

منی سکرٹ والی نے اپنی ٹانگ اٹھائی۔

جیکٹ والے دانشور نے اپنا قلم جیب میں ٹانگا۔ عینک صاف کی اور سی تھرو کی طرف بھوکی نظروں سے دیکھنے لگا۔

موٹر سائیکل والے نے پیچھے بیٹھی لٹکتے بالوں والی پر گلیڈ آئی چمکائی۔ لٹکتے ہوئے بالوں والی سے چھینٹے اڑنے لگے۔

"مائی گاڈ۔" سی تھرو چلائی۔ "یہ دیکھو، اس نے اپنی ٹانگ لہرائی۔ میری ٹانگ پر نیلی رگیں ابھر آئی ہیں کھڑے کھڑے۔"

"کیوں نہ ہو، بلیو بلڈ ہے۔" بلیک سوٹ مسکرایا۔

دور سے ایک آواز آئی۔ "ساغر کو مرے ہاتھ سے لینا کہ چلی میں۔" سب لوگ بکس کے پاس کھڑی پتلون والی کی طرف دیکھنے لگے۔

"تیرے ہاتھ تو خالی ہیں۔ کہاں ہے ساغر؟" کرتے پاجامے والے نے پوچھا۔

"اندھے وہ تو خود ساغر ہے، دکھتا نہیں تجھے۔" جین والا ہنسا۔

"میں تو بور ہو گئی ہوں۔" منی سکرٹ والی نے آنکھیں گھما کر کہا۔

"کیوں مذاق کرتی ہو؟" موٹر سائیکل والے نے گلیڈ آئی چمکائی۔

"تم تو سراپا حرکت ہو۔ تمہاری تو بوٹی بوٹی تھرکتی ہے۔ تم کیسے بور ہو سکتی ہو؟"

"کیوں بناتے ہو اسے، اس کے جسم پر بوٹی ہی نہیں، تھرکے گی کہاں سے۔" دور کونے میں کھڑے اچکن والے نے کہا۔

"ہاں!" پہلوان نما کرنے والے نے سر اثبات میں ہلایا۔ "وہ تو مٹیار کا زمانہ تھا جب بوٹی بوٹی تھرکا کرتی تھی۔ اب تو کاٹھ ہی کاٹھ رہ گیا ہے۔"

"شٹ اپ۔" جین والے نے آنکھیں دکھائیں۔ "اپنے دقیانوسی رجعت پسند خیالات سے فیشن آرکیڈ کی فضا کو متعفن نہ کرو۔"

"ابے مسٹر اچکن۔" سٹوڈنٹ چلایا۔ "ذرا آئینہ دیکھو۔ یوں لگتے ہو جیسے سارنگی پر غلاف چڑھا ہو۔"

"یہ مسٹر اچکن تو خالص ہسٹری ہے ہسٹری۔ اسے تو میوزیم میں ہونا چاہئے۔"

"انٹیکس میوزیم میں۔" جیکٹ والے نے قہقہہ لگایا۔

"بالکل، ان روایتی لوگوں کو جیسے کا کوئی حق نہیں۔"

"یہ لوگ زندگی کو کیا جانیں۔"

"ہپوکریٹس۔" ہر طرف سے آوازیں آنے لگیں۔

"اگنور ہم، ہٹاؤ۔۔۔۔ کوئی اور بات کرو۔" سی تھرو آنکھیں گھما کر بولی۔

"ہاؤ کین دی اگنور ہم؟ یہ لوگ ہمارے راستے کی رکاوٹ ہیں۔"

"نان سنس۔ ہمارے راستے میں کوئی رکاوٹ نہیں بن سکتا۔ وی آر آل فار پروگرس موومنٹ۔" جیکٹ والا چلا کر بولا۔

"ہیر ہیر۔" تالیوں سے ہال گونجنے لگا۔

"ہاہاہاہا" اوپر گیلری میں کوئی قہقہہ مار کر ہنسا۔ اس کی آواز کھرج تھی۔ انداز والہانہ تھا۔ تالیاں رک گئیں۔ ہال میں خاموشی چھاگئی۔ پھر سرگوشیاں ابھریں۔

"کون ہے یہ؟"

"کون ہنس رہا ہے؟"

"پتا نہیں، اوپر سے آواز آرہی ہے۔"

"ہئے میں تو ڈر گئی۔ کتنی ہورس آواز ہے۔"

قہقہہ رک گیا، پھر قدموں کی آواز سنائی دی۔۔۔۔ ٹھک ٹھک ٹھک ٹھک۔

"کوئی چل رہا ہے اوپر۔"

"ہئے میری تو جان نکلی جارہی ہے۔"

"پتہ نہیں کون ہے۔ منی اسکرٹ والی بولی۔

"ڈونٹ فیئر ڈارلنگ۔ آئی ایم ہیر بائی یور سائیڈ۔"

"وہ دیکھو۔۔۔۔ وہ۔ ٹوکرا بالوں والی نے اوپر کی طرف اشارہ کیا۔

اوپر۔۔۔۔ گیلری کے جنگلے پر۔" ساڑھی والی ڈر کر بولی۔

سب کی نگاہیں اوپر جنگلے کی طرف اٹھ گئیں۔

گیلری کی ریلنگ سے ایک بڑا سا بھیانک چہرہ جھانک رہا تھا۔

"توبہ ہے۔ اف۔۔۔۔ ہائے۔۔۔۔" پتلیوں نے شور مچادیا۔

"کون ہے تو؟" موٹر سائیکل والا اپنا سائیلنسر نکال کر غرایا۔

"میں وہ ہوں جو ایک رومشہدی لنگی باندھے وہاں کھڑا تھا۔ جہاں آج تو کھڑا ہے۔"

"اس کی آواز اتنی بھدی کیوں ہے؟" سی تھرو نے سینہ سنبھالا۔

"کہاں سے بول رہا ہے یہ؟" پتلون والی نے پوچھا۔

"میں وہاں سے بول رہا ہوں جہاں بہت جلد تم پھینکی جانے والی ہو۔ لنگی والا کہنے لگا۔

پتلیوں کا رنگ زرد پڑ گیا۔ ان کے منہ سے چیخیں سی نکلیں۔ "نو نو۔۔۔۔ نو نو۔۔۔۔ نیور۔ مائی گاڈ۔ ہئے اللہ۔" وہ سب سہم کر پیچھے ہٹ گئیں۔

"ڈونٹ مائنڈ ہم ڈارلنگ۔" جین والا بولا۔ "یہ تو پٹا ہوا مہرہ ہے۔ پٹے ہوئے مہرے سے کیا ڈرنا۔"

"دیٹس اٹ دے بلانگ ٹو دی پاسٹ۔"

"یہ اب بھی ماضی میں رہتے ہیں اور ہم کو ماضی کی طرف گھسیٹنا چاہتے ہیں۔" جیکٹ والا حقارت سے بولا۔

"بڑے میاں سلام۔" جیکٹ والے نے ماتھے پر ہاتھ مار کر طنزیہ سلام کیا۔ "ماضی پرستی کا دور ختم ہوا۔ حضنت اب جدیدیت کا زمانہ ہے۔"

گیلری میں اوندھا پڑا ہوا رومی ٹوپی والا لنگڑا سوٹی پکڑ کر اٹھ بیٹھا۔

"احمق ہیں یہ جدیدیت کے دیوانے۔ اتنا بھی نہیں جانتے کہ اس دنیا میں نہ قدیم ہے نہ جدید۔ جو آج جدید ہے وہ کل قدیم ہو جائے گا۔"

"یہ ظاہر کے دیوانے کیا سمجھیں گے۔" مشہدی لنگی والے نے قہقہہ لگایا۔ "کہ دور ایک گھومتا ہوا چکر ہے جو آج اوپر ہے، کل نیچے چلا جائے گا۔ جو آج نیچے ہے، کل اوپر آ جائے گا۔"

جین والے نے اپنی پتلون جھاڑی۔ "ان کباڑ خانوں والوں کی باتیں نہ سنو۔ یہ بے چارے کیا جانیں جدیدیت کو۔"

"جدیدیت کے دیوانے۔ آج تیری پتلون کے پائنچے کھلے ہیں۔ کل تنگ ہو جائیں

گے۔ پرسوں پھر کھل جائیں گے۔ یہی ہے نا تیری جدیدیت۔" رومی ٹوپی والے نے قہقہہ لگایا۔

"ذرا اس کی جین کی طرف دیکھو۔" لنگی والا بولا۔ نیلی پتلون پر سرخ ٹلی لگی ہوئی ہے۔۔۔ ہاہا۔ ہاہا۔" وہ قہقہہ مار کر ہنسنے لگا۔

"احمق! یہ ٹلی نہیں۔ پچ ہے پچ۔ پچ فیشن ہے۔ پچھ لگی جین کی قیمت عام پتلون سے دگنی ہوتی ہے۔ تجھے کچھ پتا بھی ہو۔"

"پیوند کبھی غربت کا نشان تھا۔ پیوند لگے کپڑوں والے سے لوگ یوں گھن کھاتے تھے جیسے کوڑی ہو۔ آج تم اس پیوند کی نمائش پر فخر محسوس کر رہے ہو۔" مشہدی لنگی والا ہنسنے لگا۔ "تم عجیب تماشا ہو۔"

رومی ٹوپی والے نے قہقہہ لگایا۔ "دور جدید کے تخیل کا فقدان ملاحظہ ہو۔ پیوند کو فیشن بنا بیٹھے ہیں۔ ہی ہی ہی ہی۔۔۔"

"سارا کریڈٹ ہمیں جاتا ہے۔" ہپن نے سر اٹھا کر کہا۔

"ہائیں۔۔۔ یہ کیا کہہ رہی ہے؟" پتلون والی نے پوچھا۔

"لوسی تھرو زیر لب گنگنائی۔" چھلنی بی بولی۔

"ہاں!" ہپی نے سینے پر ہاتھ مارا۔ "سارا کریڈٹ ہمیں جاتا ہے۔"

"تعفن کا کریڈٹ غلاظت کا کریڈٹ اور کون سا۔" بیدنگ کاسٹیوم والی بولی۔ ساڑھی والی نے ناک چڑھائی۔

ہپی نے قہقہہ لگایا۔ "جدیدیت کے ذہنی تعفن کو دور کرنے کا کریڈٹ۔ جدیدیت کے بت توڑنے کا کریڈٹ۔ جھوٹی قدروں کو پاؤں تلے روندنے کے لئے ہمیں غلاظت کو اپنانا پڑا۔"

سپورٹس گرل نے بیڈ منٹن ریکٹ کو گھما کر دانت نکالے۔

"ڈینٹل کریم کا اشتہار کسے دکھا رہی ہو؟" ہپی ہنسا۔ "ہم نے دور حاضرہ کے سب سے بڑے بت دولت کو پاش پاش کر دیا۔ ہم نے جھوٹے رکھ رکھاؤ کا بت ریزہ ریزہ کر کے رکھ دیا۔ ہم نے ماڈرن ایج کے واحد دل بہلاوے سمال کمفرٹس کی نفی کر دی۔ ہم نے مغربی تہذیب کا جنازہ نکال دیا۔"

"یہ بے چارے کیا جانیں۔" ہپن بولی۔ "ظاہریت کے متوالے۔۔۔ جب کوئی تہذیب متعفن ہو جاتی ہے تو اسے مسمار کرنے کے لئے مجاہد بھیج دیئے جاتے ہیں۔ ہم وہ مجاہد ہیں۔"

"تمہاری تہذیب اپنے خنجر سے آپ ہی خودکشی کرے گی۔" رومی ٹوپی والے نے قہقہہ لگایا۔

"بالکل درست۔" لنگی والا چلایا۔ "یہ ٹرانزیشنل دور ہے۔ جب ایک شو ختم ہو جاتا ہے تو دوسرے شو کے واسطے ہال صاف کرنے کے لئے جمعدار آجاتے ہیں۔ یہ جمعداروں کا دور ہے۔"

"سلی فول۔" سی تھرو ہنسی۔ "یہ تو رومانس کا دور ہے۔"

"رومانس!" گیلری کے کاٹھ کباڑ سے ایک مجنوں صفت دیوانہ لپک کر ریلنگ پر آ کھڑا ہوا۔ "تم کیا جانو، رومان کیا ہوتا ہے۔۔۔ تمہارے دور نے تو عشق کا گلا گھونٹ دیا۔ عاشق کو ٹھنڈا کر کے رکھ دیا۔ محبوب سے محبوبیت چھین کر اسے رنڈی بنا دیا۔ عریانی کو رومان نہیں کہتے بی بی۔"

"ہالڈ رڈیش۔"

"نان سینس۔"

رومی ٹوپی والے نے ایک لمبی آہ بھری۔ "دوستو ہمارے زمانے میں عورت کا نقاب سرک جاتا تھا تو گال دیکھ کر مرد میں تحریک پیدا ہوتی تھی لیکن اب ننگے پنڈوں کی یلغار نے مردانہ حس کو کند کر دیا ہے۔ تمہارے دور نے مرد کو نامرد اور عورت کو بانجھ کر کے رکھ دیا ہے۔"

جیکٹ والا آگے بڑھا۔ اس نے قلم جیب میں ڈالا۔ عینک اتاری۔ "ہم جنس کے متوالے نہیں۔ ہم جنس کی دلیل میں ڈوبے ہوئے نہیں ہیں۔ دور حاضر میں سب سے اہم ترین مسئلہ اقتصادیات کا ہے۔ تم حالات حاضرہ سے چشم پوشی کرتے ہو۔ ہم تمہاری طرح حالات حاضرہ سے آنکھیں نہیں چراتے۔ ہم ترقی پسند لوگ ہیں۔"

"حالات حاضرہ۔" رومی ٹوپی والے نے قہقہہ لگایا۔ "تمہارے نزدیک حالات حاضرہ روٹی، کپڑا اور مکان ہیں۔ ہمارے نزدیک سب سے بڑا مسئلہ انا کا ہے۔ سلف کا۔۔۔۔"میں" کا۔"

"روٹی کپڑے والو ہماری طرف دیکھو۔" ہپن چلائی۔ "جو ملتا ہے، کھا لیتے ہیں۔ جہاں بیٹھ جاتے ہیں، وہی ٹھکانہ بن جاتا ہے۔ جو میسر آتا ہے، پہن لیتے ہیں۔ کہاں ہیں وہ مسئلے جنہیں تم اہرام مصر بنائے بیٹھے ہو۔"

"اونہوں انہیں کچھ نہ کہو۔ یہ تو فارن خیالات کی ایڈ کے بل بوتے پر کھڑے ہیں۔ انہیں کوئی کچھ نہیں کہہ سکا۔" رومی ٹوپی والا بولا۔

"کل جب روٹی، کپڑا اور مکان کا مسئلہ حل ہو جائے گا، پھر تمہارے پلے کیا رہ جائے گا۔ بتاؤ۔" ہپن بولی۔

"یہ تو حرکت کے متوالے ہیں، منزل کے نہیں، انہیں صرف چلنے کا شوق ہے، پہنچنے کا نہیں۔" مشہدی لنگی والے نے منہ بنایا۔

"بکو نہیں، ہمارے راستے میں جو شخص روڑے اٹکائے گا، اس پر رجعت پسندی کا لیبل لگا دیا جائے گا۔"

ہپی قہقہہ مار کر ہنسا۔ "سو واٹ۔۔۔ ہم ہپیوں پر رجعت پسندی کا لیبل لگاؤ۔ بے شک لگاؤ، ہم نے کیپٹل ازم کی بنیادیں کھوکھلی کر دی ہیں۔ ہم نے اقتدار پسندی کا تمسخر اڑایا ہے۔ ہم میں اور ان گوریلوں میں کیا فرق ہے جو سرمایہ داری کے خلاف جان کی بازی لگائے بیٹھے ہیں۔"

"صرف یہی کہ طریق کار مختلف ہے۔" ہپن نے لقمہ دیا۔

ہال پر سناٹا چھا گیا۔

سی تھرو اپنے جسم کے پیچ و خم کا جائزہ لے رہی تھی۔ ساڑھی والی اپنا پلو سنبھال رہی تھی۔ لٹکے بالوں والی منہ میں انگلی ڈالے کھڑی تھی۔ پتلون والی کا چہرہ حقارت سے چقندر بنا ہوا تھا۔ "کتابوں میں تو یہ بات کہیں نظر سے نہیں گزری۔"

مجنوں نما نے قہقہہ لگایا۔ "خود کو زندگی کے متوالے گرداننے والے کتابوں کی بیساکھیوں کے سہارے کے بغیر چل نہیں سکتے۔ زندگی کتابوں سے اخذ نہیں کی جاتی مسٹر۔ زندگی حال ہے۔۔۔ کسی صاحب حال سے پوچھو۔"

"جو قیل و قال کے دیوانے ہیں، انہیں حال کا کیا پتہ؟" لنگی والا بولا۔

"انہیں اتنا نہیں پتا کہ حال پر قیل و قال نہیں ہو سکتا۔ حال کو رد نہیں کیا جا سکتا۔ حال سب سے بڑی حقیقت ہے۔"

ہال پر خاموشی چھا گئی۔

پھر دور سے ایک سرگوشی ابھری۔۔۔ "میں کہاں آ پھنسی ہوں۔" بچے کو انگلی لگائے کھڑی ماں گنگنا رہی تھی۔ "یہ دور ماں کا دور نہیں۔ یہ تو عورت کا دور ہے۔ میں کہاں

آ پھنسی ہوں۔"

"عورت کا نہیں بی بی۔" پہلوان کرتے والے نے سر ہلا کر کہا۔ "یہ تو لڑکی کا دور ہے۔ انہیں کیا پتہ کہ عورت کسے کہتے ہیں۔ بال سفید ہو جاتے ہیں، پھر بھی یہ لڑکیاں ہی بنی رہتی ہیں۔"

"خاموش۔" آرکیڈ کی فرنٹ رو میں کھڑی ٹوکرا بالوں والی بولی۔ "سنو سنو! یہ کیسی آواز ہے؟"

"کون سی آواز؟"

"کدھر ہے آواز؟"

"چپ!" موٹر سائیکل والا چلایا۔ "یہ تو ٹیلی فون کی گھنٹی بج رہی ہے۔"

"یہ آواز تو باہر سے آ رہی ہے۔" منی سکرٹ والی نے کہا۔

جیکٹ والے نے عینک صاف کی اور باہر دیکھنے لگا۔

"ہئے اللہ۔" سی تھرو بولی۔ "یہ آواز تو ایمر جنسی فون بوتھ سے آ رہی ہے۔ وہ جو باہر پورٹیکو میں ہے۔"

"خاموش۔" شکاری ڈانٹ کر بولا۔ "سب اپنی اپنی جگہ کھڑے ہو جاؤ۔۔۔۔ وہ آ رہا ہے۔"

"کون آ رہا ہے؟" سی تھرو نے زیر لب پوچھا۔

"چوکیدار۔"

"چوکیدار۔" پتلیاں سہم کر پیچھے ہٹ گئیں۔ پتلے باہر جھانکنے لگے۔

سامنے ایک اونچا لمبا، جہلمی جوان خاکی وردی پہنے سر پر پگڑی لپیٹے ہاتھ میں سونٹا اٹھائے بوتھ کی طرف بھاگا آ رہا تھا۔

"بالکل اجڈ نظر آتا ہے۔" پتلون والی نے حقارت سے ہونٹ نکالے۔

"گاکی، کروڈ، ان کوتھ۔" ٹوکرا بالوں والی دانت بھینچ کر بولی۔

"میرے بدن پر تورونگٹے کھڑے ہو جاتے ہیں اسے دیکھ کر۔" سی تھرو نے کہا۔

چوکیدار نے سونٹا باہر کھڑا کیا اور خود جلدی سے بوتھ میں داخل ہو گیا۔ اس نے ٹیلی فون کا چونگا اٹھایا اور فون پر باتیں کرنے لگا۔ اس کے ہونٹ ہل رہے تھے لیکن بات سنائی نہیں دے رہی تھی۔ چند ایک منٹ کے بعد وہ بوتھ سے باہر نکلا اور حسب معمول ہال کا چکر لگانے کی بجائے ہال کی طرف پیٹھ کر کے کھڑا ہو کر سڑک کی طرف دیکھنے لگا۔

"ضرور کوئی ایمر جنسی ہے۔" شکاری نے چھائے ہوئے سکوت کو توڑا۔

گیلری میں رومی ٹوپی والا ہنسا۔ "ایمر جنسی۔۔۔ یہ دور تو بذات خود ایک سٹیٹ آف ایمر جنسی ہے۔"

"ایک ابال ہے۔ بے مقصد ابال۔" لنگی والے نے قہقہہ لگایا۔

منی سکرٹ والی نے لمبی لمبی پلکیں جھپکا کر اوپر دیکھا۔

"اگنور ہم مائی ڈیئر موٹر سائیکل والے نے سائیلنسر فٹ کر کے کہا۔

"میں کہتا ہوں، ضرور یہ کسی کے انتظار میں کھڑا ہے۔ ضرور کوئی آنے والا ہے۔" سٹوڈنٹ زیر لب بولا۔

"چوکیدار کو دیکھ کر میری روح خشک ہو جاتی ہے۔" سی تھرو نے ہونٹوں پر زبان پھیری۔

لنگی والے نے مسکرا کر پوچھا۔ "بی بی کیا تیرے اندر روح بھی ہے۔ ہوتی تو سی تھرو نہ ہوتی۔"

"کتنی ڈراونی شکل ہے چوکیدار کی۔" پتلون والی، لنگی والے کے سوال کو دبانے کے

لئے بولی۔

رومی ٹوپی والا ہنسنے لگا۔ "کتنی عجیب بات ہے اپنوں کو دیکھ کر ڈر کر سہم جاتی ہیں۔ بیگانوں کو دیکھ کر ایٹ ہوم محسوس کرتی ہیں۔"

"شٹ اپ۔" پتلون والی ڈانٹ کر بولی۔۔۔۔ "یو۔۔۔۔ان کلچرڈ۔۔۔۔ ان کوتھ۔۔۔۔ سیوج۔"

"ول سیڈ۔" بلیک سوٹ نے کہا۔ "ہیئر ہیئر۔۔۔۔ جنٹلمین چیئرز۔"

سارا ہال تالیوں کی آواز سے گونجنے لگا۔ "ہمارے دور میں ان سویلائیزڈ۔ ان ایجوکیٹڈ لوگوں کو لب ہلانے کی اجازت نہیں دی جا سکتی۔" جیکٹ والا منہ سے جھاگ نکالتے ہوئے بولا۔

"تمہارا دور۔" مجنوں نما ہنسا۔ "نقالوں کا دور، چربہ دور، یہ دور مغربی تہذیب کی کاپی ہے کاپی۔ بیگانوں کی طرز زندگی کی نقل کرو۔ ان کے خیال کو اپناؤ۔ اپنوں سے لگتوں سے نفرت کرو۔ یہی نا۔"

"مغربی تہذیب مغرب میں خودکشی کر چکی ہے۔ چاند غروب ہو چکا ہے۔ اس کی آخری شعاعیں یہاں سرابی رنگ کھا رہی ہیں۔" ہپی مسکرایا۔ "اور۔۔۔۔"

"میں کہتی ہوں۔" ہپن نے اس کی بات کاٹی۔ "اگر نقل ہی کرنی ہے تو کسی ایسی قوم کی کرو جس میں جان ہے۔ زندگی ہے۔ چربہ بننا ہے تو کسی ایسی تہذیب کا بنو جو ابھر رہی ہے۔ کیوں ڈوبتے سورج کو پوج رہے ہو۔"

جیکٹ والے نے اپنا قلم جیب میں اٹکایا۔ عینک کو سنبھالا۔ لمبے لمبے ڈگ بھرے اور ہال کے درمیان آ کر بولا۔ "کون نہیں جانتا کہ کون سی قومیں ابھر رہی ہیں۔"

مشہدی لنگی قہقہہ مار کر ہنسا۔ "ذرا اس فیشن آرکیڈ پر نظر دوڑاؤ۔ رنگ ان قوموں کا

ہے جن کا تم حوالہ دے رہے ہو؟"

"کیا یہ منی سکرٹ، یہ سی تھرو بی بی اس آئیڈیل کے مظہر ہیں جس کے تم دعوے دار ہو؟ کیا تمہارے دور جس پر تم اتنے نازاں ہو، تمہارے مقاصد کی نشاندہی کرتا ہے؟" رومی ٹوپی والا جوش میں بولا۔

"ابھی ہم جدوجہد کے عالم میں ہیں۔ "سٹوڈنٹ نے اپنے ٹوکرا بالوں کو جھٹک کر سنوارتے ہوئے کہا۔

مجنوں نما ہنسا۔ "ذرا آئینہ دیکھو میاں۔ کیا جدوجہد کرنے والوں کی شکلیں ایسی ہوتی ہیں جیسی تمہاری ہیں؟ کیا ان کی قلمیں سارنگی ہوتی ہیں؟ کیا ان کے سروں پر بالوں کے ٹوکرے دھرے ہوتے ہیں؟ کیا ان کی آنکھوں میں سرمے کی دھار ہوتی ہے؟ کیا وہ ایسے بنے ٹھنے ہوتے ہیں جیسے تم ہو؟ تم نے تو لڑکیوں کو بھی مات کر دیا۔ ایمان سے۔۔۔۔"

ہال پر خاموشی طاری ہو گئی۔

سب چپ ہو گئے۔ رومی ٹوپی والا ہنسنے لگا۔

کسی نے رومی ٹوپی والے کو جواب نہ دیا۔

"وہ دن کب آئے گا؟" دور سے یوں آواز سنائی دی جیسے کوئی آہیں بھر رہا ہو۔

"کون سا دن بی بی؟" کرتے پاجامے والے نے پوچھا۔

"جب مجھے مامتا کے جذبے پر شرمندگی نہ ہو گی۔" بچے کی انگلی لگائے کھڑی ماں بولی۔ "جب اس آرکیڈ میں اٹھ کر کھڑی ہو سکوں گی۔"

"سچ کہتی ہو بی بی۔ آج کے دور میں مائیں اپنے بچوں کو اپناتے ہوئے شرم محسوس کرتی ہیں۔" رومی ٹوپی والے نے کہا۔

"وہ ماں کہلوانا نہیں چاہتیں۔" کرتے پاجامے والا بولا۔ "بچوں سے کہتی ہیں، مجھے

باجی بلاؤ۔"

"آج کی عورت، عورت بن کر جینا چاہتی ہے، ماں بن کر نہیں۔" لنگی والا بولا۔

"میں پوچھتا ہوں کیا عورت کو عورت بن کر جینے کا حق نہیں۔ تم نے اسے ماں بنا کر قربانی کا بکرا بنا دیا تھا۔ ہم نے اسے عورت کی حیثیت سے جینے کا حق دیا ہے۔" بلیک سوٹ والے نے کہا۔

"تمہیں کچھ پتا بھی ہو۔" رومی ٹوپی والا ہنس کر بولا۔ "وہ سب تہذیبیں تباہ کر دی گئیں جنہوں نے مامتا کو رد کر دیا تھا اور عورت کو عورت بن کر جینے کا حق دیا تھا۔ اس دنیا میں صرف وہی تہذیب پنپ سکتی ہے جو بچے کو زندگی کا مقصد مانے۔"

"پاگل ہیں یہ ماضی کے دیوانے۔" جیکٹ والے نے عینک اتار کر صاف کی۔ "اتنا نہیں جانتے کہ آج سب سے بڑا معاشی مطالبہ یہ ہے کہ بچوں کی پیدائش کو روکا جائے۔"

"بالکل بالکل۔" بلیک سوٹ والے نے ہاں میں ہاں ملائی۔

"بچے کم خوش حال گھرانا۔" موٹر سائیکل والا گنگنانے لگا۔

"سبحان اللہ" مشہدی لنگی والا بولا۔ "سوشل ازم کے نام لیوا سرمایہ داروں کے حربے کا پرچار کر رہے ہیں۔"

"بھائی صاحب بچے تو غربت کی پیداوار ہیں۔ قدرت کا اصول جس گھر میں پیسے کی ریل پیل ہو گی، بچے پیدا کرنے کی قوت کم ہو جائے گی۔ اگر غریبوں کی یہ صلاحیت ختم کر دی گئی تو تخلیق کا عمل مدھم پڑ جائے۔ شاید ختم ہو جائے۔" رومی ٹوپی والے نے کہا۔

"مین پاور کی عظمت کو ماننے والے بچوں کی پیدائش کو معاشی رکاوٹ سمجھ رہے ہیں۔" مجنوں نما قہقہہ مار کر ہنسنے لگا۔

" پتلیاں ایک دوسرے سے سرگوشیاں کرنے لگیں۔"

"کیا کہہ رہا ہے یہ ؟"

"گاڈ نوز۔۔۔!"

"ہیئے۔ چلڈرن آر اے نوے سنس۔"

"سیانوں نے کہا تھا۔" کرتا پاجامہ والا کہنے لگا۔ "کہ۔۔۔۔"

"کون سیانے ؟" جیکٹ والے نے پوچھا۔

"ہمارے لگتے لوگ۔" کرتا پاجامے والے نے وضاحت کی کوشش کی۔

"تم اپنے لگتوں کی بات کر رہے ہو۔" لنگی والے نے اسے ٹوکا۔ "انہیں سمجھ میں نہیں آئے گی۔ ان کے لگتے تو مغرب میں رہتے ہیں۔ یہ تو مغربی تہذیب کے دیوانے ہیں۔"

"وہ دن دور نہیں۔" اچکن والے نے کہا۔ "جب انہیں اپنے لگتوں کو اپنانا پڑے گا۔ "

"بھول جاؤ وہ دن۔" جیکٹ والا جلال میں بولا۔ "وہ دن کبھی نہیں آئے گا۔"

"ہم ترقی کی جانب قدم اٹھا رہے ہیں۔ ہم آگے بڑھنے کے قائل ہیں۔ ہم کبھی واپس ماضی کی طرف نہیں جائیں گے۔"

"موٹر سائیکل والے نے لٹکے بالوں والی کی طرف دیکھا۔ "کیوں ڈارلنگ۔"

"فارگٹ دیٹ ڈے۔ اٹ ول نیور کم۔" لٹکے بالوں والی نے بال جھٹک کر کہا۔

گیلری کے کاٹھ کباڑ سے ایک پتلا اٹھ بیٹھا۔ اس نے ایک لمبا چغہ پہن رکھا تھا۔ سر پر کلاہ تھا۔ "کون نہیں مانتا اس دن کو۔ کیا تمہیں نظر نہیں آ رہا ہے۔"

"اچھا بدل رہا ہے کیا۔" شکاری نے طنزاً کہا۔

سب پتلے ہنسنے لگے۔

"دنیا کے سارے مذہب، سارے نجومی، سارے سیرز آنے والے گولڈن ایج کو مانتے ہیں۔" چغے والا چلایا۔

"عیسائی، مسلمان، یہودی، ہندو سبھی مانتے ہیں۔ اسٹرالوجرز اس کی شہادت دیتے ہیں۔ رومی ٹوپی والے نے کہا۔

"وہ گولڈن ایج۔" چغے والے نے انگلی اٹھا کر کہا۔ "جب ترقی کا رخ مادی سہولتوں سے ہٹ کر روحانی مقاصد کی طرف مڑ جائے گا۔ جب ہماری توجہ باہر کے آدمی کی جگہ اندر کے آدمی پر مرکوز ہو جائے گی۔ جب امن ہو گا۔ اطمینان کا دور دورہ ہو گا۔"

موٹر سائیکل والے نے طنز بھرا قہقہہ مارا۔

جیکٹ والے نے چلا کر کہا۔ "ضعیف الاعتقادی نہیں، خوش فہمی ہے یہ۔"

"اچھا۔" ماں بولی۔ "کیسا گولڈن ایج ہو گا وہ؟"

"نشاۃ ثانیہ۔" چغے والا چلا کر بولا۔

"نشاۃ ثانیہ۔" ہال کی دیواریں گونجنے لگیں۔

"دنیا پر مبارک ترین ستاروں کا اکٹھ ہو رہا ہے۔ ایسا اکٹھ جو کبھی آج تک نہیں ہوا تھا۔
"

چغے والا بولا۔

"اس کے اثرات 1980ء کے لگ بھگ ظہور میں آئیں گے۔"

ٹوکرا بالوں والی نے منہ میں انگلی ڈال لی۔ "سچ؟"

ساڑھی والی نے سینہ سنبھالا۔

خاموش لٹکے بالوں والی چلائی۔ "وہ دیکھو۔۔۔ وہ۔" اس نے انگلی سے باہر کی طرف اشارہ کیا۔ سب انگلی کی سیدھ میں پورٹیکو کی طرف دیکھنے لگے۔

"کیا ہوا؟" دور سے پولکا بکس کے قریب کھڑی پتلون والی نے پوچھا۔

"کیا بات ہے؟"

"پتہ نہیں۔"

"کون ہے؟" دور کھڑی پتلیاں سرگوشیاں کرنے لگیں۔

موٹر سائیکل والے نے اپنا سائیلنسر فٹ کر کے کہا۔ "وہ آرہے ہیں۔ خاموش۔" اس نے دور کھڑے پتلون والے کو خبردار کیا۔ "وہ آرہے ہیں، ادھر آرہے ہیں۔"

"ہاں ہاں۔" لٹکے بالوں والی بولا۔ "انتظامیہ کے لوگ آرہے ہیں۔"

"بالکل۔" ساڑھی والی نے کہا۔ "وہ ضرور اندر آئیں گے۔"

جیکٹ والے نے اپنی عینک صاف کی۔ اسے پھر سے لگایا اور پھر تحکمانہ لہجے میں بولا۔ "سب اپنے اپنے مقام پر اپنا مخصوص پوز بنا کر کھڑے ہو جاؤ۔ یقیناً کوئی ایمر جنسی ہے۔" موٹر سائیکل والا بولا۔ "ورنہ اس وقت ناظم کا یہاں آنا۔۔۔۔"

سارے پتلے اپنی اپنی جگہ کھڑے ہونے کے لئے دوڑے۔

گیلری میں کھڑے پتلے کونوں میں جا کر ڈھیر ہو گئے۔

ہال پر سناٹا طاری ہو گیا۔ آرکیڈ کا صدر دروازہ کھلا۔ ناظم اندر داخل ہوا۔ اس کے پیچھے نائب تھا۔ نائب کے پیچھے دس بارہ کاریگر تھے۔ انہوں نے پینٹ کے بڑے بڑے ڈبے اور برش اٹھائے ہوئے تھے۔

ناظم کرسی پر بیٹھ گیا۔ نائب اور کاریگر اس کے سامنے کھڑے ہو گئے۔ "دیکھو اس وقت تین بجے ہیں۔" ناظم نے گھڑی کی طرف دیکھ کر کہا۔ "ہمارے پاس صرف چھ گھنٹے ہیں۔ حکومت کے معزز مہمان جو دنیائے اسلام کے بہت بڑے سربراہ ہیں، ٹھیک ساڑھے نو بجے آرکیڈ دیکھنے کے لئے آرہے ہیں۔ ان کے آنے سے آدھ گھنٹہ پہلے سارا

کام مکمل ہو جانا چاہئے۔ سمجھے۔" ناظم نے نائب سے مخاطب ہو کر کہا۔

"یس سر۔" نائب نے جواب دیا۔ "اٹ شیل بی ڈن۔"

"ہوں!" ناظم نے کہا۔ "ہمارے پرائم منسٹر کا کہنا ہے کہ معزز مہمان توقع رکھتے ہیں کہ پاکستان کا سب سے بڑا شاپنگ سنٹر پاکستانی رنگ میں رنگا ہو گا اور پاکستانی زندگی، دستکاری اور فن کا مظہر ہو گا۔ میں چاہتا ہوں کہ آرکیڈ کی ہر تفصیل پاکستانی ہو۔ سمجھے۔"

"آپ فکر نہ کریں سر۔" نائب نے کہا۔

پھر وہ کاریگروں سے مخاطب ہوا۔ "دیکھو بھئی اتنے تھوڑے وقت میں، اتنے شارٹ نوٹس پر ہم نیا سامان مہیا نہیں کر سکتے۔ اس لئے اسی سامان کو رنگ وروغن کر کے گزارہ کرنا ہو گا۔"

"جی صاحب۔" کاریگروں نے جواب دیا۔

اگلے روز ساڑھے نو بجے جب معزز مہمان آرکیڈ میں داخل ہوئے تو صدر دروازے کے اوپر فیشن آرکیڈ کی جگہ پاکستان آرکیڈ کا بورڈ لگا ہوا تھا۔ اندر دروازے کے عین سامنے اچکن والا بڑے طمطراق سے کھڑا تھا۔ اس کے پاس ہی دائیں طرف رومی ٹوپی والا اپنا پھندنا جھلا رہا تھا۔ بائیں ہاتھ طرہ باز مونچھ کو تاؤ دے رہا تھا۔ قریب ہی بچے کو انگلی لگائے چادر میں لپٹی ہوئی خاتون بچے کی طرف دیکھ دیکھ کر مسکرا رہی تھی۔ اس کے پرے کرتے پاجامے والا چھاتی پھلائی ایستادہ تھا۔ ساڑھی والی لمبا چغہ لٹکائے نگاہیں جھکائے لجا رہی تھی۔

سی تھرو چھینٹ کا گھگھرا پہنے سر پر پانی کی گاگر رکھے قدم اٹھائے کھڑی تھی۔

سکرٹ والی چست پاجامہ پہنے بازو پر جدید لمبا کوٹ اٹھائے مسکرا رہی تھی۔

(۱۱) کھل بندھنا

مندر کے احاطے سے گزرتے ہوئے سیوا کارن، بانورے کو بڑ کے درخت تلے دیکھ کر رک گئی۔ بولی "ارے تجھے کیا ہوا جو یوں ہانپ رہا ہے تو؟"

بانورے نے ماتھے سے پسینہ پونچھا۔ بولا۔ "سیوا کارن سامان اٹھاتے اٹھاتے ہار گیا۔ "

"کیسا سامان رے؟"سیوا کارن نے پوچھا۔

"اب پورن ماشی میں اتنی چاتریاں آئی ہیں کہ حد نہیں۔ چالیس سے اوپر ہوں گی۔ ان کا سامان۔۔۔۔"

"چالیس سے اوپر۔۔۔۔؟"سیوا کارن نے حیرانی سے دہرایا۔

"ہاں دیوی!" وہ بولا "سب کچی عمر کی ہیں۔ لڑکیاں ہی لڑکیاں۔ پکی عمر کی بس چار ایک ہوں گی۔ پر وہ بھی لڑکی سمان دکھتی ہیں۔ مجھے تو یوں لگے ہے جیسے سارا کالج ہی ادھر آگیا ہو۔"

یہ سن کر سیوا کارن سوچ میں پڑ گئی۔ جیسے چپ لگ گئی ہو پھر بولی۔ "تپسنی مہامان کا کہنا سچ ہو رہا ہے۔ وہ کہا کرتی تھی، سیوا کارن کلجگ میں نہ استری رہے گی نہ ناری۔ صرف لڑکیاں رہ جائیں گی۔ ابلائیں، پھر وہ ممتا کا دھارا سوکھ جائے گا۔ ناتے ٹوٹ جائیں گے، پرش اور ناری کا فرق مٹ جائے گا، ایک کو دوسرے سے پرکھنا مشکل ہو جائے گا۔"

"ہاں یہ تو ہو رہا ہے۔" بانورے نے دبی زبان سے کہا۔ "پر ایک بات میری سمجھ میں نہیں آوے ہے۔"" "وہ کیا؟" انہیں نہ تو دیوی پر وشواس ہے نہ دیوتا پر۔

پورن ماشی پر بھی پانچ چھے آجایا کرتی تھیں۔ اب کے چالیس کیسے آگئیں؟ ہے بھگوان کیا بھید ہے۔۔۔۔!"

سیوا کارن مسکرائی۔ "بھگوان کے بھیدوں کو کس نے جانا ہے بانورے۔"

سیوا کارن جانے لگی تو مائی بھاگی دوڑی آئی۔ "دیوی کے چاتر بہتے ہیں اور مندر کی کوٹھڑیاں کم۔ انہیں کیسی ٹھکانہ دوں؟"

"جیسے کیسے پورن کر دے بھاگی۔" سیوا کارن نے جواب دیا۔ "بس ایک بات کا دھیان رکھیو کہ مندر میں کوئی نہ سوئے اور تپسنی مہامان کی کوٹھڑی میں کوئی پاؤں نہ دھرے۔

"وہاں کون پاؤں دھر سکتا ہے بھلا؟" بانورا بولا۔ "مہمان کی کوٹھڑی تو سدا بند رہتی ہے۔ اندر سے کنڈی لگی رہتی ہے۔"

سیوا کارن پھر سوچ میں پڑ گئی۔ اسے چپ لگ گئی۔ دیر تک مائی بھاگی اس کا منہ تکتی رہی۔ پھر سیوا کارن گویا اپنے آپ سے بولی۔ "ہاں کنڈی کا بھید نہ جانے کب تک رہے گا۔ جیون بھر تپسنی مہامان نے اندر سے کنڈی لگائے رکھی۔ پھر جب مرن بعد اس کی ارتھی اٹھانے گئے تو دیکھا کہ پھر اندر سے کنڈی لگی ہوئی ہے۔"

"کیا کہا۔ مرن کے بعد اندر سے کنڈی کس نے لگائی؟" بانورہ بولا۔

"کون جانے۔" سیوا کارن نے مدھم آواز میں خود سے کہا۔ "گرو دیو کا کہنا ہے تپسنی مہامان کے مرن جیون کا بھید آج تک نہیں کھلا۔"

"ہے بھگوان۔" بھاگی نے ہاتھ جوڑ کر ماتھے پر رکھ لئے۔

سیوا کارن نے کہا۔ "پر نو جوتش والوں کو کہا ہے کہ کلجگ میں کسی پورن ماشی کو یہ بھید ضرور ملے گا۔ کھل کر رہے گا۔ گرو دیو کہتے ہیں۔ ہاں مہامان کے ابھاگ کا چکر اک دن ضرور ٹوٹے گا۔ پھر اسے شانتی مل جائے گی۔"

"سچ ہے سیوا کارن جی۔" بھاگی بولا۔ "اب بھی کئی بار آدھی رات کے سمے مندر سے مہامان کے بھجن کی آواز آتی ہے۔"

"کھل بندھنا۔ بندھ دے۔ کھل بندھنا۔۔۔"

"ہائیں یہ کیسے بول ہیں؟" بانورہ بولا۔ "جو دیوی بندھن کھولے ہے، اس کے چرنوں میں بیٹھ کر بندھ دے کی پرارتھنا کرنا۔ ہرے رام، ہرے رام، ہرے رام۔

سیوا کارن کو پھر چپ لگ گئی۔

اس وقت سورج مغرب میں غروب ہو رہا تھا جیسے مندر پر رنگ پچکاریاں چلا رہا ہو۔ مندر کے پرلے سرے پر گھنے بوھڑ کے درخت کے لمبے سائے میں بیٹھا شام مراری بانسری پر کلیان بجا رہا تھا۔ بادلوں میں آگ لگی ہوئی تھی۔ دوران پورنا کے گاؤں میں کوئی چکی کراہ کراہ تال دے رہی تھی۔

وہ سب چونک اٹھے۔ "ہائیں یہ کیا؟"

"یہ کیسی آواز ہے؟" سیوا کارن نے پوچھا۔

"یہ چاتری ہیں۔" دیوی بھاگی بولی۔ "دیوی کھل بندھنا کے چرنوں میں بیٹھ کر گیان دھیان کی بجائے ہنس بول رہی ہیں۔"

بانورہ ہنسا۔ کہنے لگا۔ "ان آج کل کی چھوکریوں کو کیا پتہ کہ دیوی کیا ہووے ہے۔ بندھن کیا ہووے۔ جیون کیا ہووے ہے۔"

مندر سے ہنسی کا ایک اور ریلا اٹھا۔

کانتا کا منہ غصے سے لال ہو رہا تھا۔ "یہ ہنسنے کی بار نہیں، رونے کی ہے۔ یہ سارے شبد دیوی، رانی، استری، شریمتی، عورت، وومن سب چھوٹے ہیں۔"

"تو پھر سچا لفظ کون سا ہے؟" کوشلیا نے پوچھا۔

کانتا بولی۔ "میری طرف دیکھو۔ میں نہ دیوی ہوں، نہ شریمتی ہوں، نہ وومن ہوں۔ میں اک باندی ہوں باندی۔ اے سیلو صرف میں ہی نہیں ، تم ہم سب۔ وی آر آل سیلوز۔۔۔۔ سیلوز۔"

"سچ کہتی ہے۔" کنول بولی۔ "ہم سب اپنے ماسٹر کا دل خوش کرنے کے لئے پیدا کی گئی ہیں۔ ہم اپنے مالکوں کی خوش وقتی دیتی ہیں۔ اے مومنٹ آف جائے۔ اے مومنٹ آف اکسائٹ منٹ۔ ایک لذت کا لمحہ۔ وقتی چٹخارہ اور بس۔"

"نہابلا ایسا نہ کہو۔" دیہاتن بولی۔ "اناری داسی نہیں، مالکن ہوتی ہے۔"

"کھی کھی کھی کھی۔" کنول تمسخر سے ہنسی۔

"مجھے بتا تو وہ کون عورت ہے جو داسی نہیں بلکہ مالکن ہے؟" کانتا نے پوچھا۔

"میں ہوں۔۔۔۔ میں۔" دیہاتن نے فخر سے سر اٹھا کر کہا۔ "میں اپنے پتی کے من پر راج کرتی ہوں۔ مسکا کر دیکھوں تو وہ لہلہا اٹھے ہے۔ گھوری دکھاؤں تو مرجھا کر گر پڑے ہے۔ سوکھ جائے ہے۔"

"جو ایسا ہے۔۔۔۔" کانتا نے غصے میں کہا۔ "تو تو کھل بندھنا دیوی کی پورن ماشی میں جھک مارنے آئی ہے کیا؟"

"یہاں تو بندھن کھلوانے آتے ہیں۔" کوشلیا نے وضاحت کی۔ "تو کون سا بندھن کھلوانے آئی ہے۔"

"سچ کہو ابلا۔" سچ کہو دیہاتن نے جواب دیا۔ "میرے بھاگیہ کی گانٹھ پتی کے من میں نہیں پڑی۔ ساس کے من میں پڑی ہے۔ وہ ہمیں دیکھ نہیں سکھاوے ہے۔ جتنا پتی چاہے ہے، اتنا ہی ساس جلے ہے۔ بس گھولے ہے، اپنے پتر کو مجھے راسن کر کے دیوے ہے۔

ادھر وہ تڑپے ہے ادھر میں تڑپوں ہوں۔ بیچ میں ساس دیوار بن کر کھڑی ہے۔ بس یہی میرے نصیبے کا بندھن ہے۔ کیا پتہ اس پورن ماشی میں دیوی ماشی کھل بندھنا میرا یہ بندھن کھول دے۔" وہ ہاتھ باندھ کر اٹھ کھڑی ہوئی۔ "جے ہو دیوی کھل بندھنا کی۔"

"کھی کھی کھی کھی۔" کنول ہنسی۔ "بھولی عورت یہ جو ساس نند ہیں، یہ تو پتی کی ویہڑے کے چاند ہیں۔ ان کی اپنی روشنی نہیں، مانگے کی ہے۔ پتی مہاراج کی دین ہے۔ سارا چمتکار سورج مہاراج کا ہے۔ چاہے تو ساس کا چاند چمکا کر بہو سر پر لٹکا دے۔ چاہے تو نند کا ہانڈا اچلا کر بھاوج کی آنکھیں چندھیا دے۔"

"سچ کہتی ہو۔" سندری بولی۔ "سب کھیل مداری کا ہے، چاہے تو بندریا نچا دے، چاہے تو مینا سے ٹیں ٹیں کرا دے۔"

کانتا سنجیدہ ہو کر بولی۔ "پگلی ساس نند تو پتلیاں ہیں۔ پتی دیو کے ہاتھ میں ڈوری ہے۔ جسے چاہے نچا دے۔ بچارے مات پتا کا کیا دوش۔"

"مات پتا۔۔۔" سینے ماتھے پر گھوری تن گئی۔ "سکھیو عورت کا کوئی اپنا نہیں۔ بھائی بہن نہ مات پتا۔ یہ وہ ناؤ ہے جس کا کوئی پتوار نہیں۔ بس ڈولن ہی ڈولن ہے۔ جیون بھر کا ڈولن۔" یہ کہتے ہوئے اس کی آنکھوں میں آنسو آ گئے۔ پھر ایک ہچکی نے اس کی بات کاٹ دی۔

"تیری بپتا کیا ہے ری؟" سندری نے پوچھا۔

"مت پوچھ۔ شکنتلے چیخی۔ "دکھیا کو نہ چھیڑ، پھوڑے کو ہاتھ نہ لگا۔"

"میری بپتا۔ سیسے گنگنائی۔ میں اک بکاؤ مال ہوں۔ مات پتا مجھے دو بار بیچ چکے ہیں۔ اب تیجی بار کے داؤ میں بیٹھے ہیں۔ پہلے بیچتے ہیں، پھر بسنے نہیں دیتے کہ پھر سے بیچ سکیں۔"

سیسے اٹھ بیٹھی۔ دونوں ہاتھ جوڑ کر مورتی کے سامنے کھڑی ہو گئی۔ بولی۔ "ہے کھل بندھنا دیوی۔۔۔ بتا، کیا میرے بھاگیہ میں بکنا ہی لکھا ہے۔ بول جو ایسا ہی ہے تو بتا کہ میں

خود اپنے کو بیچوں۔ کھلے بندوں بیچوں۔ روج کے روج بیچوں۔ مجھے یہ دکھ تو نہ رہے کہ مات پتا اپنی پیٹ جائی کو بکاؤ مال بنائے بیٹھے ہیں۔

کنول اٹھی۔ اس نے سیسے کو کلاوے میں بھر لیا۔ بولی "جی برا نہ کر بہنا، اک تو ہی نہیں، ہم سب بکاؤ مال ہیں۔ کوئی خود کو اک ہی مرد کے ہاتھ روز کے روز بیچتی ہے، کوئی رنگ رنگ کے پرش کے ہاتھ بکتی ہے۔"

"کیا فرق پڑتا ہے؟" کانتا نے کہا۔ "ایک کے ہاتھ بار بار بکو یا ہر رات نئے گاہک کے ہاتھ بکو۔ بکنا ہمارا بھاگیہ ہے۔ کتنا بڑا بندھن ہے۔"

"صرف ایک نہیں، بندھن ہی بندھن ہیں۔" کنول غصے سے چلائی۔

"اٹھو بہنا سب بندھن توڑ دو۔ اپنی ہمت سے توڑ دو۔" شکنتلے چلائی۔

"ایک بھی باقی نہ رہے۔ یہ پتھر کی دیوی کھل بندھنا بے چاری کیا کرے گی۔"

"ہوش کرو لڑکیو۔ یہ تم کیا کہہ رہی ہو۔" مائی بھاگی بات کئے بغیر نہ رہ سکی۔ "مندر میں کھل بندھنا کے چرنوں میں بیٹھ کر تم پورن ماشی سے ایک رات پہلے دیوی کے خلاف اپنے من میں بس گھول رہی ہو۔"

"کیوں نہ بس گھولیں۔" کانتا بولی۔ "ہم تو دیوی کے پاس صرف اس لئے آئی ہیں کہ پروٹسٹ کریں۔ کیا دیوی کو نظر نہیں آتا کہ بندھوں نے عورت کا بند بند لہولہان کر رکھا ہے۔ کیا عورت سارے بندھنوں سے کبھی آزاد نہ ہو گی۔"

"نہ نہ نہ۔" بھاگی کے منہ سے عجیب سی آوازیں نکلیں۔ اس کا رنگ ہلدی کی طرح پیلا پڑ گیا۔ خوف کے مارے آنکھیں باہر نکل آئیں۔ "نہ نہ نہ نہ۔" وہ بولی۔ "دیوی سے ایک بندھن کھولنے کی مت کرو۔ کوئی ایک بندھن۔ پرنتو وہ باہر کا بندھن ہو، بھیتر کا نہیں۔

جو تم نے سارے بندھن کھولنے کی پرارتھنا کی تو۔۔۔۔ نہ نہ نہ نہ۔ ایسا نہ کرو۔ جو دیوی نے تمہاری سن لی تو۔۔۔۔ تو کیا ہو گا؟"

ایک ساعت کے لئے سب ڈر گئیں۔

"کیا مطلب ہے؟" کنول نے ہمت کر کے پوچھا۔

"جو باہر بھیتر کے سارے بندھن ٹوٹ گئے تو۔۔۔۔" بھاگی نے خوف زدہ ہو کر کہا۔

"ٹوٹ گئے تو۔۔۔۔؟" سبھی بوکھلا سی گئیں۔ تو کہا۔

"تو تم بھی مہامان کے سمان ہو جاؤ گی۔" بھاگی رک گئی۔ جیسے اس کے گلے میں آواز نہ رہی ہو۔

"مہامان کے سمان۔" سب نے دہرایا۔

عین اس وقت سیوا کارن کی آواز سنائی دی۔۔۔۔ "بھاگی۔۔۔۔"

آواز سن کر بھاگی جیسے جاگ اٹھی۔ طلسم ٹوٹ گیا۔ شرمندہ سی ہو گئی۔ دانتوں میں زبان دیئے بھاگی۔

اس کے جانے کے بعد کچھ دیر خاموشی طاری رہی۔ پھر کنول بولی۔ "یہ کون تھی؟"

"کوئی مندر کی ہے۔"

"کیا کہہ رہی تھی؟"

"پتہ نہیں کیا کہہ رہی تھی۔"

دیہاتن بولی۔ "کہہ رہی تھی اگر دیوی نے تمہاری مانگ پوری کر دی۔ سارے بندھن کھول دیئے تو پھر کیا کرو گی۔"

"نان سنس۔" کانتا نے ناک چڑھائی۔

"مجھے یہ مندر وندر، دیوی ویوی۔ سب پاکھنڈ معلوم ہوتا ہے۔" پیلی ساڑھی والی پہلی مرتبہ بولی۔

"جو ایسا ہے تو کیوں آئی ہو؟" کنول نے پوچھا۔

"چاندی کے رسے کو کھلتے دیکھنے آئی ہوں۔" پیلی ساڑھی والی نے کہا۔

"کیا واقعی رسہ کھلتا ہے؟"

"کہتے ہیں، یوں تار تار ہو جاتا ہے جیسے دھو کر سوکھنے کے بعد بال کھلتے ہیں۔"

پیلی ساڑھی والی اٹھی۔ بولی۔ "سب پاکھنڈ ہے۔ نہ پرارتھنا سے کچھ ہو گا، نہ ماتھا ٹیکنے سے۔ نہ منتوں ترلوں سے۔ اگر اس سدا کی غلامی سے نجات پانا ہے تو اٹھو جدوجہد کرو۔ جان لڑا دو ورنہ اس مرد کی دنیا میں عورت کا کوئی مقام نہیں۔"

"بالکل بالکل۔" چاروں طرف سے شور مچ گیا۔

شہر سے دور، شاہراہ سے دور، شوالک پہاڑیوں میں بجھی ہوئی پگڈنڈیوں کے بیچ درختوں سے گھرا ہوا ایک گاؤں ہے۔ ان پورنا۔۔۔۔ اس گاؤں سے ایک میل جنوب کی طرف ایک کھلا میدان ہے جس کے درمیان میں ایک بہت پرانا مندر ہے جسے کھل بندھنا کا مندر کہتے ہیں۔ یہ مندر اتنا پرانا ہے کہ کسی کو پتہ نہیں کہ کب تعمیر ہوا۔ اس کی بناوٹ بھی مندر کی سی نہیں۔ نہ مندر کا مخروطی گنبد نہ کلس۔

صدر دروازے سے داخل ہوتے ہی ایک بہت بڑا ہال کمرہ ہے جس کی چھت نیچی ہے۔ ہال کمرے درمیان میں ایک چبوترے پر پتھر سے بنا ہوا قد آدم دیوی کا مجسمہ ہے جس کے خدوخال وقت کی خردبرد کی وجہ سے گھسے پٹے ہوئے ہیں۔ صرف آنکھیں واضح ہیں جو لمبی اور ترچھی ہونے کی وجہ سے یوں ڈولتی محسوس ہوتی ہیں جیسے کشتیاں ہوں۔ دیوی کے

قریب ہی ایک موٹا سا چاندی کا رسہ چھت سے لٹک رہا ہے جو چاندی کی پتلی پتلی تاروں کو باٹ کر بنایا گیا ہے۔

ہال کمرے کے ارد گرد تینوں طرف چھوٹی چھوٹی کوٹھڑیاں بنی ہوئی ہیں جن کے ارد گرد ایک چھوٹا سا برآمدہ چاروں طرف سے گھومتا ہے۔ دیکھنے میں ایسا لگتا ہے جیسے وہ مندر نہیں، بدھ مت کے پجاریوں کا پاٹ شالہ ہو۔

"پرانے زمانے سے پتھر کی بنی ہوئی عمارت دیوی کھل بندھنا کے مندر کے نام سے مشہور ہے۔ کسی کو علم نہیں کہ دیوی کا اصل نام کیا ہے۔ سارے علاقے میں مشہور ہے کہ وہ بندھن کھول دیتی ہے۔

ہر سال بیساکھ کی پورن ماشی کے دن ارد گرد کے علاقے سے عورتیں دیوی کے آگے سیس نوانے کے لئے آتی ہیں۔ کوئی پتی کہ من میں پڑی ہوئی گرہ کھولنے کے لئے پرارتھنا کرتی ہے۔ کوئی بیٹے کے دل میں پریم بندھن کے خلاف ہاہا کار مچاتی ہے۔ کوئی ساس بہو کے کرودھ کھولنے کی بنتی کرتی ہے۔ کوئی اولاد کی روک کا رونا روتی ہے۔

پورن ماشی کی رات شام ہی سے دیوی کا بھجن شروع ہو جاتا ہے۔ جوں جوں رات بھیگتی ہے، مجمعے پر ایک کیفیت طاری ہونے لگتی ہے۔ پھر آدھی رات کے قریب ماتری درت لے شروع ہوتی ہے۔

"دیوی۔۔۔۔ کھل بندھنا۔"

اس پر سارے یاتری اٹھ کھڑے ہو جاتے ہیں۔ ان پر وجدان کی کیفیت طاری ہو جاتی ہے۔ دل پر وجدان طاری ہو جائے تو سارے اعضاء رقص کرنے لگتے ہیں۔ کوئی برمال، کوئی گیت۔ جب یہ رقص اپنی انتہا پر پہنچتا ہے تو مندر میں ایک عجیب سی آواز پیدا ہوتی ہے۔ یوں جیسے آکاش سے گھنگھرو گرے ہوں۔

اس پر پجاری ساکت ہو کر کھڑے ہو جاتے ہیں۔ پھر آہستہ آہستہ ٹھمک ٹھمک گھنگھرو بندھے پاؤں قدم قدم قریب آتے ہیں اور دیوی کے پاس آکر رک جاتے ہیں۔

عین اس وقت مندر کا مہا منتری سنکھ بجاتا ہے۔ سنکھ کی آواز سن کر پھر سے کھل بند ھنا کا بھجن شروع ہو جاتا ہے۔ سنکھ روتا ہے ڈھولک سر پیٹتی ہے اور لوگ بھجن کے پردے میں آہ زاری کرتے ہیں۔

عین اس وقت سیوا کارن جو گیا دھوتی میں ملبوس موتیے کے ہار لپیٹے دیوی کے گرد گھومنے لگتی ہے۔ تیز۔۔۔۔ تیز۔۔۔۔ اور تیز۔ ساتھ ہی چھت سے لٹکا ہوا چاندی کا رسہ جھومنے لگتا ہے۔ اس جھولن جھومن میں رسے کے بل کھولنے لگتے ہیں۔ کھلتے جاتے ہیں۔ حتیٰ کہ چاندی کی تاریں یوں ایک ہو کر لٹکنے لگتی ہیں جیسے کسی مٹیار نے سکھانے کے لئے بال کھول رکھے ہیں۔

یہی دیوی کا معجزہ ہے۔ اسی لئے دیوی کا نام کھل بندھنا مشہور ہے۔

ساری چاتریاں ایک ایک کر کے مندر سے جا چکی تھیں۔ صرف کانتا، کنول اور سیسے عورت کے بندھنوں کی شکایت کی زنجیر میں بندھی بیٹھی تھیں کہ مندر کی گھنٹی بجی۔ وہ تینوں چونکیں۔ ان کے سامنے سیوا کارن کھڑی تھی۔ بولی۔ "مندر کے دوار بند کرنے کا سمے ہو گیا۔ اب تم اپنا ٹھکانہ کر لو۔"

"کہاں ہے ہمارا ٹھکانہ؟" کنول نے پوچھا۔

"جس کو ٹھڑی میں بھی جگہ ملے۔"

"اور جو کوٹھڑیوں کے دروازے بند ہوئے تو۔۔۔۔" کانتا نے پوچھا۔

"تو کھٹکھٹاؤ۔ مندر میں کوئی رات بھر نہیں رہ سکتا۔ دیوی کی یہی آگیا ہے۔"

"جب وہ مندر سے باہر نکلیں اور ایک نظر لمبے بر آمدے پر ڈالی تو سیسے بولی۔ "سب کوٹھڑیوں کے کواڑ بند ہیں۔ کسے کھٹکھٹائیں؟"

"باری باری سب کو بجا دو۔" کنول نے کہا۔

عین اس وقت بر آمدے کے درمیان کی کوٹھڑی کا دروازہ چوں کر کے آپ ہی کھل گیا۔ اندر سے دیئے کی مدھم روشنی باہر آنے لگی۔

انہوں نے کھلے کواڑ سے اندر جھانکا۔ کوٹھڑی خالی پڑی تھی۔ فرش پر سوکھی گھاس بچھی ہوئی تھی۔ دیوار کے آلے میں اک دیا ٹمٹما رہا تھا۔

جب وہ لیٹنے لگیں تو سیسے نے ڈر سے چیخ سی مار دی۔ "وہ دیکھو وہ۔۔۔۔"

"محراب کے پیچھے کوٹھڑی کے پچھلے حصے میں ایک کھاٹ بچھی ہوئی تھی جس پر کوئی کالی چادر لپیٹے سو رہا تھا۔

"کون ہے یہ؟" سیسے نے پوچھا۔

"کوئی ہو گی۔" کانتا نے بے پرواہی سے کہا۔

"آج تو ساری کوٹھڑیاں بھری ہوئی ہیں۔" کنول بولی۔

"کنول۔۔۔۔" کانتا نے کہا۔ "یہ مہامان کون تھی جس کا ذکر مندر والے کر رہے تھے۔"

"وہی جس کے سارے بندھن کھل گئے تھے۔"

"یہ طوطا مینا کہانی تم مان گئیں کیا؟" سیسے نے کہا "سب جھوٹ ہے۔۔۔۔ جھوٹ۔"

"اوں ہوں۔ جھوٹ نہیں۔" کوٹھڑی کے پچھلے حصے سے بھاری بھر کم آواز آئی۔ •

وہ تینوں چونک اٹھیں۔

"تو کون ہے؟" سیسے نے بلند آواز سے پوچھا۔

"میں ہی ہوں۔"

"اس کی آواز کو کیا ہے؟" کنول نے زیر لب پوچھا۔ "عورت کی سی نہیں۔"

"رو رو کے میرا گلا رندھ گیا ہے۔" کالی چادر والی نے کہا۔

"تو مہامان کو جانتی ہے کیا؟" کانتے نے پوچھا۔

"جانتی ہوں۔ میں اس کی بالکی ہوں۔" کالی چادر والی اٹھ کر بیٹھ گئی۔ لیکن وہ کوٹھڑی کی طرف پیٹھ کئے ہوئے تھی۔

"مہامان کے سارے بندھن ٹوٹ گئے تھے کیا؟"

"مہامان کون تھی؟"

"اس پر کیا بیتی؟"

کوئی کچھ نہ کچھ پوچھ رہی تھی۔

پھر کوٹھڑی میں خاموشی چھا گئی۔

دفعتاً کالی چادر والی بولی۔

"مہامان کے مات پتا نذر کوٹ کی ریاست میں رہتے تھے۔ گھر کھانے کو سوکھی روٹی کے سوا کچھ نہ تھا۔ جب مہمان ان کے گھر پیدا ہوئی تو ماں باپ کے دل میں امید کا دیا ٹمٹمایا کہ پتری بڑی ہو گئی تو ریاست کے مہاراجہ کی بھینٹ کریں گے۔ چھوٹی موٹی جاگیر مل جائے گی۔ جیون سکھی ہو جائے گا۔"

"مہاراجہ کی بھینٹ۔۔۔۔؟" کنول نے حیرت سے دہرایا۔

"ہاں مہاراجہ کی بھینٹ۔" ان دنوں یہ رواج تھا۔

ماں باپ سندر پتریاں مہاراجہ کی بھینٹ کر دیتے تھے۔ مہاراج چار ایک روز کلی کا رس چوستے۔ پھر اسے پرانے محل میں پھینک دیتے جہاں مہاراج کے نوکر چاکر پھول کی

پنکھڑیاں نوچتے اور پھر جب وہ ڈنٹھل بن جاتی تو کال کوٹھڑی میں دھکیل دیتے۔ یہی ان دنوں کی ریت تھی۔

پتری سندر تھی۔ مات پتا نے اس کا نام شوبھا رکھ دیا۔" کالی چادر والی نے آہ بھر کر کہا۔

"شوبھا کون؟" سیسے گنگنائی۔

"وہی۔۔۔" کالی چادر والی نے آہ بھر کر کہا۔ "جو مندر میں آکر تپسیا کرتے کرتے مہامان بن گئی۔" وہ تینوں چپ چاپ بات بنے بیٹھی تھیں۔

"مات پتا نے شوبھا کے پیٹ اور گالوں پر حلوہ باندھ باندھ کر پتری کو بڑا کیا کہ پیٹ ملائم رہے۔ گال چکنے ہو جائیں۔ رانوں پر گھیر کی مالشیں کیں کہ لچک بڑھے۔ کمر پر کمر بند کس دیا کہ ربٹ کے گیند کی طرحیوں ابھر ابھر کر جھٹکے۔"

"توبہ ہے۔" سیسے نے آہ بھری۔

"جب شوبھا بڑی ہوئی تو اس میں وہ سب کچھ تھا جو مات پتا نے چاہا تھا۔ جسم تیار تھا پر من میں اڑان تھی۔"

"اڑان کیوں؟" کنول نے پوچھا۔

"جب شوبھا کو پتہ چلا کہ اسے بھینٹ بنایا جا رہا ہے تو اس کے من نے کہا۔ میں سب کچھ بنوں گی پر بھینٹ نہ بنوں گی۔ مجھے تھالی میں پروس کر دوجے کے سامنے نہ دھرا جائے۔ میں کنیا ہوں۔ کھاجا نہیں ہوں۔

جب وہ اسے راجہ کے محل میں لے کر گئے تو حواریوں نے اسے اچھی طرح دیکھا کہ راجہ کے لائق ہے بھی یا نہیں۔ پھر وہ اسے مہاراج کی سیج پر بٹھا کر چلے گئے کہ مہاراج ابھی آتے ہیں۔

وہ وہاں سے اٹھ بھاگی۔ کھڑکی سے باہر نکلی۔ پر نصیبے کا لکھا کون مٹا سکے ہے۔ باہر کے کواڑ کی بجائے بھیتر کے کواڑ میں سے ہو کر پرانے محل میں جا پہنچی جہاں مہاراج کے نوکر تاک میں بیٹھے تھے۔

پتہ نہیں کتنے روج بھیڑیئے اسے بھنبھوڑتے رہے۔ پر ایک دن وہ وہاں سے بھی نکل بھاگی۔

پریم کا گریا جگہ جگہ سے ترخ چکی تھی۔ اب اس میں دودھ بھرنے کی بات نہ رہی تھی۔ اس لئے وہ سیدھی شار جانائیکہ کے پاس پہنچی۔ بولی۔ لے نائکہ مجھے بیچ اور کھا۔ اپنی جھولی بھر۔ اب میں کسی اور کام کی نہیں رہی۔" کالی چادر والی خاموش ہو گئی۔

دیر تک کوٹھڑی گم صم رہی جیسے اوپر چپ کا تنبو تنا ہو۔ صرف دل دھک دھک کر رہے تھے۔ کروٹیں باہر نکلی ہوئی تھیں۔ سینوں کی نوکیں ابھر کے کانٹے بن گئی تھیں۔

پھر کالی چادر والی نے ایک لمبی آہ بھری۔ بولی۔ "شوبھا کا وہ چرچا ہوا، وہ چرچا ہوا کہ مہاراج کے درباری بھی اس کے دوار پر کھڑے ہو کر انتجار کرنے لگے۔ یہاں تک کہ ایک دن مہاراج خود چوبارے پر آ پہنچے۔

شوبھا کے پاس گیا نہ تھا۔ پوشاکیں، جیور، ہیرے جواہرات اور دھن۔ دھن ہی دھن۔ اوپر سے وہ پھول سمان کھلی کھلی تھی پر بھیتر میں ایک کانٹا لگا تھا۔ سوچتی کتنی اپرادھن ہوں میں کہ جگہ جگہ بوٹیاں تڑوائیں۔ بکی پر مات پتا کو جاگیر نہ لینے دی۔ ان کا کہنا سودا کھونا کر دیا۔ پتہ نہیں اب کس حال میں ہیں۔ اس کانٹے نے اس کے بھیتر کو لہولہان کر دیا۔ خود اپرادھن جاننے لگی تو پھر رہا نہ گیا۔ گہنے پاتے کی گٹھڑی باندھی اور چوری چوری چوبارے سے نکل گئی۔

مات پتا کو اپنی قیمت چکانے کے لئے گاؤں پہنچی تو پتہ چلا کہ وہ بھوک کے مارے ایڑیاں رگڑ رگڑ کر مر گئے۔" کالی چادر والی پھر رک گئی۔

تینوں چھوکریاں یوں بیٹھی تھیں جیسے مایا اتر گئی ہو۔ استری ٹوٹ گئی ہو۔ جیسے پاپڑے سے کڑاکا نکل گیا ہو۔

"شوبھا کی آنکھوں میں دنیا اندھیر ہو گئی۔" کالی چادر والی یوں بولی جیسے آواز بھیگ گئی۔" دو سریں اور گر گئی ہو۔" کالی چادر والی پھر رک گئی۔

"پھر۔۔۔؟" ستے گھگیائی۔

"پھر۔۔۔" کالی چادر والی نے دہرایا۔" پھر شوبھا کی نظر میں جیسے سب کچھ، کچھ بھی نہیں ہو گیا۔ دھن دولت بانٹ دی اور کھل بندھنا کے دوار پر آ بیٹھی۔ دیوی باہر کے بندھن پر ٹوٹ گئے۔ بھیتر کے بھی کھول دے۔" کالی چادر والی آہ بھر کر بولی۔

"بھیتر کے دو بندھن اسے جکڑے ہوئے تھے۔ اک یہ کہ اس نے مات پتا کا اپمان کیا تھا۔
"

"اور دوجا۔۔۔؟" کانتا کے ہونٹ ہلے پر کالی چادر والی چپ رہی۔

"پھر۔۔۔؟" کنول کی آواز سنائی دی۔ پر وہ بت بنی بیٹھی رہی۔ بیٹھی رہی۔

پھر دور کوئی بالک رویا تو کالی چادر والی چونکی۔" سنو سنو۔ دوجا بندھن آپ ہی بول پڑا۔ اس کے من میں اک بالک روتا تھا۔ ممتا سر پیٹتی تھی۔ چھاتیاں سر اٹھا اٹھا کر بین کرتی تھیں۔ وہ تھیلی تڑپتی تھی جہاں بالک آنا چاہیے تھا۔ من لہو کے آنسو روتا تھا۔ جوں جوں بالک روتا، توں توں شوبھا کے چرنوں میں تڑپ تڑپ کر بنتی کرتی۔ آدھی رات کے سمے دیوی کے بھجن گاتا۔ دیوی۔۔۔ کھل بندھنا۔

اس نے اتنی تپسیا کی، اتنی تپسیا کی کہ مہامان بن گئی۔

پھر ایک رات وہ دیوی کے چرنوں میں سیس نوانے بیٹھی تھی تو مندر میں اک ہلکی آواز ابھری۔ "چپ۔" اس نے سر اٹھا کر دیکھا تو دیوی نے اپنی انگلی ہونٹوں پر رکھی ہوئی تھی اور سارا مندر "چپ، چپ گنگنا رہا تھا۔ یہ دیکھ کر اس نے الٹا اپنی مانگ کر دہرانا شروع کر دیا۔ پھر ایک کرودھ بھری آواز ابھری۔ اندھی منگتی اپنی مانگ کو جان۔ اس پر بھی وہ نہ سمجھی۔ تو دیوی بولی۔ "استری بندھن ہی بندھن ہوتی ہے۔ جو بھیترے کے بندھن بھی کھل گئے تو استری، استری نہ رہے گی۔" یہ سن کر وہ ڈر گئی پر سمجھی پھر بھی نہیں۔

دیوی بولی۔ "استری لیروں کے کھدو سمان ہوتی ہے۔ لیریں نکال دو تو کھدو کہاں رہے گا؟"

وہ پھر بھی نہ سمجھی۔ الٹی پھر سے بھجن رٹنے لگی۔۔۔۔ "دیوی کھل بندھنا۔" ناچ نچان کر دیوی کو منانے لگی۔

پھر دیوی جیسے کرودھ میں بولی۔ "جا تیری بھیتر کے بندھن کھل گئے۔"

اس پر مندر ڈولنے لگا جیسے بھونچال آ گیا ہو اور مہامان گر پڑی۔ "کالی چادر والی نے چادر لپیٹی اور اٹھ بیٹھی اور قدم قدم ان کی طرف چل پڑی۔

جب وہ محراب کے نیچے پہنچی تو سیسے بولی۔ پھر کیا ہوا؟"

وہ رک گئی۔ "پھر کیا ہوا؟"

"ہاں ہاں۔۔۔۔ پھر کیا ہوا؟"

"پھر۔۔۔۔" کالی چادر والی نے اپنے منہ سے چادر اٹھا دی۔۔۔۔ "پھر یہ ہوا۔۔۔۔ یہ۔۔۔۔"

انہوں نے سر اٹھا کر اس کی طرف دیکھا۔ دہشت سے ان کی چیخیں نکل گئیں۔ ان کے سامنے پتہ نہیں کون سی مخلوق کھڑی تھی۔ نہ وہ عورت تھی نہ مرد۔

تینوں نے سیوا کارن کا دروازہ زور سے کھٹکھٹایا۔ "سن رہی ہو سیوا کارن۔ سن رہی ہو؟ وہ دیوی کے چرنوں میں بھجن بھینٹ کر رہی ہے۔"

سیوا کارن بھاگی بھاگی باہر نکلی۔ دونوں مندر کے بڑے دروازے کی طرف دوڑیں۔ مہامان کی کوٹھڑی کی کنڈی کھل گئی۔ "مجھے پتہ تھا کہ اک دن ابھاگنی کا چکر ٹوٹ جائے گا۔

"سیوا کارن سن تو سہی۔ بھاگی چلائی۔

"کھل بندھنا۔۔۔ بندھ دے۔"

"سنا تو نے۔" بھاگی چیختی۔ "مہامان نے بول بدل دیئے۔" "ہاں۔۔۔!" سیوا کارن بولی۔

"مہا جوگی کہتے تھے، ایک دن آئے گا جد چاندی کا رسہ نہیں کھلے گا۔"

"اے دیوی تیری جے ہو۔"

سیوا کارن نے ہاتھ جوڑ کر ماتھے پر رکھ لئے، اندر کوئی گائے جا رہی تھی۔

"کھل بندھنا۔۔۔ بندھ دے۔ کھل بندھنا۔۔۔!!

(۱۲) سندرتا کا راکشس

شام دبے پاؤں رینگ رہی تھی۔

ٹیلے پر درختوں کے سائے پھیلتے جارہے تھے لیکن چوٹی کی جھولی سورج کی تھکی ماندی کرنوں سے ابھی تک بھری ہوئی تھی۔

سوامی جی کی کٹیا کا دروازہ صبح سے بند تھا۔ بالکا اور داس دونوں درختوں کی چھاؤں تلے بیٹھے اپنے اپنے کام میں مصروف تھے۔ ہر چند ساعت بعد وہ سر اٹھا کر سوامی جی کی کٹیا کے دروازے کی طرف امید بھری نگاہوں سے دیکھتے کہ کب دروازہ کھلے اور درشن کے بھاگ جاگیں لیکن دروازہ نہیں کھلا تھا۔

صبح داس نے تھالی میں بھوجن پروس کر سوامی جی کے دروازے پر رکھ دیا لیکن اب تک تھالی جوں کی توں دھری تھی۔ نہ دروازہ کھلا، نہ سوامی جی نے بھوجن اٹھایا۔ اب وہ رات کے بھوجن کی تیاری میں لگا ہوا تھا۔

پاس ہی بالکا منجھ کے بنے ہوئے جوتے کی مرمت کر رہا تھا۔

دور ٹیلے کے مغربی کونے کے پرے شہر کے مکانات صاف دکھائی دے رہے تھے۔ جیسے ماچس کی روغنی ڈبیاں نیچے اوپر دھری ہوں۔ شہر کے لوبھی بھنورے کی مدھم بھن بھن صاف سنائی دے رہی تھی۔

دفعتاً اس کے منہ سے ایک چیخ سی نکلی۔ "ہے رام" اور چاقو اس کے ہاتھ سے گر گیا۔

"ہاتھ کٹ گیا تھا؟" بالکے نے سر اٹھا کر پوچھا۔

"ناہیں مہاراج، وہ دیکھو۔۔۔ ادھر۔"

بالکے نے ادھر دیکھا۔ اس کی آنکھیں کھلی کی کھلی رہ گئیں۔ٹیلے کے مغربی کنارے پر دو لڑکیاں ان کی طرف آ رہی تھیں۔ چست لباس پہنے، بال پھیلائے، مکھ سجائے، پرس جھلاتی ہوئی۔ یوں جیسے وہ سوامی جی کا آشرم نہیں بلکہ پکنک سپاٹ ہو۔

"یہ تو کالج کی دکھتی ہیں مہاراج۔" داس نے کہا۔

"آج کل تو سبھی کالج کی دکھتی ہیں۔" بالکے نے جواب دیا۔ "کیا ماتا کی پتری۔۔۔۔" بالکا اٹھ کر کھڑا ہو گیا اور گھبراہٹ میں ٹہلنے لگا۔

داس چھلے ہوئے آلوؤں کو پھر سے چھیلنے میں لگ گیا۔ٹیلے پر گھبراہٹ بھری خاموشی کے ڈھیر لگ گئے۔

وقت تھم گیا۔

پھر ایک لوچدار آواز نے تتلی کی طرح پر پھڑ پھڑائے۔ "ہمیں سوامی جی سے ملنا ہے۔"

بالکے نے سر اٹھایا۔

شیلا اور بملا کی کٹوراسی آنکھیں دیکھ کر بالکے نے گھبرا کر سر جھکا لیا اور بولا۔ "سوامی جی کی کٹیاں کے دوار کے پٹ کل سے بند ہیں دیوی۔ انہوں نے صبح کا بوجھن بھی نہیں اٹھایا۔"

"تو دوار کے پھٹ کھول دو۔" شیلا بولی۔

"ہمیں اس کی آگیا نہیں دیوی۔"

"سوامی جی کو بھی تو دوار بند کرنے کی آگیا نہیں۔" بملا غصے میں چلائی۔ "اگر پرماتما کا دوار بھی بند ہو گیا تو منگتوں کا کیا ہو گا؟"

یہ سن کر بالکے کے ہاتھ پاؤں پھول گئے۔ سدھ بدھ ماری گئی۔ اب کیا جواب دے۔ کوئی ہو تو دے۔ٹیلے پر خاموشی طاری ہو گئی۔

پھر داس اٹھا۔ اس نے لپک کر چٹائی اٹھائی اور کنیاؤں کے سامنے بچھا کر نیچی نگاہوں سے بولا۔ "بیٹھو شریمتی بیٹھو۔"

"ہمارے پاس بیٹھنے کا ٹائم نہیں۔" شیلا نے کہا۔

"سوامی جی سے کوئی مانگ کرنا ہے یا پوچھنا ہے؟" داس نے پوچھا۔

"مانگ بھی، پوچھنا بھی۔" شیلا نے کہا۔

"ہم تمہارا سندیس پہنچادیں گے دیوی۔" بالکا بولا۔

"اونہوں۔" شیلا نے تیوری چڑھا کر کہا۔ "ہم خود سوامی جی سے بات کریں گے۔"

"پر دیوی جی! سوامی جی استریوں سے نہیں ملتے۔" بالکے نے کہا۔

"کیا کہا؟" شیلا اور بملا دونوں چلائیں۔

"کیا وہ پرش استری کو برابر نہیں جانتے؟" شیلا نے تلخی سے کہا۔

بالکے نے سر لٹکا لیا اور چپ سادھ لی۔ اب وہ کیا کہے، کیا جواب دے۔

ٹیلے پر خاموشی چھا گئی، گہری لمبی خاموشی۔

آخر شیلا زیر لب بولی۔ جیسے خود سے کہہ رہی ہو۔ اس کی آواز میں مایوسی کی جھلک تھی۔

"بے کار ہے بملا۔ استری کے لئے پرماتما کا دوار بھی بند ہے۔ یہاں بھی اندھیر نگری ہے۔ یہ دیش بھی پرش کا ویش نکلا۔

بملا کا چہرہ غصے سے سرخ ہو گیا۔ وہ چلا کر بولی۔ "سوامی جی پرش سے ملتے ہیں، استری سے نہیں، کیا سوامی جی استری سے ڈرتے ہیں۔"

بالکے نے جواب دیا۔ "استری سے سوامی جی نہیں، ان کے اندر کا پرش ڈرتا ہے اور پرش استری سے نہیں، خود سے ڈرتا ہے۔ اس میں اتنی شکتی نہیں دیوی کہ وہ اندر کے مرد کو روک میں رکھ سکے۔"

یہ سن کر دونوں کنیائیں سوچ میں پڑ گئیں۔

اس سبھے داس نے دو پیالے چائے کی تھالی میں دھرے اور کنیاؤں کے سامنے رکھ کر بولا۔

"دیوی چائے پیو۔ تم تھک گئی ہو گی۔ بڑی کٹھن چڑھائی ہے اس ٹیلے کی۔"

"بی بی یہ تو ہمارا اندر کا کھوٹ ہے۔" بالکے نے کہا۔ "کہ استری سے بچنے کے لئے ہم اسے دیوی بنا دیتے ہیں۔"

"تمہارے اندر بھی کھوٹ ہے کیا؟ تم جو دن رات رام نام کی دھنکی سے دل کو پوتر کرنے میں وقت گزارتے ہو۔" بملا نے پوچھا۔

"دیوی۔" بالکا بولا۔ "من کا کھوٹ کنوئیں کے پانی کی طرح ہوتا ہے۔ جتنا نکالو، اتنا ہی بھیتر سے رس کر باہر آجاتا ہے۔"

یہ سن کر وہ دونوں چپ ہو گئیں۔ دفعتاً انہوں نے محسوس کیا کہ وہ بہت تھک گئی ہیں۔ اس لئے چٹائی پر بیٹھ کر چائے پینے لگیں۔

"ہاں!" شیلا سوچ میں گم بڑبڑائی۔ "میرے پتی نے بھی مجھے دیوی بنا رکھا تھا۔ اتنا پیار کرتا تھا کہ وہ پوجا لگتی تھی۔ میں کہتی، پرکاش مجھے دیوی نہ بناؤ۔ مترنم بناؤ، ساتھی جانو، برابر کا ساتھی۔۔۔۔"

"اونہوں۔" بملا نے آہ بھری۔ "وہ برابر کا نہیں جانتے۔ ساتھی نہیں مانتے یا تو دیوی بنا کر پوجا کرتے ہیں اور یا باندی سمجھ کر حکم چلاتے ہیں۔"

"ایسا کیوں ہے بالکا جی؟" بملا نے پوچھا۔

"کیا سوامی جی سے یہی پوچھنے آئی ہو دیوی؟" بالکے نے کہا۔

"ہاں!" شیلا بولی۔ "جب پرش اور استری ایک گاڑی کے دو پہیئے ہیں تو پھر بڑا چھوٹا کیوں؟"

"سچ کہتی ہو شریمتی۔۔۔۔ سچ کہتی ہو۔" بالکے نے آہ بھری۔ "یہ تو استری کی جنم جنم کی پکار ہے۔ اس دن سے استری برابر کی بھیک مانگتی پھرے ہے جس دن رانی وجے ونتی نے راج پاٹ کو تیاگ کر برابری کے کھوج میں راج بھون سے پاؤں باہر دھرا تھا۔" یہ کہہ کر بالکا چپ ہو گیا۔

"وجے ونتی کون تھے بالکے جی؟" بملا نے پوچھا۔

"تمہیں نہیں پتہ کیا؟" بالکا بولا۔ "آج بھی راج گڑھی کی ڈھیری میں آدھی رات کے وقت رانی وجے ونتی کی آوازیں سنائی دیتی ہیں۔"

"آج بھی۔۔۔۔؟" بملا نے پوچھا۔

"ہاں آج بھی، اس کی ڈھونڈ آج بھی جاری ہے۔"

یہ سن کر شیلا بملا کو چپ لگ گئی۔

سائے اور بھی لمبے ہو گئے۔

درختوں کی ٹہنیاں ایک دوسرے سے لپٹ لپٹ کر رونے لگیں۔ سورج کے لہو نے رس رس کر بادلوں کو رنگ دیا۔

وقت رک گیا۔

پھر شیلا کی مدھم آواز آئی۔ "بالکا جی۔ وجے ونتی کون تھی؟"

اور پھر بالکے نے وجے ونتی کی کہانی سنانی شروع کی۔ بالکا بولا۔ "وجے ونتی راج گڑھی کے مہاراج ماتری راج کی رانی تھی۔ مہاراج کا سنگھاسن اس کے چرنوں میں دھرا تھا۔ مہاراج اسے آنکھوں پر بٹھاتے۔ وارے نیارے جاتے۔۔۔۔ اس کی کوئی بات نہ ٹالتے، الٹا پلے باندھ لیتے۔ انہیں وجے سب رانیوں سے پیاری تھی۔ کیسے نہ ہوتی، سندرتا میں وہ سب سے اتم تھی۔ صرف ناک نقشہ ہی نہیں، اس کی چال ڈھال، رنگ روپ سبھاؤ سبھی کچھ

سندرتا میں بھیگا ہوا تھا۔ پلکیں اٹھاتی تو دیئے جل جاتے۔ ہونٹ کھولتی تو پھول کھل اٹھتے۔ بانہہ ہلاتی تو ناگ جھولتے۔ بھرپور نجر سے دیکھتی تو رنگ پچکاری بھگو کر رکھ دیتی۔ مہارانی راج بھون میں بڑے آنند سے جیون گجار رہی تھی۔"

بالکا رک گیا۔ پھر کچھ دیر بعد بولا۔ "پھر ایک روز آدھی رات کے سمے مہارانی کا دوار بجا، وہ سمجھی، مہاراج آئے ہیں۔ اٹھ کر دروازہ کھولا تو کیا دیکھتی ہے کہ مہاراج نہیں ایک بوڑھی کھوسٹ استری کھڑی ہے۔"

"کون ہے تو؟" وہ غصے سے چلائی۔

اس کی آواز سن کر مہارانی کی باندی شوشی جاگ اٹھی اور دوڑ کر دروازے پر آگئی۔ اس کی اتنی جان کہ آدھی رات کو مہارانی کا دروازہ کھٹکھٹائے۔ رانی نے شوشی سے کہا۔ "کون ہے تو؟" شوشی بڑھیا کی طرف جھپٹی۔

"میں شوبالا ہوں۔" بڑھیا نے جواب دیا۔ "میرا دارو کھتم ہو گیا ہے۔ دارو بنا میری رات نہیں کٹے گی۔ میں نے سوچا کہ رانی کے آگے جھولی پھیلاؤں۔ جو کرپا کریں تو میری رات کٹ جائے۔"

"تو استری ہو کے دارو پیتی ہے۔" رانی نے گھن کھا کر جھر جھری لی۔

"نہ مہارانی، جو میں استری ہوتی تو دارو پینے کی کیا ضرورت تھی۔ جب میں استری تھی تو دارو پیتی نہیں تھی۔ پلایا کرتی تھی۔ لیکن اب۔۔۔۔ اب میں وہ دن بھولنے کے لئے دارو پیتی ہوں۔"

"یہ کیا بول رہی ہے شوشی؟" وجے نے کہا۔ "کہتی ہے، میں استری نہیں۔" شوبالا بولی۔ "استری ایک سوگند ہوتی ہے جو کچھ دناں رہتی ہے، پھر اڑ جاتی ہے اور پھر پھول کی جگوں ڈنٹھل رہ جاتا ہے۔"

"توراج بھون کی باندی ہے کیا؟" شوشی نے پوچھا۔

"نہیں " شوبالا نے کہا۔ "میں باندی نہیں ہوں۔ آج سے تیس ورش پہلے میں بھی اسی رنگ بھون میں رہتی تھی۔ اسی دلان میں جس میں تو رہتی ہے۔ اسی سیج پر سوتی تھی۔ جب مہاراج ماتری راج کے پتا راج سنگھاسن پر براجمان تھے۔ مہاراج مجھے آنکھوں پر بٹھاتے تھے۔ جیسے تجھے بٹھاتے ہیں۔ بات منہ سے نکلتی تو پوری ہو جاتی۔ یہ سو چونچلے سندرتا کے کارن تھے۔ جیسے آج تیرے چاؤ چونچلے ہیں۔ پھر ایک دن آئے گا جب تو بھی ان دنوں کو بھولنے کے لئے دارو کا سہارا لے گی۔"

یہ سن کر وجے کا دل دھک سے رہ گیا۔ وہ سوچ میں پڑ گئی۔ "تو کیا یہ ساری چاننی روپ کی ہے؟ میں کچھ بھی نہیں؟"

"کچھ بھی نہیں۔" شوبالا نے جواب دیا۔ "جب تک دکان سجی ہے۔ گاہکوں کی بھیڑ ہے۔ جب دکان لٹ جائے تو استری کو کون جانے ہے مہارانی۔"

"تو بکتی ہے، سب جھوٹی ہے۔" وجے نے چیخ کر کہا۔ "ایسا نہیں ہو سکتا، نہیں ہو سکتا۔"

بالکا رک گیا۔

داس نے چونک کر دیکھا۔ تو پڑا ہوا اپھلا جل کر کالا ہو گیا تھا۔

بملا سر جھکائے چٹائی کو کرید رہی تھی۔

شیلا کی نگاہیں جلتے بادلوں پر ٹکی ہوئی تھیں۔

"پھر کیا ہوا بالک مہاراج؟" داس کی آواز سن کر وہ سب چونک پڑے۔ بالکے نے بات چلا دی۔ بولا۔

"شوبالا کے جانے کے بعد وجے رانی بیکل ہو گئی۔ کیا یہ سچ ہے سندرتا ہی سبھی کچھ ہے؟ استری کسی گنتی میں نہیں؟ نہیں۔ یہ نہیں ہو سکتا۔ یہ جھوٹ ہے۔ شوشی نے اسے بہت

سمجھایا۔ مہارانی سچ کے کھوج کی لگن نہ لگا۔ سچ کوئی میٹھا پھل نہیں۔ وہ جھوٹ جو شانت کر دے، اس سچ سے اچھا ہے جو اندر بھٹی سلگاوے ہے۔ پر نتو مہارانی کو سچ کی ڈھونڈ کا تاپ چڑھا تھا۔ بولی "منش کی رتھ میں دو پہیے لگے ہیں۔ پرش اور استری۔ رتھ کیسے چل سکتی ہے جد توڑی دونوں پہیے برابر نہ ہوں۔"

"نہیں رانی۔" شوشی نے کہا۔ "دو پہیے برابر نہیں۔ کارن یہ کہ پرش کا پہیہ چلے ہے۔ استری کھالی سجاوٹ کے لئے ہے۔ چلتا نہیں۔"

باندی نے وجے کو بہت سمجھایا پر وہ نہ مانی۔ بالکا رک گیا۔ پھر اس نے سر اٹھا کر بملا شیلا کی طرف دیکھا۔ بولا۔ "کنیاؤ! جس کے من میں سچ کی ڈھونڈ کا کیڑا لگ جائے پھر جیون بھر اسے نہ سکھ ملتا ہے نہ شانتی۔"

"یہ کیا کہہ دیا بالک مہاراج؟" داس بولا۔

دوار کا داس بالک نے کہا۔ "سچ کو اپناؤ، سچ جیو پر نتو سچ کی ڈھونڈ میں نہ نکلنا۔ سدا چلتے رہو گے۔ چلنے کے بھر میں آ جاؤ گے۔ نہ رستہ ہو گا۔ نہ ڈنڈی، نہ اور۔۔۔۔ اور نہ کہیں پہنچو گے۔ صرف چلنا، چلتے رہنا۔" بالکے نے آہ بھری اور کہانی سنانے لگا۔ "لاکھ سمجھانے پر بھی وجے رانی سچ کی ڈھونڈ میں چل نکلی۔ سب سے پہلے اس نے مہاراج کو پرکھنے کی ٹھانی کہ وہ مجھے برابر کا جانیں ہیں کہ نہیں۔ اس کے من میں چنتا کا کانٹا لگ گیا۔ جوں جوں اس کی چنتا بڑھتی گئی، توں توں مہاراج اسے اپنے دھیان کی گود میں جھلاتے گئے۔ اس کے سامنے یوں سیس نواتے گئے جیسے وہ سچ مچ کی دیوی ہو۔ جوں جوں وہ دیوی کو مناتے گئے، توں توں رانی کی کلپنا بڑھتی گئی مہاراج مجھے مورتی نہ بنائیے۔ مندر میں نہ بٹھائیے۔ اپنے پاس بٹھائیے، اپنے برابر جانئے۔

مہاراج کو سمجھ میں نہ آتا تھا کہ برابر کیسے جانیں۔ جسے دھیان دیا جائے۔ مان دیا جائے، اونچا بٹھایا جائے، وہ برابر کیوں چاہے۔ جسے سارا دیا جائے وہ آدھا کیوں مانگے؟

وجے رانی کو جلد ہی پتہ چل گیا کہ مہاراج اسے دیوی کے سمان بنا سکتے ہیں، مہارانی بنا سکتے ہیں، چہیتی سمجھ سکتے ہیں، ساتھی نہیں بنا سکتے۔

یہ جان کر وجے نے ٹھان لی کہ وہ راج بھون کو چھوڑ دے گی۔ رانی نہیں بلکہ استری بن کر جئے گی۔ سندرتا کے جور پر نہیں، جیؤ کے جور پر۔ بھبھوت مل کر سندرتا چھپائے رکھے گی اور کسی کے ساتھ بیاہ نہ کرے گی جب تک وہ اسے برابر کی نہ سمجھے، ساتھی نہ جانے۔

پھر ایک رات جب گرج چمک جوروں پر تھی اور راج بھون کے چوکیدار کونوں میں سہمے بیٹھے تھے تو وجے نے بھیس بدلا اور شوشی کو ساتھ لے کر چور دروازے سے باہر نکل گئی۔

چلتے چلتے وہ راج نگری سے دور ایک شہر میں رکیں۔ وجے گجارے کے لئے پھلکاریاں بناتی، شوشی انہیں باجار میں بیچ کر دیتی۔

کچھ دنوں میں وجے کی پھلکاریوں کی مانگ بڑھ گئی۔ "اتنی صاف ستھری پھلکاریاں کون بناوے ہے؟" منڈی میں باتیں ہونے لگیں۔ پھر بدیش سے ایک گھبرو بیوپاری آنند آ نکلا۔ پھلکاریاں دیکھ کر بھونچکا رہ گیا۔ اس نے شوشی کو ڈھونڈ نکالا۔ بولا۔ "یہ پھلکاریاں کون کاڑھتی ہے؟ مجھے اس کے پاس لے چل۔" شوشی اسے گھر لے آئی۔ وجے کو دیکھ کر وہ پھلکاریاں بھول گیا۔ وجے پھلکاریاں دکھاتی رہی۔ آنند وجے کو دیکھتا رہا۔ وجے سمجھتی تھی کہ بھبھوت سندرتا کو ڈھانپ لیتی ہے۔ آنند سوچتا رہا کہ جس گن کو استری اچھالتی ہے، یہ شریمتی اسے چھپا رہی ہے۔ اوش کوئی بھید ہے۔

آنند بہت سیانا تھا۔ اس نے شہر شہر کا پانی پی رکھا تھا۔ اس نے سوچا، پاؤں دھیرے دھیرے دھرو۔ بڑی پھسلن ہے اور جو گرا تو یہاں سہارا دے کر اٹھانے والا کوئی نہیں۔

پہلے تیل دیکھ، تیل کی دھار دیکھ، پھر پاؤں دھرنا، تو وہ تیل کی دھار جانچنے کے لئے پھلکاریوں کے بہانے وجے کے گھر آنے جانے لگا۔

دو چار پھیروں میں اسے پتہ چل گیا کہ سندرتا کی بات نہیں چلے گی۔ پریم کی بات نہیں چلے گی۔ ملائم بات نہیں چلے گی، لگاؤ کی نہیں، بے لاگ، کھردری، گنوار۔

وہ بولا۔ "بی کاڑھن۔ تو تو چیونٹی کی چال چلے ہے۔ پر مجھے تو بہت سی پھلکاریاں چاہئیں تاکہ انہیں بیچ کر اپنا پیٹ پال سکوں۔"

پھر چار ایک دن کے بعد آنند وجے سے بہت بگڑا۔ سب جھوٹ موٹ، بولا۔ "تو کام چور ہے ری۔ میں تیرے سر پر بیٹھ کر کام کراؤں گا۔" اس بہانے وہ سارا سارا دن وجے کے گھر رہنے لگا۔ جوں جوں وہ اس کے نیڑھے ہوتا گیا۔ اس کا من ہاتھوں سے نکلتا گیا۔

پھر ایک دن آنند نے اس کی بانہہ پکڑ لی۔ بولا۔ "بی کاڑھن میرا دھندا نہیں چلتا۔ اتنی کمائی بھی نہیں ہوتی کہ سوکھا گجارا کر سکوں۔ جو تو مجھ سے بیاہ کر لے تو جیون سکھی ہو جائے۔ تو پھلکاریاں کاڑھے، میں انہیں بیچوں، کام تیرا، دوڑ دھوپ میری۔"

وجے اس کی چال میں آگئی، اس کی ممتا جاگ اٹھی، بولی۔ "میں تو اس سے بیاہ کروں گی جو پتنی کو برابر کا سمجھے۔ نہ اسے دیوی بنائے نہ باندی۔ اپنا جیون ساتھی جانے، دکھ سکھ کا ساتھی۔"

"ٹھیک ہے۔" آنند بولا۔ "تو میری ساتھن ہے، ساتھن رہے گی۔"

جب وجے دلہن بنی تو بھبھوت کا پردہ بھی اٹھ گیا۔ اندر سے رانی نکل آئی۔ آنند دھک سے رہ گیا۔ پربھو ایسی مورتی۔۔۔۔!" بالکا رک گیا۔

داس منہ کھولے بیٹھا تھا۔ چولہا جل رہا تھا۔ تواجو کھالی پڑا تھا تپ کر کالا ہو گیا تھا۔ پیڑا ہاتھ میں یوں دھرا تھا جیسے بالک کے ہاتھ کا کدو ہو۔

شیلا کی نگاہیں گھاس پر بچھی ہوئی تھیں جیسے ڈھونڈ میں لگی ہوں۔ بملا کی آنکھیں ڈبڈبا رہی تھیں۔ اب روئی کہ اب روئی۔

ٹیلے پر سائے منڈلا رہے تھے۔ بادلوں میں آگ چل رہی تھی۔

شام دبے پاؤں جا رہی تھی۔ رات اپنے پر پھڑ پھڑا رہی تھی۔

"پھر کیا ہوا بالک جی؟" داس نے جیسے ہچکی لی۔

بالک بولا۔ "آنند بہت بڑا سوداگر تھا۔ حویلیاں تھیں، نوکر چاکر تھے۔ دھن دولت تھی۔ کس بات کی کمی تھی اسے، وہ تو وجے کو رام کرنے کے لئے اس نے نردھن کا سوانگ رچایا تھا۔ بس ایک بات سچ تھی۔ وہ تن من دھن سے وجے کا ہو چکا تھا۔"

اس کا باہر جانے کو جی نہیں چاہتا پر کیا کرتا، اتنا بڑا بیوپار تھا۔ اس کی دیکھ بھال تو کرنی ہی تھی۔ اسے جانا ہی پڑتا۔ پھلکاریاں بیچنے کے بہانے چلا جاتا، دنوں باہر رہتا۔ چلا جاتا تو جیسے گھر کا دھیان ہی نہ ہو۔ آجاتا تو جیسے جانے سے ہول کھاتا ہو۔

پھر یہ بھی تھا کہ اس نے وجے کو پھلکاریاں کاڑنے سے روک دیا تھا۔ بولا۔ "پتنی تو سال میں ایک ٹھاٹھ کی پھلکاری بنا دیا کر۔ ایسی جو راجا رانی جوگی ہو۔ ایسی جو ایک بیچ لی تو گھر میں لہر بہر ہو گئی۔"

اس پر وجے سوچ میں پڑ گئی۔ سوچتی رہی، سوچتی رہی۔ جب وہ آیا تو اسے کہنے لگی۔ "رے تو مجھ سے اپنے بیوپار کی بات کیوں نہیں کرتا؟"

آنند نے جواب دیا۔ "ساتھن بیوپار میں اونچ نیچ ہوتی ہے۔ پھن پھریب ہوتا ہے۔ چھل بٹے ہوتے ہیں، بیوپار کی بات سن کر کیا کرے گی؟"

وجے بولی۔ "دیکھ میں تیری ساتھن ہوں، برابر کی ساتھن اور ساتھی کھالی سکھ کا نہیں ہوتا، دکھ کا بھی ہوتا ہے۔ اونچ کا نہیں نیچ کا بھی ہوتا ہے۔ تو مجھے اپنے بیوپار کی ساری بات بتا۔ اپنے دکھ گنوا۔"

اس پر آنند نے ایک لمبی چوڑی طوطا مینا کی کہانی سنادی کہ کس طرح نگر نگر پھرا۔ راجاؤں، رانیوں سے ملا۔ انہیں پھلکاری دکھائی اور انت میں اک راج نرتکی پھلکاری کو دیکھ کر اس پر لٹو ہو گئی۔ بولی "بول بیوپاری منہ مانگے دام دوں گی۔"

اس رات وجے کو یوں لگا جیسے آنند اس کا جی بہلانے کے لئے کہانی سنا رہا ہو۔ سلانے کے لئے لوری دے رہا ہو۔ اس پر وہ سوچ میں کھو گئی۔ من میں گھنڈی پڑ گئی، بولی۔ "شوشو یہ تو وہ نہیں جو یہ کہے ہے۔ جو بھید ہی نہ دے، وہ ساتھی کیا بنے گا۔"

"دیکھ رانی۔" شوشی بولی۔ "وہ اوش بھید رکھے ہے پر اس کے من میں دوج نہیں، کھوٹ نہیں، پرش پتنی کو اپنے بیوپار کا بھید کبھی نہیں دیتا، وہ اسے ساری بات کبھی نہیں بتاتا۔ جرور ڈنڈی مارے ہے، یہی جگ کی ریت ہے۔"

"تو کیا وہ استری کو اس جوگا نہیں جانتا کہ ساری بات جانے، یہ تو ساتھ نہ ہوا برابری نہ ہوئی۔ جا شوشی منڈی میں جا کر پوچھ گچھ کر، اس کے بھید کا پتہ لگا۔"

شوشی نے پوچھ گچھ کی تو پتہ چلا کہ آنند تو ایک راج بیوپاری ہے۔ اس نے بیجانگری کی مہارانی کے لئے شیش بھون بنوانے کا ٹھیکہ لے رکھا ہے۔

جب وجے نے یہ سنا تو اس کا دل ٹوٹ گیا۔ "تو پھلکاریاں بیچ کر گجارہ کرنے کی بات اک بہانہ تھی۔ کیوں شوشی۔۔۔ تو کیا کہتی ہے؟"

شوشی نے وجے کو بہت سمجھایا بجھایا کہ دیکھ دئیا اس سے اچھا جیون ساتھی تجھے نہیں ملے گا۔ اس سے جیادہ برابری کوئی نہیں دے گا لیکن وجے نہ مانی۔ شوشی اتنے پردے اوپر کچھ، بھیتر کچھ، نہ شوشی جہاں پردے ہوں، جھوٹ ہو، دکھاوا ہو، برابری کیسی۔ چل شوشی کسی ایسی جگہ چلیں جہاں پردہ نہ ہو، جھوٹ نہ ہو، اب یہاں میرا دم گھٹتا ہے۔" بالکا رک گیا۔

"تو کیا وجے آنند کو چھوڑ کر چلی گئی؟" شیلا نے پوچھا۔

"ہاں! چلی گئی۔" بالکا بولا۔

بملا نے ایک لمبی آہ بھری۔

"پھر وے کہاں گئی؟" داس نے پوچھا۔

"پہلے وہ ایک پجاری کے پھندے میں پھنس گئی۔ پجاری نے اسے داسی بنا لیا۔ پر بھوکی داسی، پھر آپ پر بھو بن بیٹھا۔

وہاں سے بھاگی تو ایک نرتکی کے جال میں جا پھنسی۔ اس نے اسے اپنے چوبارے میں سجا لیا۔ چوبارے سے اسے ایک راج گائیک لے اڑا۔ وہاں سے بھی اسے برابری نہ ملی۔ گائیک سارا دن ستار سینے سے لگائے رکھتا۔ پھر تھک کر ماندگی اتارنے کے لئے وہ وجے سے دل بہلاتا۔

"چل شوشی۔" ایک دن وجے نے کہا۔ "یہاں تو راگ ودھیا کا راج ہے۔" شوشی بولی۔ "دئیا جو چاہے ہے، وہ ادھر نہیں ملے گا۔ جہاں دھنوان بستے ہیں۔ وہ ادھر ملے گا جہاں نردھن بستے ہیں۔ کامی بستے ہیں، جہاں پرش پتنی کے سہارا لئے بغیر کچھ نہیں کر سکتا۔ جہاں پتنی نہ موہ ہوتی ہے نہ مایا۔ بس اک باجو ہوتی ہے۔ پہلے سہارا ہوتی ہے، پھر کچھ اور۔ جہاں دوجے کے بنا گجارا نہیں ہوتا۔ وہاں استری کو برابری مل جائے تو مل جائے۔"

"وہ کون سی جگھوں ہے؟ کہاں ہے شوشی؟" وجے نے پوچھا۔

"وہ جگہ وہاں ہے جہاں دھن کا جور نہیں ہوتا۔ کام کا ہوتا ہے۔ دیکھو دئیا تومان نہ مان۔ پرنتو استری جیو کی دھرتی ہے۔ جس کے دم سے جیو کونپل ہری رہتی ہے۔ استری کی سار وہی جانے ہے۔ جو دھرتی کی سار جانے ہے، جو بوٹا لگانا جانے ہے، جو کھیتی اگائے ہے۔ جس کا گجارا دھرتی کی پیدا پر ہے۔ بس وہی استری کو باجو سمجھے ہے۔ اپنے سا جانے ہے۔"

وجے کے دل پر بات اتر گئی۔

اک بار پھر وہ گھر چھوڑ کر نکل گئیں۔ شہر سے دور گاؤں کی اوڑ۔

شوشی نے وجے کو موٹے کپڑے پہنا دیئے۔ منہ پر ہلدی مل دی، کالک کا ابٹن مل دیا۔ بولی۔ "یہاں استری استری ہوتی ہے۔ گن کے جور پر نہیں، جیو کے جور پر۔ یہاں سندرتا شوبھا نہیں رستے کی روک ہے۔ تو اپنی سندرتا کو چھپا رکھنا، جو نجر آ گئی تو گڑبڑی ہو گی۔"

"شوشی۔" وجے بولی۔ "میں اس سندرتا کے کارن بڑا دکھی ہوں۔ کوئی بس بھری بوٹی ڈھونڈ لا کہ میں مکھ پر مل لوں جو سندرتا کی کاٹ کر دے۔"

"شوشی ہنسی۔" بولی۔ "بھولی رانی، سندرتا مکھ پر نہیں ہوتا۔ سارے پنڈے میں ہوتی ہے۔ انگ انگ سے پھوٹی ہے۔ بات ہلانے میں ہوتی ہے۔ پگ دھرنے میں ہوتی ہے۔ آنکھ اٹھانے میں ہوتی ہے۔ ہونٹ کھولنے میں ہوتی ہے۔ تو اسے اپنے سبھاؤ سے کیسے نچوڑ پھینکے گی؟"

گاؤں میں پہنچ کر انہوں نے ایک جھگی میں ڈیرا کر لیا اور کھیت میں کپاہ کے پھول چننے لگیں۔

ایک دن لاکھا کسان نے وجے سے کہا۔ "تو کیسی جنانی ہے ری۔ تیری انگلیاں تو قینچی سی چلتی ہیں۔" اس نے وجے کا ہاتھ پکڑ لیا۔ انگلیاں دیکھیں تو سٹپٹا گیا۔ "ری یہ کیسی انگلیاں ہیں؟ انگلیاں ہیں یا کہ رس بھری پھلیاں۔ اتنی لمبی اتنی پتلی۔"

پھر وہ روز اس کی چلتی چنتی انگلیاں دیکھنے لگا۔ دیکھتے دیکھتے ایک دن انگلیاں پکڑ کر بولا۔ "ری تو میرے گھر کیو نہیں بیٹھ جاتی۔ میں اکیلا ہوں۔ پتا جی پرماتما کو پیارے ہو گئے۔ ماتا بہت بوڑھی ہے۔ میرا ہاتھ نہیں بٹا سکتی۔ بھائی بہن ہیں نہیں۔ اکیلا ہوں۔ تو میرا جوبن جا ری۔ میں ہل چلاؤں گا تو بیج ڈال۔ میں پانی دوں گا تو کھیت کی بوٹی چن۔ میں گیہوں کاٹوں گا تو دانے نکال۔ پھر ہم کسی سے ہیٹے نہیں رہیں گے۔ جو آدھا ہوں، پورن ہو جاؤں گا۔"

اس کی بات میں نہ موہ تھی نہ کامنا، نہ لوبھ۔

وجے کو اپنی شرط بھی بھول گئی۔ اس نے ہاں کر دی۔ پھر وہ دونوں کھیت پر کام میں جت گئے۔ لاکھ نہ اسے نرمل سمجھتا نہ ماڑی۔ نہ سندر نہ دیوی۔ وہ تو اس کا باجو تھی۔ پھر کوئی بات اس سے چھپاتا بھی تو نہ تھا۔ کیسے چھپاتا۔ ہر سمے وہ دونوں اکٹھے رہتے۔ کھیت میں، گھر میں ، ہر بات میں اس کی مرضی پوچھتا۔ کام میں اسے ذرا چھوٹ نہ دیتا۔

وجے نہال ہو گئی۔ سمجھی جیسے جل ککڑی جوہڑ میں آ گئی ہو۔

لاکھے کسان کو وجے کی ایک بات پر بڑی چڑ تھی۔ کہتا۔ "ری تو گندی کیوں رہتی ہے۔ نہاتی دھوتی کیوں نہیں؟ منہ پر جردی چھائے رہتی ہے۔ الیاں بلیلاں لگی رہتی ہیں۔ بال چکٹ۔ آنکھوں میں کیچ۔" وجے یہ سن کر گردن لٹکا لیتی۔

ایک دن جب وہ دونوں ندی کے کنارے کھڑے تھے تو لاکھا نے تاؤ کھا کر بالٹی اٹھائی اور وجے پر انڈیل دی۔ پھر بالٹی پر بالٹی گرانے لگا۔ وجے بھاگی تو اس نے اسے پکڑ کر ندی میں چھلانگ لگا دی اور اسے یوں دھونے اور مانجھنے لگا جیسے وہ کوئی رسوئی کی گڈوی ہو۔

پھر جب وہ اسے کھینچ کر پانی سے باہر لایا تو اسے دیکھ کر ہکا بکا رہ گیا۔ سنہرے لانبے بال۔ مور سی گردن، کٹورہ سی آنکھیں، دھار سی ناک، پھول سے ہونٹ، چھوئی موئی سا بدن۔۔۔۔ "تو کون ہے ری؟" وہ گھگھیا کر بولا۔ "تو استری نہیں۔ تو تو پری ہے ری پری۔ "

بالکا کچھ دیر کے لئے چپ ہو گیا۔ "بس اس دن سے لاکھے کے من میں جھجھک بیٹھ گئی اور وہ وجے سے دور ہٹتا گیا۔ وجے نے بار بار اسے سمجھایا۔ "دیکھ لاکھے میں پری نہیں، استری ہوں۔ استری۔ "

پر اس کی جھجک نہ گئی۔ بولا "تو پری نہیں تو استری بھی نہیں۔ تو مور ہے میں کاگ ہوں، تیرا میرا کیا سمبندھ؟ کارن یہ کہ تو کامیوں میں سے ناہیں۔"

کچھ دنا وجے اس کا منہ تکتی رہی۔ پھر نراش ہو گئی، پھر ایک دن وہ شوشی سے بولی۔ "چل شوشی۔ یہاں ہمارا دانا پانی کھتم ہو گیا۔"

شوشی نے سر جھکا لیا اور جوں کی توں بیٹھی رہی۔ جیسے بات سنی ہی نہ ہو۔ کچھ دیر وہ اسے دیکھتی رہی۔ پھر بات اس کی سمجھ میں آ گئی۔ شوشی اب لاکھے کی ہو چکی تھی۔

وجے کا دل دھک سے رہ گیا اور وہ چپ چاپ اکیلی باہر نکل گئی۔"

بالکا چپ ہو گیا۔ سبھی چپ ہو گئے تھے۔

کسی کو "پھر کیا ہوا" پوچھنے کا دھیان نہ رہا تھا۔

پھر بالکے نے کہا۔

"پھر پتہ نہیں۔۔۔۔ کہتے ہیں۔ وہ آج تک برابری کی ڈھونڈ میں بھٹکتی پھر رہی ہے۔

"آج بھی آدھی رات کے سمے راج گڑھی سے آواجیں آتی ہیں۔۔۔ پربھو باہر کی سندرتا کو بھیتر میں رچادے کہ استری، استری بن جائے۔۔۔ پرش کی کامنا کے ہاتھ کا کھلونا نہ رہے۔"

بالکا چپ ہو گیا۔ ٹیلے پر خاموشی چھا گئی۔

پھر کوئی دور سے بولا۔ وجے رانی نے سچ کو پالیا۔ جو اپنی سندرتا کو اچھالتی ہیں۔ بناؤ سنگھار کا راکشش کھڑا کر لیتی ہیں، انہیں برابری مانگنے کا کوئی ادھیکار نہیں۔

انہوں نے مڑ کر دیکھا۔ سوامی جی دوار کے باہر کھڑے تھے۔

(۱۴) چپ

"چپ!"

جیناں نے چچی کی نظر بچا، ماتھے پر پیاری تیوری چڑھا کر قاسم کو گھورا اور پھر نشے کی شلوار کے اٹھائے ہوئے پائنچے کو مسکرا کر نیچے کھینچ لیا اور از سر نو چچی سے باتوں میں مصروف ہو گئی۔ قاسم چونک کر شرمندہ سا ہو گیا اور پھر معصومانہ انداز سے چارپائی پر پڑے ہوئے رومال پر کاڑھی ہوئی بیل کو غور سے دیکھنے لگا۔ اس کا دل خواہ مخواہ دھک دھک کر رہا تھا اور وہ محسوس کر رہا تھا گویا اس نے کسی جرم کا ارتکاب کیا ہو۔ قاسم کئی بار یوں چوری چوری جیناں کے جسم کی طرف دیکھتا ہوا پکڑا جا چکا تھا۔ جیناں کے مسکرا دینے کے باوجود وہ شرم سے پانی پانی ہو جاتا اور اس کی نگاہیں چھپنے کے لئے کونے تلاش کرتیں۔ نہ جانے کیوں یوں ان جانے میں اس کی نظر جیناں کے جسم کے پیچ وخم یا ابھار پر جا پڑتی اور وہیں گڑ جاتی۔ اس وقت وہ قطعی بھول جاتا کہ کدھر دیکھ رہا ہے یا کچھ دیکھ رہا ہے۔ مصیبت یہ تھی کہ بات تبھی وقوع میں آتی جب جیناں کے پاس کوئی نہ کوئی ہمسائی بیٹھی ہوتی۔ پھر جب جیناں اکیلی رہ جاتی تو وہ مسکرا کر پوچھتی۔ "کیا دیکھتے رہتے ہو تم قاسی؟" "میں ـــــ میں نہیں تو۔" وہ گھبرا جاتا اور جیناں ہنستی مسکاتی اور پھر پیار سے کہتی۔ "کسی کے سامنے یوں پاگلوں کی طرح نہیں دیکھا کرتے بلو۔" اگرچہ اکیلے میں بھی جیناں کا پائنچہ اکثر اوپر اٹھ جاتا اور دوپٹہ بار بار چھاتی سے یوں نیچے ڈھلک جاتا کہ ساٹن میں ملبوس ابھار نمایاں ہو جاتے۔ لیکن اس وقت قاسم کو ادھر دیکھنے کی ہمت نہ پڑتی حالانکہ جیناں بظاہر

شدت سے کام میں منہمک ہوتی۔ لیکن قاسم بے قرار ہو کر اٹھ بیٹھتا، اب میں جاتا ہوں۔ وہ نظر اٹھاتی اور پھر لاڈ بھری تیوری چڑھا کر کہتی۔ "بیٹھو بھی۔ جاؤ گے کہاں۔"

"کام ہے ایک۔" قاسم کی نگاہیں کونوں میں چھپنے کی کوشش کرتیں۔

"کوئی نہیں کام وام۔ پھر کر لینا۔" لیکن وہ چلا جاتا جیسے کوئی جانے پر مجبور ہو اور آپ ہی آپ بیٹھی مسکاتی رہتی۔ اس روز جب وہ جانے لگا تو وہ مشین چلاتے ہوئے بولی۔ "قاسی ذرا یہاں تو آنا۔۔۔ ایک بات پوچھوں بتاؤ گے؟" وہ رک گیا۔ "یہاں آؤ، بیٹھ جاؤ۔" وہ اس کی طرف دیکھے بنا بولی۔ وہ اس کے پاس زمین پر بیٹھ گیا۔ وہ زیر لب مسکرائی۔ پھر دفعتاً اپنا بازو اس کی گردن میں ڈال کر اس کے سر کو اپنی رانوں میں رکھ کر تھپکنے لگی۔ "سچ سچ بتانا قاسی۔" دو ایک مرتبہ قاسم نے سر اٹھانے کی کوشش کی لیکن نشے کی ریشمیں نرمی۔ خس کی ہلکی ہلکی خوشبو اور جسم کی مدھم مخملی گرمی۔۔۔ اس کی قوت حرکت شل ہو گئی۔ "تم میری طرف اس طرح کیوں گھورتے رہتے ہو۔۔۔ ہوں؟" اس نے ایک پیار بھرا تھپڑ مار کر کہا۔ "بتاؤ بھی۔۔۔ ہوں۔" قاسم نے پورا زور لگا کر سر اٹھالیا۔ وہ انجانے جذبات کی شدت سے بھوت بنا ہوا تھا۔ آنکھیں انگارہ ہو رہی تھیں۔ منہ نبات کی طرح سرخ اور سانس پھولا ہوا تھا۔ "ہیں۔۔۔ یہ تمہیں کیا ہوا؟" وہ منہ پکا کر کے پوچھنے لگی۔ "کچھ بھی نہیں۔" قاسم نے منہ موڑ کر کہا۔ "خفا ہو گئے کیا؟" اس نے از سر نو مشین چلاتے ہوئے پوچھا اور دوپٹہ منہ میں ڈال کر ہنسی روکنے لگی۔ "نہیں، نہیں کچھ بھی نہیں۔" وہ بولا۔ "اچھا اب میں جاتا ہوں۔" اور باہر نکل گیا۔

اس کے بعد جب وہ اکیلے ہوتے، قاسم اٹھ بیٹھتا۔ "اچھا اب میں جاتا ہوں۔" لیکن اس کے باوجود منہ موڑ کر کھڑا رہتا اور وہ مسکراہٹ بھینچ کر کہتی۔ "اچھا۔۔۔ ایک بات تو سنو۔" اور وہ معصوم انداز سے پوچھتا۔ "کیا بات ہے؟" "یہاں آؤ، بیٹھ جاؤ۔" وہ منہ پکا کر

کے کہتی۔ وہ اس کے پاس بیٹھ کر اور بھی معصومانہ انداز سے پوچھتا۔ "کیا ہے؟" معاً حنائی ہاتھ حرکت میں آجاتے اور قاسم کا سر مخملی، معطر تکیہ پر جا ٹکتا اور وہ حنائی ہاتھ اسے تھپکنے لگتے۔ اس کے تن بدن میں پھلجھڑیاں چلنے لگتیں۔ نسوں میں دھنکی بجنے لگتی۔ آنکھوں میں سرخ ڈورے دوڑ جاتے۔ سانس پھول جاتا۔ لیکن وہ زیادہ دیر تک برداشت نہ کر سکتا۔ ایک رنگین اضطراب اسے بے قرار کر دیتا اور وہ اٹھ بیٹھتا۔ "اب میں جاتا ہوں۔" اور وہ نیچی نگاہ کئے مسکاتی، مسکائے جاتی۔

پھر نجانے اسے کیا ہوا۔ ایک رنگین بے قراری سی چھا گئی۔ وہ چارپائی پر بیٹھا دعائیں مانگتا کہ وہ اکیلے ہوں۔ اس وقت آنکھیں یوں چڑھی ہوتیں جیسے پی کر آیا ہے۔ جسم میں ہوائیں چھوٹیں۔ جیناں نیچی نظر سے اسے دیکھ دیکھ کر مسکراتی اور پھر آنکھ بچا کر کوئی نہ کوئی شرارت کر دیتی۔ مثلاً جب چچی یا بڑی بی کی نظر ادھر ہو تو جیناں جیسے بے خبری میں کوئی کپڑا اپنی گود میں ڈال لیتی اور نیچی نگاہ سے قاسم کی طرف دیکھ کر اسے تھپکنے لگتی اور قاسم۔۔۔ اف وہ بے چارہ تڑپ اٹھتا اور جیناں منہ میں دوپٹہ ٹھونس کر ہنسی روکنے کی کوشش کرتی یا وہ دونوں ہاتھ قاسم کی طرف بڑھا کر پھر اپنی گود کی طرف اشارہ کرتی گویا بلا رہی ہو اور چچی یا بڑی بی کا دھیان ادھر ہوتا تو جیناں بڑی سرگرمی سے کپڑا سینے میں مصروف ہو جاتی اور مزید چھیڑنے کے خیال سے اپنے دھیان بیٹھی پوچھتی۔ "قاسم آج اس قدر چپ بیٹھے ہو۔ لڑ کر تو نہیں آئے اماں سے؟"

پھر جب وہ اکیلے رہ جاتے تو قاسم چپکے سے اٹھ کر آپ ہی آپ جیناں کے پاس آ بیٹھتا۔ دو ایک مرتبہ ملتجی نگاہوں سے اسے حنائی ہاتھ کی طرف دیکھتا جو شدت سے کام میں مصروف ہوتا اور پھر آپ ہی آپ اس کا سر جھک کر اس معطر سرہانے پر ٹک جاتا یا جب وہ اس کے پاس آکر بیٹھتا تو وہ منہ پکا کر کے کہتی۔ "کیوں۔۔۔ کیا ہے؟ اور جب

اس کا سر وہاں ٹک جاتا تو ہلکا سا تھپڑ مار کر کہتی۔ "بہت شریر ہوتے جا رہے ہو۔ کوئی دیکھ لے تو۔ کچھ شرم کیا کرو۔"

ایک دن جب وہ سر ٹکائے پڑا تھا۔ وہ بولی "قاسی کیا ہے تمہیں؟ یوں پڑے رہتے ہو۔ گم صم۔ مزہ آتا ہے کیا؟" اس روز سر اٹھا لینے کی بجائے نہ جانے کہاں سے اسے زبان مل گئی۔ بولی۔ "مجھے تم سے محبت ۔۔۔۔" معاً جیناں نے اس کا سر دبا کر اس کا منہ بند کر دیا۔ "چپ۔" وہ بولی۔ "کوئی سن لے تو۔ بیاہتا سے پیار نہیں کرتے۔ انہیں پتہ چل جائے تو میری ناک چوٹی کاٹ، گھر سے نکال دیں۔ سنا بلو۔" وہ اٹھ بیٹھا لیکن اس روز دوڑتے ڈوروں کی بجائے اس کی آنکھیں چھلک رہی تھیں۔ "اب میرا کیا ہو گا؟ آنسوؤں نے اس کا گلا دبا دیا اور جینا کے بلانے کے باوجود وہ چلا گیا۔ حسب معمول چوری چوری غسل خانے میں منہ پر ٹھنڈے پانی کے چھینٹے دینے لگا۔

نہ جانے ان مخملی، معطر رانوں نے کیا کیا۔ چند ماہ میں ہی وہ قاسی سے قاسم بن گیا۔ گردن کا منکا ابھر آیا۔ آواز میں گونج پیدا ہو گئی۔ چھاتی پر بال اگ آئے اور دونوں جانب گلٹیاں سی ابھر آئیں۔ جن پر ہاتھ لگانے سے میٹھا سا درد ہوتا۔ منہ پر موٹے موٹے دانے نکل آئے۔

پھر ایک دن جب ادھر جانے کی خاطر بولا تو ماں بولی۔ "کدھر جا رہا ہے تم؟" "کہیں بھی نہیں" وہ رک کر بولا۔ "ادھر جینا کی طرف اور کہاں۔ منہ پر داڑھی آ چکی ہے پر ابھی اپنا ہوش نہیں تجھے۔ اب وہاں جا کر بیٹھنے سے مطلب۔ نہ جانے لوگ کیا سمجھنے لگیں۔ مانا کہ وہ اپنی ہے پر بیٹا اس کی عزت ہماری عزت ہے اور لوگوں کا کیا اعتبار۔" قاسم دھک سے رہ گیا اور وہ چپ چاپ چارپائی پر جا لیٹا۔ جی چاہتا تھا کہ چیخیں مار مار کر رو پڑے۔

شاید اس لئے کہ قاسی نہ آیا تھا یا واقعی اسے کالے دھاگے کی ضرورت تھی۔ جیناں مسکراتی ہوئی آئی۔ "بھابھی۔" اس نے قاسم کی ماں کو مخاطب کر کے کہا۔ "کالا دھاگا ہو گا تھوڑا سا۔" اور پھر باتوں ہی باتوں میں ادھر ادھر دیکھ کر بولی۔ "قاسم کہاں ہے۔ نظر نہیں آیا۔ کہیں گیا ہو گا۔" "اندر بیٹھا ہو گا۔" قاسم کی ماں نے جواب دیا۔ "ادھر نہیں آیا آج۔" جیناں نے جھجک کر پوچھا۔ "خیر تو ہے۔" "میں نے ہی منع کر دیا تھا۔ بھابھی بولی۔ "دیکھ بیٹی اللہ رکھے۔۔۔ اب وہ جوان ہے۔ نہ جانے کوئی کیا سمجھ لے۔ بیٹی کسی کے منہ پر ہاتھ نہیں رکھا جاتا اور محلے والیوں کو تو تم جانتی ہو۔ وہ بات نکالتی ہیں جو کسی کی سدھ بدھ میں نہیں ہوتی اور پھر تمہاری عزت۔ کیوں بیٹی۔۔۔ کیا برا کیا میں نے جو اسے جانے سے روک دیا۔" ایک ساعت کے لئے وہ چپ سی ہو گئی۔ لیکن جلد ہی مسکرا کر بولی۔ "ٹھیک تو ہے بھابھی۔ تم نہ کرو میرا خیال تو کون کرے۔ تم سے زیادہ میرا کون ہے۔ تم بڑی سیانی ہو بھابھی۔" یہ کہہ کر وہ اٹھ کھڑی ہوئی۔ "کہاں چھپا بیٹھا ہے؟" اور اندر چلی گئی۔ قاسی کا منہ زرد ہو رہا تھا اور آنکھیں بھری ہوئی تھیں۔ اسے یوں چپ دیکھ کر وہ مسکرائی اور اس کے پہلو میں گدگدی کرتے ہوئے بولی۔ "چپ۔" پھر باآواز بلند کہنے لگی۔ "مجھے ڈی۔ ایم۔ سی کا ایک ڈبہ لا دو گے قاسی۔ سبھی رنگ ہوں اس میں اور پھر اس کی انگلی پکڑ کر کاٹ لیا۔ قاسی ہنسنے لگا تو منہ پر انگلی رکھ کر بولی۔ "چپ۔ اب تو زندگی حرام ہو گئی۔" قاسی نے اس کے کان میں کہا۔ "اب میں کیا کروں گا۔ میرا کیا بنے گا۔" "ہونہہ زندگی حرام ہو گئی۔ بس اتنی سی بات پر گھبرا گئے۔" پھر باآواز بلند کہنے لگی۔ "ڈبے میں لال گولا ضرور ہو۔ مجھے لال تاگے کی ضرورت ہے۔" جیناں نے یہ کہہ کر اس کے کان سے منہ لگا دیا۔ "رات کو ایک بجے بیٹھک کی تیسری کھڑکی کھلی ہو گی۔ ضرور آنا۔" ایک آن کے لئے وہ حیران رہ گیا۔ "ضرور آنا۔" وہ اس کا سر بدن سے مس کرتے ہوئے بولی

اور پھر با آواز بلند اسے ڈبے کے لئے تاکید کرتی ہوئی باہر نکل آئی۔ "آج نہ سہی، کل ضرور آنا۔" یہ کہہ کر وہ چلی گئی۔

اس رات محلے بھر کی آوازیں گلی میں آکر گونجتیں اور پھر قاسم کے دل میں دھک دھک بجتیں۔ عجیب سی ڈراؤنی آوازیں۔ اس رات وہ آوازیں ایک نہ ختم ہونے والے تسلسل میں پہاڑی نالے کی طرح بہہ رہی تھیں۔ بہے جا رہی تھیں۔ محلہ ان آوازوں کی مدد سے اس سے انتقام لے رہا تھا۔ بچے کھیل رہے تھے۔ ان کا کھیل اسے برا لگ رہا تھا۔ نہ جانے مائیں اتنی دیر بچوں کو باہر رہنے کی اجازت کیوں دیتی ہیں۔ پھر آہستہ آہستہ ان کی آوازیں مدھم ہوتی گئیں۔ پھر دور محلہ کی مسجد میں ملا کی اذان گونجی۔ ایسا معلوم ہوتا تھا جیسے کوئی چیخیں مار کر رو رہا ہو۔ کس قدر اداس آواز تھی جسے وہ بھیانک تر بنا رہا تھا۔ ایک ساعت کے لئے خاموشی چھاگئی۔ کراہتی ہوئی خاموشی، دروازے کھل رہے تھے یا بند ہو رہے تھے۔ اف کس قدر شور مچا رہے تھے۔ وہ دروازے، گویا رینگ رینگ کر شکایت کر رہے ہوں۔

کیا کھڑکی بھی کھلتے وقت شور مچائے گی۔ وہ سوچ میں پڑ گیا۔ نمازی واپس آ رہے تھے۔ ان کے ہر قدم پر اس کے دل میں "دھک" سی ہوتی۔ توبہ۔۔۔۔!اس گلی میں چلنے سے محلہ بھر گونجتا ہے۔ "چرر۔۔۔۔ چوں" دروازے ایک ایک کر کے بند ہو رہے تھے۔ نجانے کیا ہو رہا تھا اس روز۔ گویا تمام محلہ تپ دق کا بیمار تھا۔ "اکھڑ کھڑ دم۔ اہم اہم۔۔۔۔ آہم۔" یا شاید وہ سب تفریحاً کھانس رہے تھے۔ تمسخر بھری کھانسی جیسے وہ سب اس بھید سے واقف تھے۔

"ٹن ٹن۔۔۔۔ بارہ۔۔۔۔" اس نے دھڑکتے ہوئے دل سے سنا۔ لیکن آوازیں تھیں کہ تھمتیں ہی نہ تھیں۔ کبھی کوئی بچہ بلبلا اٹھتا اور ماں لوری دینا شروع کر دیتی۔ کبھی

کوئی بڈھا کھانس کر محلے بھر کو از سر نو جگا دیتا۔ نہ جانے وہ سب یونہی بیدار رہنے کے عادی تھے یا اسی رات حالات بگڑے ہوئے تھے۔ دوسرے کمرے میں اماں کی کروٹوں سے چارپائی چیخ رہی تھی۔ اماں کیوں یوں کروٹیں لے رہی تھی۔ کہیں وہ اس کا بھید جانتی نہ ہو کہیں۔ چلنے لگے تو اٹھ کر ہاتھ نہ پکڑ لے اماں۔ اس کا دل دھک سے رہ جاتا۔ شاید جیناں نہ آئے اور وہ مضطرب ہو جاتا۔ اف وہ کتے کیسی بھیانک آواز میں رو رہے تھے۔

شاید اس لئے کہ وہ جینا کی گود میں سر رکھ کر روتا رہا۔ مجھے تجھ سے محبت ہے۔ میں تمہارے بغیر جی نہ سکوں گا اور وہ حنائی ہاتھ پیار سے اسے تھپکتا رہا اور وہ آوازیں گونجتی رہیں یا شاید اس لئے کہ وہ سارا سارا دن آہیں بھرتا، کروٹیں بدلتا اور چپ چاپ پڑا رہتا۔ رات کو علیحدہ کمرے میں سونے کی ضد کرتا اور پھر جیناں ڈی۔ ایم۔ سی کا گولا منگوانے آتی تو اس کے کان کھڑے ہو جاتے۔ آنکھیں جھومتیں اور وہ بھول جاتا کہ اماں کے پاس محلے والیاں بیٹھی تھیں، یا ویسے ہی جیناں کا ذکر چھڑ جاتا تو اس کے کان کھڑے ہو جاتے یا شاید اس کی یہ وجہ ہو کہ جیناں کہ میاں روز بروز بیوی سے جھگڑا کرنے لگے تھے۔ حالانکہ جیناں بظاہر ان کا اتنا رکھ رکھاؤ کرتی تھی، پھر ان دنوں تو وہ اور بھی دلچسپی ظاہر کرنے لگی تھی۔ مگر میاں کو نہ جانے کیوں ایسے محسوس ہوتا، گویا وہ توجہ صرف دکھلاوہ تھی اور وہ روز بروز ان سے بے پرواہ ہوتی جا رہی تھی۔ ممکن ہے اس کی وجہ محلے کی دیواریں ہوں جو اس قدر پرانی اور وفادار تھیں کہ جیناں کا یہ رویہ برداشت نہ کر سکتی ہوں۔ اس لئے انہوں نے وہ راز اچھال دیا۔ بہر حال وجہ چاہے کوئی ہو، بات نکل گئی۔ جیسا کہ اسے نکل جانے کی بری عادت ہے۔

پہلے دبی دبی سرگوشیاں ہوئیں۔ "یہ اپنا قاسم۔۔۔ نواب بی بی کا لڑکا۔۔۔ اے

ہے ایسا تو نہیں دکھے تھا۔" "پر چاچی جیناں تو راہ چلتے کو لپیٹ لیتی ہے۔"

"نہ بڑی بی۔ میرے من تو نہیں لگتی یہ بات۔ ابھی کل کا بچہ ہی تو ہے اور وہ اللہ رکھے۔ بھری مٹیار۔ اونہوں۔" میں کہتی ہوں بی بی۔ جب بھی جاؤ۔ اتنی آؤ بھگت سے ملتی ہے کیا کہوں۔ لوگوں کا کیا ہے، جسے چاہا اچھال دیا۔" "پر بھابھی! ذرا اسے دیکھو تو، اللہ مارے نشے کی شلوار ہے۔ ساٹن کی قمیض ہے اور کیا مجال ہے ہاتھوں پر مہندی خشک ہو جائے۔" "ہاں بہن رہتی تو بن ٹھن کر ہے۔ یہ تو مانتی ہوں میں۔ اللہ جانے سچی بات منہ پر کہہ دینا، میری عادت ہی ایسی ہے۔" "تو اس کے میاں کی بات چھوڑ، میں کہتی ہوں، وہ تو بدھو ہے۔۔۔ بدھو۔ وہ کیا جانے کہ بیوی کو کیسے رکھا جاتا ہے۔" "اے ری کیا ہو گیا زمانے کو؟"

قاسم نے محسوس کیا کہ لوگ اس کی طرف مستفسرانہ نگاہوں سے دیکھنے لگے ہیں۔ پہلے تو وہ شرمندہ ہو گیا۔ پھر اسے خیال آیا۔ کہیں بیٹھک کی تیسری کھڑکی ہمیشہ کے لئے بند نہ ہو جائے۔ اس کا دل ڈوب گیا۔ لیکن جوں جوں محلہ میں بات بڑھتی گئی۔ جیناں کی مسکراہٹ اور بھی رسیلی ہوتی گئی اور اس کی "چپ" اور بھی دلنواز۔

"بس ڈر گئے؟" وہ ہنستی۔ ہم کیا ان باتوں سے ڈر جائیں گے؟" اس کا حنائی ہاتھ بھی گرم ہوتا گیا اور اس کا سنگار اور بھی معطر۔ لیکن ان باتوں کے باوجود قاسم کے دل میں ایک پھانس سی کھٹکنے لگی۔

جب کبھی کسی وجہ سے بیٹھک کی تیسری کھڑکی نہ کھلتی تو معاً اسے خیال آتا کہ وہ اپنے میاں کے پہلو میں پڑی ہے اور وہ معطر گود کسی اور کو گھیرے ہوئے ہے۔ وہ حنا آلود ہاتھ کسی اور کے ہاتھ میں ہے۔ اس خیال سے اس کے دل پر سانپ لوٹ جاتا اور وہ تڑپ تڑپ کر رات کاٹ دیتا۔ پھر جب کبھی وہ ملتے تو شکوہ کرتا۔ رو رو کر گلہ کرتا لیکن وہ ہاتھ

تھپک تھپک کر اسے خاموش کرا دیتا۔

ادھر قاسم اور جیناں کی باتوں سے محلہ گونجنے لگا۔ مدھم آوازیں بلند ہوتی گئیں۔ سرگوشیاں دھمکی کی صورت میں ابھر آئیں۔ اشارے کھلے طعنے بن گئے۔ "میں کہتی ہوں چاچی، رات کو دونوں ملتے ہیں۔ مسجد کے ملانے اپنی آنکھ سے دیکھا ہے۔" "تم اس کے میاں کی بات چھوڑو بی بی۔ آنکھ کا اندھا نام چراغ دین۔ اسے کیا پتہ چلے گا کہ بیوی غائب ہے۔" "سنا ہے چاچی ایک روز میاں کو شک پڑ گیا پر جیناں۔۔۔ توبہ اس کے سر پر تو حرام سوار ہے۔ نہ جانے کیسے معاملہ رفع دفع اور ایسی بات بنائی کہ وہ بدھو ڈانٹنے ڈپٹنے کی بجائے الٹا پریشان ہو گیا۔ پیٹ میں درد ہے کیا۔ تم چلو، میں ڈھونڈ لاتا ہوں دوا۔ اب طبیعت کیسی ہے۔۔۔ ہونہہ۔ وہاں تو اور ہی درد تھا بھابھی۔ جبھی تو پھاہار کھوانے آئی تھی۔ مسجد کا ملا کہتا ہے بڑی بی۔۔۔ اے ہے اس کا کیا ہے؟ اپنی حمیداں کہتی ہے بی بی۔ میں تو ان کی آوازیں سنتی رہتی ہوں۔ کان پک گئے ہیں۔ پڑوسن جو ہوئی ان کی اور پھر دیوار بھی ایک اینٹی ہے۔ توبہ۔ اللہ بچائے حرام کاری کی آوازوں سے، نہ جانے کیا کرتے رہتے ہیں دونوں؟ کبھی ہنستے ہیں، کبھی روتے ہیں اور کبھی یوں دنگا کرنے کی آواز آتی ہے جیسے کوئی کبڈی کھیل رہا ہو۔" "پر ماسی، اپنا گھر والا موجود ہو تو جھک مارنے کا مطلب" "تو چھوڑ اس بات کو۔" میں کہوں چوری کا مزہ چوری کا سر حرام چڑا ہے۔ پر ماسی تو چھوڑ اس بات کو۔" "دلہن تجھے کیا معلوم کیا مزہ ہے اس "چپ" میں۔ اللہ بچائے، اللہ اپنا فضل و کرم رکھے۔ پر میں کہوں، یہ "چپ" کھا جاتی ہے۔ بس اب تو سمجھ لے آپ ہی۔"

پھر یہ باتیں مدھم پڑ گئیں۔ مدھم تر ہو گئیں۔ حتیٰ کہ بات عام ہو کر نظروں سے اوجھل ہو گئی۔ غالباً ان لوگوں نے اسے ایک کھلا راز تسلیم کر لیا اور ان کے لئے مزید تحقیق میں دلچسپی نہ رہی۔ نہ جانے جیناں کس مٹی سے بنی تھی۔ اس کی ہر بات نرالی تھی۔

جوں جوں لوگ اسے مشکوک نگاہوں سے دیکھتے گئے، اس کی مسکراہٹیں اور بھی رواں ہوتی گئیں۔ حتیٰ کہ وہ محلے والیوں سے اور بھی ہنس ہنس کر ملنے لگی۔ حالانکہ وہ جانتی تھی کہ وہی اس کی پیٹھ پیچھے باتیں کرتی ہیں اور قاسم۔۔۔؟ قاسم سے ملنے کی خواہش اس پر حاوی ہوتی گئی۔ ہنس ہنس کر اسے ملتی۔ اس کے خدشات پر اسے چڑاتی۔ مذاق اڑاتی۔ اس کی ریشمیں گود اور بھی گرم اور معطر ہو گئی۔"

مگر جب بات عام ہو گئی اور لوگوں نے دلچسپی لینا بند کر دی تو نہ جانے اسے کیا ہوا۔۔۔ اس نے دفعتاً قاسم میں دلچسپی لینا بند کر دی جیسے لوگوں کی چپ نے اس کی "چپ" کو بے معنی کر دیا ہو۔ اب بیٹھک کی تیسری کھڑکی اکثر بند رہنے لگی۔ آدھی رات کو قاسم اسے انگلی سے ٹھونکتا اور بند پاتا تو پاگلوں کی طرح واپس آجاتا اور پھر بار بار جا کر اسے آزماتا۔ اس کے علاوہ اب جینا کو ڈی۔ ایم۔ سی کے تاگے کی ضرورت بھی نہ پڑتی۔ اس لئے وہ قاسم کے گھر نہ آتی۔ جب سے کھڑکی بند ہونا شروع ہوئی قاسم پاگل سا ہو گیا۔ وہ رات بھر تڑپ تڑپ کر گزار دیتا اور جیناں کا میاں تو ایک طرف، اسے ہر طرف چلتا پھرتا راہ گیر جیناں کے نشے کی شلوار کی تہوں میں گیند بنا ہوا دکھائی دیتا۔ تعجب یہ ہوتا کہ اب اسے جینا کی لاپروائی کا شکوہ کرنے کا موقع ملتا تو وہ بے پروائی سے کہتی۔ "کوئی دیکھ لے گا، تبھی چین آئے گا تمہیں۔ مجھے گھر سے نکلوانے کی ٹھان رکھی ہے کیا؟ کیا کروں میں، وہ ساری رات جاگ کر کاٹتے ہیں۔"

دو ایک مرتبہ ڈھیٹ بن کر کسی نہ کسی بہانے وہ جینا کی طرف گیا بھی۔ اوّل تو وہاں کوئی نہ کوئی بیٹھی ہوتی اور جب نہ ہوتی تو بھی جیناں سینے کے کام میں اس قدر مصروف ہوتی کہ آنکھ اٹھا کر بھی نہ دیکھتی۔ ایک دن جب وہ ادھر گیا تو دیکھا کہ جینا کے پاس اس کا ماموں زاد بھائی مومن بیٹھا ہے۔ بالکل اسی طرح جس طرح کبھی وہ خود بیٹھا کرتا تھا۔ اس

نے محسوس کیا کہ مومن کا سر بھی کسی طرح ریشمیں، معطر تکیہ سے اٹھا ہے۔ اس پر دیوانگی کا عالم طاری ہو گیا اور جیناں کے بلانے کے باوجود چلا آیا۔ اس وقت اس کا جی چاہتا کہ کسی کھمبے سے ٹکرا کر اپنا سر پھوڑ لے۔

ناگاہ وہ واقعہ پیش آیا۔ نہ جانے کیا ہوا؟ آدھی رات کو جینا کی چیخیں سن کر محلے والیاں اکٹھی ہو گئیں۔ دیکھا تو جیناں کا خاوند پسلی کے درد سے تڑپ رہا ہے اور وہ پاس بیٹھی آنسو بہا رہی ہے۔ ڈاکٹر بلوائے گئے۔ حکیم آئے، مگر بے سود، صبح دس بجے کے قریب میاں نے جان دے دی اور جیناں کی پر درد چیخوں سے محلہ کانپ اٹھا۔ لیکن اس کے باوجود دبی ہوئی سرگوشیاں از سر نو جاگ پڑیں۔ کوئی بولی۔ "اب قدر جانی جب وہ مر گیا۔ "کسی نے کہا" ابھی کیا ہے، ابھی تو جانے گی۔ بے چارہ ایسا نیک تھا، اف تک نہ کی اور یہ بی بی ہولی کھیلنے میں مصروف لگی رہی۔" چاچی نے سر پیٹ لیا۔ کہنے لگی۔ "آئے ہائے ری، تم کیا جانو۔۔۔ اس کے لچھن۔ میں کہتی ہوں، نہ جانے کچھ دے کر مار دیا ہو۔" "ہیں چاچی بس۔ تو چپ رہ، ہائے ری جوان میاں کو تڑپا تڑپا کر مار ڈالا۔ وہ منع کرتا تھا اسے۔ اس کے سامنے تو کھیلتی رہی اپنے کھیل، پھر جان لے لینا۔۔۔؟ یا اللہ تو ہی عزت رکھنے والا ہے۔ ہم تو کسی کو منہ نہیں دکھا سکتے۔ محلے کی ناک کاٹ دی، میں کہتی ہوں اگر سرکار کو پتہ چل گیا تو، وہ تو قبر بھی کھود لیں گے۔" "بس بھابھی بس تو چھوڑ۔ اب اس بات کو دفع کر، سمجھ۔۔۔ کچھ ہوا ہی نہیں۔"

جب قاسم کی ماں نے سنا کہ بیٹا جیناں سے بیاہ کرنے پر تلا ہوا ہے تو اس نے سر پیٹ لیا۔ اپنا سر پیٹنے کے سوا وہ کر ہی کیا سکتی تھی۔ قاسم اب جوان تھا۔ اپنی نوکری پر تھا۔ ہر ماہ سو پچاس اس کی جھولی میں ڈالتا تھا۔ البتہ اس نے ایک دو مرتبہ اسے سمجھانے کی کوشش ضرور کی مگر بیٹا تو گھر بار چھوڑنے کے لئے تیار تھا۔ اس لئے وہ چپ ہو گئی۔ اگرچہ اندر ہی

اندر گھلنے لگی اور جیناں کے متعلق ایسی دعائیں مانگنے لگی کہ اگر وہ پوری ہو جائیں تو قاسم سر پیٹ کر گھر سے باہر نکل جاتا۔

محلے والیوں نے سنا کہ قاسم کا پیغام جیناں کی طرف گیا ہے تو چاروں طرف پھر سے چرچا ہونے لگا۔ "کچھ سنا تم نے چاچی۔۔۔؟" "بس تو چپ کر رہ۔ آج کل تو آنکھوں سے اندھے اور کانوں سے بہرے ہو کر بیٹھ رہو، تب گزارہ ہوتا ہے۔" "پر چاچی کبھی سننے میں نہ آیا تھا کہ بیوہ کو کنوارہ لڑکا پیغام بھیجے۔۔۔ میں کہتی ہوں، بیوہ مر جاتی تھی مگر دوسری شادی کا نام نہ لیتی تھی اور اگر کوئی پیغام لاتا بھی تو اس کا منہ توڑ جواب دیتی۔ لیکن آج نہ جانے کیا زمانہ آیا ہے۔ پر چاچی وہ تو لڑکے سے سات آٹھ سال بڑی ہو گی۔ اے اپنی فاطمہ سے دو ایک سال ہی چھوٹی ہے۔" "آئے ہائے کیا کہتی ہو تم۔ دکھنے کا کیا بہن، ہار سنگار کر کے بیٹھ جاؤ۔ منہ پر وہ اللہ مارا کیا کہتے ہیں، اسے آٹا لگا لو تو تم بھی چھوٹی دکھو گی۔ دکھنے کی کیا ہے؟ اس سے تو عمر چھوٹی نہیں ہو جاتی۔"

قاسم کا خیال تھا کہ جب جیناں بیاہ کا پیغام سنے گی تو اٹھ کر ناچنے لگے گی لیکن جب اس نے دیکھا کہ وہ سوچ میں پڑ گئی تو جل کر راکھ ہو گیا۔ پھر۔۔۔ اسے مومن کا خیال آیا اور غصے سے منہ لال ہو گیا۔ "صاف انکار کیوں نہیں کر دیتی تم؟" اس نے گھور کر جینا کی طرف دیکھا۔ جیناں مشین چلانے میں لگی رہی۔ پھر آنکھ اٹھائے بغیر کہا۔ "تم تو قاسی ہی رہے۔" "قاسی رہتا تو تم اس قدر لاپرواہ کیوں ہو جاتیں؟" وہ بولا۔ "میں تو لاپرواہ نہیں۔ "اس نے سوئی میں دھاگا پروتے ہوئے کہا۔ "مجھے جواب دو۔" وہ بولا۔ اس کی آواز میں منت کی جھلک تھی۔ "جواب دو۔ میں یوں انتظار میں گھل گھل کر مرنا نہیں چاہتا۔" "اچھا!" جیناں نے آہ بھر کر کہا۔ "تمہاری خوشی اسی میں ہے تو یہی سہی" "جینا۔۔۔" اس کا سر اس ریشمیں تکیے پر جا ٹکا۔ "اے ہے کوئی دیکھ لے گا۔" وہ بولی۔ "دیکھ لے"

اس نے جیسے نیند میں کہا۔ "کہیں مومن نہ آ جائے۔" جینا نے سرسری طور کہا۔ "مومن۔۔۔" اس کے دل پر تیر سا لگا اور وہ اٹھ بیٹھا۔ "مومن آ جائے تو اسے جان سے نہ مار دوں۔" وہ غرایا۔

اس کے نکاح پر محلے والیوں نے کیا کیا نہ کہا۔ کوئی بولی۔ "لو۔۔۔۔ یہ یوسف زلیخاں کا قصہ بھی اپنی آنکھوں سے دیکھ لیا۔" کسی نے کہا "ابھی نہ جانے کیا کیا دیکھنا باقی ہے۔ ابھی تیل دیکھو، تیل کی دھار دیکھو۔"

کسی نے کہا "اے ہے جیناں، کیا اسے گود میں کھلائے گی۔ میاں نہ ہوا، لے پالک ہوا۔" چاچی ہنسی، بولی "تو چھوڑ اس بات کو بی بی۔ آج کل کے لڑکوں کو گود میں پڑے رہنے کا چسکا پڑا ہوا ہے۔ جورو کو ماں بنا لیتے ہیں۔ ہاں۔۔۔" کوئی کہنے لگی۔ "خیر چاچی حرام سے تو اچھا ہے کہ نکاح کر لیں۔ کیوں بڑی بی ہے نا یہ بات؟ میں سچی کہوں گی۔ ہاں بہن نہ جانے کب سے کٹے ہوئے تھے ایک دوسرے سے۔"

نہ جانے بیاہ کے بعد کیا ہوا انہیں۔۔۔ جیناں تو گویا گھر گرہستی عورت بن گئی۔ اس کے نشے کے پاجامے نظر آنے لگے جو محض جسم ڈھانپنے کے لئے پہنے جاتے ہیں اور خس کی خوشبو تو گویا اڑ ہی گئی۔ حالانکہ اب بھی وہ خس کا عطر لگاتی تھی۔ اس کے اٹھے اور گرے ہوئے پائنچوں میں چنداں فرق نہ رہا۔ البتہ جب کبھی قاسم اس کا پائنچہ اٹھا ہوا دیکھتا تو پھر وہ بے قرار ہو کر اندر چلا جاتا اور چپ چاپ پڑا رہتا۔ شروع میں وہ اکثر جیناں کے پاس آ بیٹھتا۔ لیکن اب جیناں کا حنائی ہاتھ شدت سے کام میں لگا رہتا اور اس کی گود بند رہتی۔ اگر کبھی قاسم کا سر وہاں ٹک بھی جاتا تو وہ اپنے کام میں یوں مگن بیٹھی رہتی گویا کچھ ہوا ہی نہ ہو، کبھی چڑ کر کہتی، کیا بچوں کی سی باتیں ہیں تمہاری؟" اس پر وہ محسوس کرتا، گویا وہ گود کسی اور کے لئے مخصوص ہو چکی ہو اور تھپکنے والا ہاتھ کسی اور کا منتظر ہو۔

کئی مرتبہ دفتر میں کام کرتے ہوئے یہ شک سانپ کی طرح ڈسنے لگا کہ دونوں بیٹھے ہیں۔ وہ اور مومن اور اس کا سر ریشمیں تکیے پر ٹکا ہوا ہے۔ یہ خیال آتے ہی وہ کانپ اٹھتا اور واپسی پر جیناں کو ڈھونڈتا تو دیکھتا کہ جیناں یوں مگن بیٹھی ہے گویا پرانے خواب دیکھ رہی ہو۔ کسی رنگین ماضی کے دھیان میں مگن ہو یا شاید کسی متوقع مستقبل کے، وہ چپ ہو جاتا۔ اسے یوں دیکھ کر جیناں مسکرا کر کہتی۔ "کیا ہے آج سرکار کو؟" اور وہ ہنسنے لگتی۔ "پائی ہوئی چیز کو کھونے کا بہت شوق ہے سرکار کو؟ پائی ہوئی۔۔۔۔ وہ ہنستا۔ جسے رنگین خواب میسر ہوں۔ وہ بھلا تلخ حقیقت کیوں دیکھے۔ اسے جاگنے کی کیا ضرورت، جاگ کر دکھتا بھی کیا ہے۔ بس چپ چاپ سنائی دیتی ہے۔ ان دنوں تو "چپ" میں بہت مزہ تھا۔ اب ہماری چپ بھی پسند نہیں اور وہ چڑ کر جواب دیتی۔ "کہاں وہ "چپ" اور کہاں یہ۔۔۔" وہ غصہ میں آجاتا۔ "نہ جانے کس کس سے "چپ" کا کھیل کھیلا ہو گا؟" "بس کھا لیا شک نے۔ " وہ جل کر کہتی۔ "جی۔۔۔۔" قاسم طنزاً جواب دیتا۔ "تم تو ٹھہرے شکی۔ اب مومن کیسے بنیں؟"

یا کسی روز دفتر سے واپسی پر وہ کہتا۔ "کس کے انتظار میں بیٹھی تھی؟" اور وہ جل کر بولتی۔ "کوئی بھی جو آجائے۔" "اوہو۔" وہ سنجیدگی سے چھیڑتا۔ "ہم تو غلطی سے آگئے۔" "تو واپس چلے جاؤ۔" وہ جل کر کہتی۔

اس طرح مذاق ہی مذاق میں وہ ایک دوسرے سے دور ہوتے گئے۔ جیناں کام میں منہمک رہنے لگی لیکن شاید کام تو محض ایک دکھاوا تھا۔ ایک پس منظر، ایک اوٹ جس میں ماضی کے خواب دیکھتی تھی۔ اس کے خواب قاسم کو اور بھی پریشان کرتے۔ اسے اس بات پر غصہ آتا کہ وہ خوابوں کو حقیقت پر ترجیح دے رہی ہے۔ پھر اسے خیال آتا کہ شاید کوئی اور خواب ہوں، جن کا اس سے تعلق نہ ہو۔ اس خیال پر اسے جیناں کے خوابوں میں

مومن کی تصویر نظر آنے لگتی۔

البتہ ان دنوں جب قاسم کے ماں باپ چند دن کے لئے ان کے پاس آئے تو قاسم نے محسوس کیا کہ جیناں وہی پرانی جیناں تھی۔ اس روز جب اماں سے باتیں کر رہا تھا تو جیناں نے آکر اندھیرے میں اس کی کمر پر چٹکی بھر لی اور جب وہ گھبرا کر کچھ بولنے لگا تو بولی۔ "چپ" اور حنائی ہائی نے بڑھ کر اس کا منہ بند کر دیا۔ پھر اس دن جب وہ ابا کے دیوان خانے میں سویا ہوا تھا، کسی نے اس کے کان میں تنکا چبھو کر اسے جگا دیا۔ ابھی وہ اٹھنے ہی لگا تھا کہ وہ ہونٹ اس کے ہونٹوں سے مل گئے اور پھر ایک ہلکا سا پیارا سا تھپڑ گال پر پڑا۔ ایک حنائی انگلی اس کے ہونٹوں پر آ رہی۔ "چپ" اس معطر اندھیرے میں سے پیاری سی آواز آئی۔ بیشتر اس کے کہ قاسم اسے پکڑ سکتا، وہ جا چکی تھی۔ پھر ایک روز غسل خانے میں جب وہ نہانے لگا تو معاً کوئی دروازے کی اوٹ سے نکل کر اس سے چمٹ گیا۔ وہ گھبرا کر چلانے لگا، مگر دو حنائی ہاتھوں نے اس کا منہ بند کر دیا۔ "چپ" وہ دیوانہ وار ان حنائی ہاتھوں کو چومنے لگا۔ پھر جب اس نے جیناں کو پکڑنے کی کوشش کی تو وہ منہ پکا کر کے بولی۔ "شور مچا دوں گی تو ابھی اماں آکر سمجھ لے گی تم سے۔" جب اس کے والدین نے جانے کی تیاری کی تو قاسم نے اس خیال سے انہیں نہ روکا کہ ان کے چلے جانے پر اس کی کھوئی ہوئی جیناں مکمل طور پر اسے مل جائے گی۔ حالانکہ جیناں نے ہر ممکن طریقے سے انہیں روکنے کی کوشش کی اس کی منتیں سن کر یوں گمان ہوتا تھا جیسے کوئی ڈوبتا تنکے کا سہارا ڈھونڈ رہا ہو۔ مگر وہ چلے گئے اور جیناں ہار کر بیٹھ گئی۔

ان کے چلے جانے کے بعد قاسم نے ہزار کوششیں کیں لیکن اپنی جیناں کو پانے کی جگہ اور بھی کھوئے چلا گیا۔ اس بات پر قاسم کے شکوک از سر نو چمکے۔ ان شکوک نے جیناں کو اور بھی چڑا دیا۔ جیناں کے چڑنے نے اس کے شبہات کو ہوا دی اور وہ چپ چپ

رہنے لگا۔ حتیٰ کہ وہ ایک دوسرے سے اور بھی بے گانہ ہو گئے۔ پھر ایک دن جب وہ دفتر سے لوٹا تو اس نے دیکھا کہ جیناں بن ٹھن کر مشین پر کام میں لگی ہوئی ہے اور پاس مومن بیٹھا ہے۔ جیسے اس نے ابھی اس معطر گود سے سر اٹھایا ہو۔ اس کی نظروں میں دنیا اندھیر ہو گئی۔ مومن کے جانے کے بعد وہ غرایا۔ "مومن اس مکان میں نہیں آئے گا، سنا تم نے؟ اس مکان میں کوئی جوان لڑکا نہ آئے۔" "تمہارا ہی لگتا ہے کچھ، میں کیا جانوں کون ہے؟" وہ بولی۔ "اپنی گود سے پوچھ لو کہ کون ہے۔" اس نے غصے سے کہا۔ "بس جی۔" وہ غصے سے اٹھ کھڑی ہوئی۔ "پھر نہ کہنا یہ بات۔" "کہنے کی کیا ضرورت ہے۔" وہ بولا۔ "اب کے آیا تو ہڈیاں توڑ دوں گا۔" وہ شیرنی کی طرح بپھر گئی۔ "ذرا ہاتھ لگا کر تو دیکھو، تم مجھ پر ہاتھ اٹھانے والے کون ہو؟" قاسم کی نگاہوں تلے اندھیرا چھا گیا۔ اس کا ہاتھ اٹھا۔۔۔ محلے والوں نے جیناں کی چیخیں سنیں۔ کوئی گرج رہا تھا۔ "مومن۔۔۔ مومن" وہ چیخ رہی تھی۔ "بس میں اس گھر میں ایک منٹ نہ رہوں گی۔"

"سنا تم نے، اب مومن کا جھگڑا ہے۔ توبہ" "یہ عورت کسی لڑکے کو لپیٹے بنا چھوڑے گی بھی۔ میں کہتی ہوں اس کے سر پر حرام سوار ہے۔۔۔ ہاں۔" "میں کہتی ہوں، اچھا کیا جو میاں نے ہڈیاں سینک دیں ذرا۔" "پر چاچی کہاں مومن کہاں جیناں۔ مومن تو اس کے بیٹے کے سمان ہے۔" "اللہ تیرا بھلا کرے۔ جبھی چھاتی پر لٹا رکھتی ہو گی نا؟" "اب خاوند سے لڑ کر اپنے بھائی کے پاس چلی گئی ہے۔" "نہ جانے وہاں کیا گل کھلائے گی۔ میں جانوں اچھا ہوا۔ خس کم جہاں پاک۔ مرد ہوتا تو جانے نہ دیتا۔ کمرے میں بند کر دیتا۔ اچھا نہیں کیا جو اسے جانے دیا۔" "بلکہ وہ تو اور بھی آزاد ہو گئی۔" "سنا ہے چاچی خط آیا ہے۔ ہاں۔۔۔ طلاق مانگتی ہے۔" "بڑی آئی طلاق مانگنے والی۔" "میری مانے تو۔۔۔ ساری عمر بٹھا رکھے۔" "خیر بی بی یارانے کے بیاہ کا مزہ تو پالیا۔" "میں پوچھتی ہوں، اب اور کسے

پھنسائے گی؟ تمہیں کیا معلوم، اسی روز سے اپنا مومن غائب ہے۔" "جبھی تو قاسی سر جھکائے پھرتا ہے۔ دنیا کو منہ کیسے دکھائے گا۔" "میں کہتی ہوں، بس ایک طلاق نہ دے اور جو جی چاہے کرے۔" "ہونہہ ان تلوں میں تیل نہیں اپنی فاطمہ بتارہی تھی کہ کاغذ خرید لیا ہے۔"

اس واقعہ پر قاسم کی زندگی نے ایک بار پھر پلٹا کھایا۔ اسے عورت سے نفرت ہو گئی۔ محبت پر اعتبار نہ رہا۔ "عورت۔۔۔۔؟" وہ دانت پیس کر کہتا۔ "عورت کیا جانے محبت کسے کہتے ہیں۔ ناگن صرف ڈسنا جانتی ہے صرف ڈسنا۔ اگر اس نے طلاق لکھ بھیجی تھی تو صرف اس لئے کہ محلہ کے لوگ اسے مستفسرانہ نگاہوں سے دیکھتے تھے اور عورتیں صبح وشام اس کی باتیں کرتی تھیں۔ وہ چاہتا تھا کہ اس قصہ کو ہمیشہ کے لئے ختم کر دے اور اپنی زندگی از سر نو شروع کرے۔ لیکن جب اس نے سنا کہ جیناں نے مومن سے نکاح کر لیا تو وہ اس بظاہر بے تعلقی کے باوجود جو وہ جیناں کے متعلق محسوس کرنا چاہتا تھا، تڑپ کر رہ گیا۔ حالانکہ وہ ہر وقت جینا سے نفرت پیدا کرنے میں لگا رہتا تھا۔ اسے برا بھلا کہتا تھا۔ بے وفا فاحشہ سمجھتا۔ لیکن کبھی کبھی اس کی آنکھوں تلے ریشمیں معطر گود آ کر کھل جاتی اور اس کا جی چاہتا کہ وہیں سر ٹکا دے۔ وہ حنائی ہاتھ اسے تھپکے اور وہ تمام دکھ بھول جائے۔ پھر کسی وقت اس کے سامنے ایک مسکراتا ہوا چہرا آ کھڑا ہوتا۔ دو ہونٹ کہتے۔ "چپ" اگرچہ اس وقت وہ لاحول پڑھ کر اپنے آپ کو محفوظ کر لیتا تھا لیکن یہ تصاویر اسے اور بھی پریشان کر دیتیں اور وہ اور بھی کھو جاتا۔ ایک سال کے بعد جیناں اور مومن محلے میں آئے تو پھر چرچا ہونے لگا۔ محلے والیاں بڑے اشتیاق سے دلہن دیکھنے لگیں۔ اگرچہ ان کی مبارک باد طعنہ آمیز تھی لیکن مومن کی ماں کو مبارک تو دینا ہی تھا۔

اتفاق کی بات تھی کہ جب مومن اور جیناں محلے میں داخل ہوئے، عین اس وقت

قاسم گلی میں کھڑا چاچی سے بات کر رہا تھا۔ اس روز وہ ایک سرکاری کام پر ایک دن کے لئے باہر جارہا تھااور چاچی سے کہہ رہا تھا۔ "ہاں چاچی سرکاری کام ہے۔ کل رات کی گاڑی سے لوٹ آؤں گا۔" پیچھے آہٹ سن کر وہ مڑا تو کیا دیکھتا ہے، جیناں کھڑی مسکرا رہی ہے۔ اس کا دل دھک سے رہ گیا۔ پھر آنکھوں تلے اندھیرا چھا گیا اور وہ بھاگا حتیٰ کہ اسٹیشن پر جا کر دم لیا۔

اس روز دن بھر وہ جیناں کے بارے میں نہ سوچنے کی کوشش کرتا رہا، دل میں ایک اضطراب سا کھول رہا تھا مگر وہ تیزی سے کام میں مصروف رہا۔ جیسے ڈوبتا تنکے کا سہارا لینے کے لئے بے تاب ہو۔ کام ختم کر کے وہ رات کو گاڑی پر سوار ہو ہی گیا۔ گاڑی میں بہت بھیڑ تھی۔ اس گہما گہمی میں وہ قطعی بھول گیا کہ وہ کون ہے۔ کہاں جارہا ہے اور وہاں کون آئے ہوئے ہیں۔ جب وہ محلے کے پاس پہنچا تو ایک بجنے کی آواز آئی۔ "ٹن" معاً وہ دبے پاؤں چلنے لگا۔ گویا ہر آہٹ اس کی دشمن ہو۔ گلی میں پہنچ کر اس نے محسوس کیا جیسے وہ وہی پرانا قاسی تھا۔ دفعتاً ایک ریشمیں معطر گود اس کی نگاہ تلے جھلملائی۔ دیکھوں تو بھلا۔ اس کے دل میں کسی نے کہا۔ دل دھڑکنے لگا، نگاہ بیٹھک کی تیسری کھڑی پر جا ٹکی۔ انگلی سے دبایا تو پٹ کھل گیا اور وہ اندر چلا گیا۔ معاً سامنے سے اس پر ٹارچ کی روشنی پڑی۔ وہ گھبرا کر مڑنے ہی لگا تھا کہ وہ روشنی ایک حسین چہرے پر جا پڑی۔ "ہاں وہی" سیڑھیوں میں جینا کھڑی مسکرا رہی تھی۔ "تم؟" وہ غصے سے چلایا۔ ایک ساعت میں اسے سب باتیں یاد آ چکی تھیں۔ اس کا جسم نفرت سے کھولنے لگا تھا۔ "چپ" جینا نے منہ پر انگلی رکھ لی۔ قاسم کا جی چاہتا تھا کہ اس حسین چہرے کو نوچ لے اور کپڑے پھاڑ کر باہر نکل آئے۔ لیکن اچانک حنائی ہاتھ بڑھا۔ "میں جانتی تھی تم آؤ گے۔ میں تمہاری راہ دیکھ رہی تھی۔" قاسم کا سر ایک رنگین معطر گود پر جا ٹکا۔ جس کی نیم مدھم گرمی حنائی ہاتھ کے ساتھ ساتھ

اسے تھپکنے لگی۔ قاسم نے دو ایک مرتبہ جوش میں آکر اٹھنے کی کوشش کی لیکن وہ خوشبودار ریشمیں بدن، مدھم گرمی اور حنائی ہاتھ۔۔۔اس کا غصہ آنسو بن کر بہہ گیا۔ وہ پھوٹ پھوٹ کر بچوں کی طرح رو رہا تھا اور وہ حنائی ہاتھ اسے تھپک رہے تھے۔

"چپ" جیناں منہ پر انگلی رکھے مسکرا رہی تھی۔

***